MARTIAN WAR SCHOOL

マーシアン・ウォースクール

text:Edward Smith illustration:Kai

序章　レンズ越《ご》しの邂逅《かいこう》

『ご案内《アテンション》。当機はこれより火星大気圏《けん》への突入《とつにゅう》シークエンスへ移行。高濃度《こうのうど》粒子《りゅうし》帯を通過する際、電子機器に異常を来たす可能性があります。電源を切るか、保護コンテナに収納してください』

地球圏と比べると、電子音声も心なしか硬《かた》く聞こえる。

タキオン・シュガは個人端末《たんまつ》の電源を切ってポケットに押し込んだ。このシャトルの乗客は自分一人。手荷物を全《すべ》て入れたとしても、保護コンテナは大きすぎる。

「火星……」

窓の外、眼下に広がる赤色の大地。ところどころに見える黒い模様は大規模に繁茂《はんも》した改造植物の森だ。海の色は濃《こ》い緑色。テラフォーミングが不完全な状態では、とても地球に似た色彩《しきさい》は望めないらしい。

(むしろ、その方がいいのかも)

ここはもう地球ではない。それをはっきりと実感する。

静止軌道《きどう》上のステーションと火星表面を行き来するシャトルの客室。その片隅《かたすみ》で十六歳の少年は小さく息を吐《は》いた。

「親善大使として、一年間の留学……か」

呟《つぶや》いて浮かべた微笑《びしょう》は皮肉っぽく、同時に自嘲《じちょう》めいていて、年齢《ねんれい》に不相応な達観《たっかん》すら感じさせる。だがすぐに、赤みがかった瞳《ひとみ》はそれらを全《すべ》てねじ伏《ふ》せる光を宿した。

強い、意志の光だ。

「負けるもんか、絶対に」

目の前に広がる赤い星か、それともここにはいない誰《だれ》かか。

その呟きが何に対してのものかはわからない。誰も、それを聞いていなかったからだ。

『ご案内《アテンション》。間もなく突入《とつにゅう》シークエンスへ移行。

着席し、ベルトを着用してください。繰《く》り返します、間もなく突入シークエンスへ——』

一人の少年を乗せた小さなシャトルが、火星の大気で揺《ゆ》れる。

●

火星の地面が揺れる。粉砕《ふんさい》された赤い石つぶてが降り注いだ。

「クソッ、砲撃型《サソリ》が来やがった！」

突撃《とつげき》歩兵用の重装戦闘服《PBU》なら石つぶてくらい平気なのだが、榴弾《りゅうだん》の直撃を喰《く》らえばただでは済まない。

平地での戦闘《せんとう》は遮蔽《しゃへい》物が命。身を隠《かく》すものがないことの恐《おそ》ろしさをシドウ・アマギはよく知っている。ベテランの突撃歩兵は素早《すばや》く塹壕《ざんごう》へ飛び込むと、視線を巡《めぐ》らせて仲間の位置を確認《かくにん》した。

「全員生きてるな！　死んでる奴《やつ》は返事しろ！」

わかっていながら大声で冗談《じょうだん》を飛ばす。回線越《ご》しに笑う声がいくつか聞こえた。その声は男女問わずどれも若い。少年・少女といってもおかしくない年頃《としごろ》の声ばかりだ。

「せっかく授業がサボれたのになあ！　お前ら本当についてないぞ。不運ついでに流《なが》れ弾《だま》に当たらないよう祈《いの》っとけ！」

彼らの中では年長者のシドウ。ヘルメットの下、日焼けした顔に逞《たくま》しい笑《え》みを浮かべながら冗談を飛ばし続ける。彼らを鼓舞《こぶ》するのが彼の役目のひとつだ。

いつもなら午後の授業を受けている時間。彼らはまだ学校に通っていられる年頃の生徒たちなのだ。だが、同時に兵士でもある。

生徒にして兵士。それがシドウと、彼のクラスメイトたち。

火星表面、ハーシェルⅢ《スリー》第二シャトルポート。市街地から離《はな》れた発着場は敵襲の真っ最中だ。遮《さえぎ》るものなく広がる赤い大地、そこに群がる黒い影《かげ》がジワジワとこちらへ向かって来る。

その後ろから飛来した榴弾《りゅうだん》が塹壕《ざんごう》の近くに着弾し、爆発《ばくはつ》する。まだ正確に狙《ねら》いをつけられる距離《きょり》ではないようだが、歩兵にとっては十分な脅威《きょうい》。

「蟲《むし》どもが、こんな時によぉ」

塹壕から顔を出したシドウは毒づいて、人間ほどの大きさがあるその「蟲」を睨《にら》みつける。四本の脚《あし》で赤い地面を踏《ふ》み、起こした上体の前脚を振《ふ》り翳《かざ》す。形こそ奇怪《きかい》だが、黒光りする甲殻《こうかく》と外骨格による体節構造は昆虫《こんちゅう》を連想させた。

進軍してくる蟲の群れ。その数、二〇〇余り。

バグスと呼ばれる人類の敵だ。先頭は既《すで》にシドウたちから三〇〇メートルほどの距離まで迫《せま》っていた。歩兵バグスの後ろ、砲撃《ほうげき》バグスの発射する榴弾が次々に地面を抉《えぐ》る。

「んのヤロッ」

榴弾の生成と発射には僅《わず》かだが時間がかかる。シドウはその隙《すき》を突《つ》くように塹壕から身を乗り出すと、突撃歩兵銃《アサルトライフル》で五・五六ミリ高速弾を連射した。先頭の歩兵バグスを二匹《ひき》仕留めたが、蟲たちは仲間の屍《しかばね》などまるで気にも留めずに踏み越《こ》えてくる。

「シドウ、ここは下がろう」

聞き慣れた声に振り向いた。重装型のシドウと違《ちが》い一般《いっぱん》歩兵用のＰＢＵ。顔が無機質なヘルメットに覆《おお》われていても、声と仕草ですぐに誰《だれ》だかわかる。ナビに表示された名前はオマケのようなものだ。

「委員長、いいのか？　ここを下がるともうポートまで守りが無いぞ」

クラス委員長。自分たちの小隊長だ。ヘルメットの下は線が細くて少し頼《たよ》りなさげに見える優男《やさおとこ》だが、頭は切れる。

彼の判断に間違《まちが》いはないとわかっている。しかし念のために確認《かくにん》しておくのが最古参の役目というもの。シドウの言葉に、委員長は「問題ない」と頷《うなず》いた。

「西側《がわ》の砲撃《ほうげき》ポイントに正規軍の砲兵中隊が入った。もうすぐ俺たちにも後退命令が出る。……こんな状況《じようきよう》だ、少しくらいのフライングは現場の判断だろ？」

バイザー越《ご》しに笑っている顔が見えるようだ。苦笑、同時に少し悪い笑《え》みなのは間違いないだろう。付き合いが長いシドウにはわかるのだ。

「こんな状況……、確かにな」

本当なら、シドウたちはシャトルポートに到着《とうちやく》する「要人」を出迎《でむか》える役目だった。

地球からやってくる親善大使兼《けん》留学生。自分たちのクラスに編入するというその生徒を迎えるために出向いていたポートが突如《とつじよ》バグスの急襲《きゆうしゆう》を受けたのだ。

敵の規模はさほどでもないが、万が一ということもある。シドウたちも駆《か》り出され、装備や情報が足りないまま迎撃《げいげき》に当たっていた。ライトグレーのPBUも守備隊からの借り物だ。慣れない装備でいつもより身体《からだ》が重たく感じる。

中隊規模の砲撃が始まれば、小型の歩兵を中心に組まれたバグスの群れは退くしかない。自分たちのパフォーマンスを発揮できないこの状況、形勢がこちらに向くなら無理に踏《ふ》ん張る必要はないだろう。

ヘルメット越《ご》しに視線を交《か》わし、委員長は頷《うなず》いた。

「我が隊は後退する。アマギ軍曹《ぐんそう》は殿《しんがり》で……遅《おく》れる兵の尻《しり》を叩《たた》け」

「ハッ。アマギ軍曹、殿となって兵の尻を叩きます！」

軍人言葉を使いながら気安く冗談《じょうだん》を交わし、今度は二人で頷き合う。

委員長は散らばる隊員たちへの下知《げち》を飛ばしながら塹壕《ざんごう》を飛び出し——。

ゴウンッ！

その時、再び地面が揺《ゆ》れた。

「ぐぁっ！」

塹壕の極至近《ごくしきん》で爆発《ばくはつ》する榴弾《りゅうだん》。轟音《ごうおん》と共に目の前が土砂《どしゃ》で覆《おお》われ、シドウは咄嗟《とっさ》に身を縮めて地面に転がる。

群れの後方から援護《えんご》する砲撃バグスがここまで正確に塹壕を狙《ねら》えるはずがない。

「くそっ、まぐれ当たりにもほどが……っ、委員長！」

「ぐ……っ」

その「まぐれ当たり」は最悪の結果を生む。シドウの目の前に、榴弾の直撃を受けた委員長が倒《たお》れていた。赤熱化した榴弾の破片がＰＢＵを引き裂《さ》き、右半身にビッシリと撃《う》ち込まれた無数の破片で焼け爛《ただ》れた皮膚《ひふ》が覗《のぞ》いている。

「委員長ッ！　おい、しっかりしろ！」

シドウの声に、委員長は右腕《うで》をブルブルと震《ふる》わせた。利《き》き腕《うで》を上げて反応したかったのだが、傷が深くて上がらないのだ。

「くっ……撤退《てったい》だ！　全員、ゲートまで走れ！」

委員長を担《かつ》ぎ上げ、動揺《どうよう》するクラスメイトたちに向かって叫《さけ》ぶシドウ。真っ先に駆《か》け出したくなるのを堪《こら》えて全員が塹壕を飛び出すのを確かめ、その後を追った。

そこからシャトルポートのゲートに辿《たど》り着くまでのことはよく覚えていない。委員長が言った通り、すぐに丘《おか》の上からの砲撃《ほうげき》が始まったために被害《ひがい》の拡大《かくだい》は防げたが……。

「委員長……」

衛生兵に運ばれていく委員長は既《すで》に意識を失っている。彼を見送って振《ふ》り向くと、疲弊《ひへい》したクラスメイトたち。慣れない装備でなんとか持ち堪《こた》えたものの、撤退中に負傷した仲間が何人もいる。

なにより、指揮官である委員長が重傷を負ったことに誰《だれ》もが不安げな顔をしていた。それが彼らの消耗《しょうもう》をより一層深く見せているのだ。

「なんてこった……」

事実、これが深刻な痛手《いたで》であることをシドウは理解していた。指揮官の離脱《りだつ》はそれが優秀《ゆうしゅう》な人間であればあるほど大きな損失になる。物理的にも、精神的にも。

特に自分たちはクラスメイト、同じ教室で学ぶ仲間だったのだから。

「……くそっ」

ヘルメットを取った。乾《かわ》いた空気に混じる硝煙《しょうえん》の匂《にお》い。

ちゃんと準備できていれば。いつも通りの出動だったら。詮《せん》ないこととはわかっていても、
シドウは吐《は》き捨てずにいられなかった。

「……留学生一人のために、このザマかよ」

見上げた視線の先、大気圏《けん》を抜《ぬ》けてきたシャトルがポートの着陸路に降りてくる。

●

クラスメイトたちの惨状《さんじょう》を、彼女は少し離《はな》れた場所から見ていた。

軽装のPBUに身を包み、伏《ふ》せた姿勢で構えていた大型の狙撃《そげき》用ライフルから顔を上げる。

長距離《きょり》からの狙撃を本領とするメレディス・アシュクロフトは、本隊から離れて管制塔《かんせいとう》の上に陣取《じんど》っていたのだ。

「ねえ、委員長が怪我《けが》して運ばれたって……」

本隊との連絡《れんらく》要員として同行していた通信兵の友人が不安そうに呟《つぶや》く。

「ええ」

短く応《こた》えた彼女の指が震《ふる》えている。

その一部始終を彼女は見ていたのだ。ライフルのスコープを通して。

目にしていながら、助けることも励《はげ》ますこともできない距離《きょり》。憂《うれ》いの陰《かげ》が差す碧《みどり》色の瞳《ひとみ》。

ゆっくりと息を吸《す》い、吐《は》き出した。

指の震えが止まる。大丈夫《だいじょうぶ》、大丈夫と自分に言い聞かせ、彼女は再びスコープを覗《のぞ》き込んだ。

その目が、今度は違《ちが》う方向を向いている。

「……」

着陸したシャトルのタラップを下りてくる一人の少年。出迎《でむか》える職員と何か言葉を交《か》わした彼が見ているのは、彼女の仲間たちがいるゲートの方角だった。

彼女はしばらく、無言のままその横顔を見つめる。

黒髪《くろかみ》の少年。地球より小さい火星の重力に戸惑《とまど》うようなそぶりも見せず、ゆっくりとタラップを下りて……こっちを見た。

「っ……」

思わず目を瞬《しばたた》かせ、そんなはずはないと思い直す。タラップからここまでの距離《きょり》を考えれば自分のことが見えているとは思えないし、仮に建物の上にいる自分たちに気づいたのだとしても、それは単に視線を向けただけ。「見ていた」とは言えない。

（でも……）

目が合った瞬間《しゅんかん》、ゴーグルの中の彼が自分に微笑《ほほえ》みかけたような気がした。少し躊躇《ためら》うように、何かに迷うように。

（……まさかね）

そんなはずはないと、わかっているけれど。

マーシアン・ウォースクール
火星世界解説1

Martian Warschool
a commentary on the Mars 01

火星軍の歩兵の標準装備といってもよいPBU。正式名称はPowerd Battle Uniform。人工筋肉が組み込まれているおかげで体格の未熟な子供たちでも戦場に立てる上、生身では扱うことのできない重量・反動の武器も扱えるようになる。大まかな構成を紹介する。

アンダースーツ Undersuit

素肌の上から着用するボディスーツ。首から下を全て覆った身体にフィットするスーツで、これだけだとかなり体格がくっきりと出る。特別な理由がない限りは全裸の上から着込む。人工筋肉はアンダースーツに組み込まれているので、アンダースーツがあれば最低限の作戦行動も可能。

プロテクター Protector

胸・肩・腕・腰・太腿・足などに装着する装甲。標準的な歩兵用のＰＢＵでもプロテクターは二〇キロ以上、大きなものになると五〇キロを超えるものもある。

それらを着込んで身軽に動けるのも人工筋肉の補助に拠るところが大きい。

オプション Option

兵種や作戦に応じて装着する多種多様な装備。武装・追加装甲・補助装備など役割は様々。

ヘルメット Helmet

防護用の装備であると同時に情報処理ユニットとしての役割が大きい。バイザーに様々なデータを表示できる他、通信装備も標準で組み込まれている。

歩兵は頭部全体を覆うヘルメットだが、支援兵やパイロットはヘッドギア状のものもある。

第一章　軍属学校

人類が地球の外へ生息圏《けん》を拡大《かくだい》して約二〇〇年。

月に次《つ》いで新たな開拓《かいたく》地と目されていた火星に最初の移民が行われたのは、地球暦《れき》で今から一〇〇年前のことになる。

重力パイルと改造植物、そして環境《かんきょう》改良ナノマシンを主軸とした地球型惑星開拓《テラフォーミング》プログラム。火星はその第一号として人類の新天地となるはずだった。

しかし、赤い大地に降り立った人類は想像だにしなかった脅威《きょうい》と遭遇《そうぐう》する。

火星に発生した未知の生命体である。

甲殻《こうかく》生物に似た風貌《ふうぼう》を持ち、金属を中心とする物質で構成された無機物生命体。バグスと名付けられたそれらは火星へ着陸した移民船を襲撃《しゅうげき》し、最初に降下した約二〇万の開拓者たちはろくな抵抗《ていこう》もできないまま全滅《ぜんめつ》した。

その後も移民船団は正体不明の「敵」の前に犠牲《ぎせい》の山を積み上げ、第一陣《じん》として火星へ到達《とうたつ》した一〇〇万の移民の内、生き残ったのは五万にも満たなかった。

それでも、人は生きていかねばならない。未完成の状態でテラフォーミングが停滞《ていたい》する新天地で、バグスという脅威と戦いながら。

それから一〇〇年。その「生存戦争」は、今なお続いている。

●

監督教官《かんとく》（一般《いっぱん》的な学校での担任にあたる教官）に促《うなが》されて教室に入った瞬間《しゅんかん》から、自分に向けられる視線の冷たさを感じた。

しかしタキオン・シュガは何も気にしないような顔をして教室正面、ブラックボード・モニタの前へ立つ。短く切った黒髪《くろかみ》と、赤みがかった瞳《ひとみ》。体格は平均的な男子だが、撫《な》で肩《がた》がそれよりも小柄《こがら》に見せている。

軍属学校の真新しい制服。襟《えり》には「2D」のクラス章と階級章が光っていた。

「タキオン・シュガ准尉《じゅんい》です。一年間、よろしくお願いします」

紋切型《もんきりがた》の挨拶《あいさつ》。教官もそれ以上を求めなかった。……そういう空気ではないからだ。

「あー、前にも話した通り、シュガ准尉は地球からの親善大使兼《けん》留学生としてこのクラスで一年間……ええと、半期だな。生活することになる」

教官は手元の資料を確認《かくにん》しながら注意事項《じこう》などを並べていくが、生徒たちは誰《だれ》もそれを聞いていなかった。前もって話は聞いていたし、それ以上に目の前の少年に注目していたからだ。地球からの留学生。これから自分たちの「戦友」となる少年。だが、彼らにとってはそれだけではない意味を持つ。

生徒たちが自分の話を聞いていないことを教官の方も特に気にしていないようだ。

「准尉《じゅんい》の教育係が要《い》るな。……委員長がいりゃあ、すぐに決まるんだが」

委員長。その言葉で僅《わず》かに教室の空気が揺《ゆ》れた。タキオンに向けられる視線のいくつかが、より鋭《するど》さを増す。

「仕方ない。……メレディス、メレディス・アシュクロフト伍長《ごちょう》」

「……はい」

返事と共に立ち上がった少女。アッシュグレーの髪をアップにしてバレッタで留め、切れ長の目が怜悧《れいり》な印象を抱《いだ》かせる。タキオンに視線を向けたが、自分の方を見ていた彼と目が合ってしまい、すぐに正面へ戻《もど》す。慌《あわ》てた様子は無い。

「お前がやれ。少なくとも、学校内で困らない程度に教えてやること」

「了解《りょうかい》です」

「准尉、言った通りだ。わからないことがあれば伍長に訊《き》くように。席も……ちょうどいい、空いてるから隣《となり》にしろ」

「わかりました」

適当な教官の言葉にも素直《すなお》に従い、タキオンはメレディスの隣の席へ。正面を向いたままの少女に小さく微笑《ほほえ》んで。

「よろしく」

朗《ほが》らかな挨拶《あいさつ》。メレディスはチラリと視線を返して、またすぐに正面を向いてしまう。

その直後、ポツリと。

「……よろしく」

呟《つぶや》くように返事した。

●

軍属学校。その名の通り軍組織に属する教育機関。入学条件に初等教育の修了《しゅうりょう》が挙げられているので、実質的に高等学校にあたる。

長きに渡《わた》るバグスとの戦争で、人類はより若い世代をも戦場に送り出さねばならなくなった。しかし、彼ら若者は火星の開拓《かいたく》を担《にな》う人材でもある。若年層の徴兵《ちょうへい》による学力低下や一般《いっぱん》社会への不適応が問題となり、その解決策として設立されたのが軍属学校なのだ。

専門的な軍隊教育によって将校を育てる士官学校に対し、軍属学校の生徒たちは兵士としての基本的な訓練の他《ほか》、一般の高等学校と同様の授業を無償《むしょう》で受けることができる。それどころか、入学と同時に軍に入ることで衣食住が保証されるのである。

勿論《もちろん》、利点ばかりではない。軍籍《ぐんせき》に入って「生徒にして兵士」となった彼らは有事の際には出動することになる。火星における有事とはつまり、バグスとの戦いだ。

基幹開拓《かいたく》都市ハーシェルⅢ《スリー》にある第一歩兵学校。タキオンが編入されたそこもまた、軍属学校のひとつである。

●

「あ、あの……シュガ、君？」

話しかけた直後、グレゴリー・ジャックマンは後悔《こうかい》した。教室中の視線が自分の背中に注がれたからだ。正確には、自分を貫《つらぬ》いて目の前の留学生に注がれている視線だが。

対して、立体投影《とうえい》式のノート・モニタを閉じたタキオンは目の前に立った男子生徒に微笑《ほほえ》みながら顔を上げた。

「タキオンでいいよ、ジャックマン君」

その顔はにこやかで、自分に向けられている視線など少しも気にしていないようだった。話しかけた方としては、緊張《きんちょう》している自分が馬鹿《ばか》らしくなりそうなほどだ。

「あ、ええと……GJでいい。みんなそう呼ぶし」

視線を泳がせながらおどおどと話すGJことグレゴリー。背はタキオンより高いが、細身の猫背《ねこぜ》はヒョロッとした印象。目尻《めじり》の下がった二重瞼《ふたえまぶた》と片目を隠《かく》すほど長く伸《の》ばした前髪《まえがみ》が気弱そうな喋《しゃべ》り方《かた》と相まって、どうしても陰気《いんき》に見える。

しかし彼はある意味で勇気ある少年と言えるかもしれない。何故《なぜ》なら、この教室で最初にタキオンに話しかけたのだから。ホームルームから既《すで》に三度目の休み時間。ここまで誰《だれ》一人としてタキオンに声をかける者はいなかった。

「そっか。……じゃあGJ、何か用かな？」

「い、いや……用ってほどでも、ないんだけど」

あくまで友好的な表情を崩《くず》さないタキオンに、GJは少し面食らったように言葉を濁《にご》す。

「そうかい？　でも、僕としては助かったよ。誰かに話しかけるきっかけも無かったからさ」

タキオンの言葉は爽《さわ》やかだ。だがそれは、今の教室の雰囲気《ふんいき》の中では異質に感じられる。露骨《ろこつ》に敬遠し、警戒《けいかい》するクラスメイトたちの態度。自分が歓迎《かんげい》されていないことくらい気づいていそうなものだが。

勿論、誰もがただタキオンを警戒していたわけではない。それぞれに思惑《おもわく》はあれど、例えば空気を読んだつもりでタキオンに話かけたGJという少年や……。

「あー、わかる。新しいクラスで最初に話しかける相手って、選びたいもんねー」

横から軽快な言葉を投げてきた少女のように、ひとまず切り込んでみようと様子を窺《うかが》っていた生徒はいるのだ。特にこの女子生徒には他《ほか》に理由もある。

「あたし、イルマ。イルマ・アウラーね。よろしく」

アーモンド型の大きな瞳《ひとみ》にメガネをかけて、金色の髪《かみ》をふたつに分けて結んだ小柄《こがら》な少女。視力矯正《きょうせい》手術は困難でも高価でもない。彼女のメガネは、ファッション用の伊達《だて》メガネだ。

「ホントはあたしやGJより先に声かけるべき人がいるはずなんだけど——」

そう言ってイルマがチラリと視線を向けた先で、無言のままメレディス・アシュクロフトは立ち上がった。「ふぅ」と小さく息を吐《は》いてから、メガネのクラスメイトを睨《にら》む。

「……今、話しかけようと思ってたのよ」

子供の言い訳のようなことを言うタキオンの「教育係」。親しい関係らしいイルマは「あー、はいはい」とやはり子供をあやすように手を振《ふ》って。

「という具合にさ、メリーはちょっと人付き合い苦手なとこあるから、タキオン君の方からいろいろ訊《き》いてくれると助かるわけよ」

「なるほど、ありがとう。さっそく質問するけど、僕もメリーって呼んでいいのかな?」

見上げるタキオンを前に、メリーは「ん……」と少し言葉に詰《つ》まった。初対面の異性がここまで親しく話しかけてきたことが今までなかったからだ。

その親しさは、決して不快ではない。……けれど。

「……構わないわ」

「僕のこともタキオンでいいよ」

「……そう」

同じような表情で彼に返答することは、メリーにはできなかった。笑顔《えがお》は不得意なのだ。

一方で、ぶっきらぼうな了承《りようしよう》を返されたタキオンはそれを不満には思わなかった。むしろ彼は、興味深そうにメリーを見つめている。

（クールビューティ……）

そんな言葉がしっくりくる。整った顔立ちに、制服に包まれたスレンダーな長身。可愛《かわい》いというより美しいと形容した方が似合うだろうか。ただ、少し硬《かた》い表情とどこか憂《うれ》いを感じさせる眼差《まなざ》しがそれらの魅力《みりよく》を半減させてしまっているのが、勿体《もつたい》ないと思った。

「メリー、もうちょっと愛想よくしないと、教育係の仕事に支障があんじゃない？　ＧＪみたいにドンヨリ系よりはいいと思うけどさ」

「ドンヨリ系……」

イルマの容赦《ようしや》ない言葉が刺《さ》さったのか、ＧＪは引きつった笑みと共に俯《うつむ》いてしまった。なるほど、こうなった彼はどこかドンヨリした雰囲気《ふんいき》である。

「言いすぎよ、イルマ。……それと、タキオン」

それまで目を合わせることを躊躇《ためら》っていたメリーが、初めてタキオンと正面から向かい合う。碧《みどり》色の瞳《ひとみ》は、澄《す》んでいた。

「誤解しないで。別に教育係が嫌《いや》だというわけではないの」

言うべきことは簡潔に、はっきりと言う。そういう性格なのだろう。タキオンとしてはそちらの方がありがたい。

「そうか。……なら、もうひとつ質問いいかな？」

ここで聞いておくべき問いがあったからだ。それはできるだけ明瞭《めいりよう》な答えが望ましい。

「なに？」

自分を見つめる碧《みどり》色の瞳《ひとみ》。それを赤い瞳で見つめ返しながら。

「委員長が不在、ということだけど――」

タキオンが放ったその一言で、教室の空気が変わった。GJとイルマの勇気ある行動によって僅《わず》かにほぐれ始めていたものがピシリと硬《かた》く引き締《し》まる。

再びタキオンに集まる視線。それらは鋭《するど》い。

「ああ、えーと……」

言い淀《よど》むGJと、様子を窺《うかが》うイルマ。だが、メリーは逆にタキオンを真《ま》っ直《す》ぐ見ながら毅然《きぜん》とした口調で言った。

「負傷したのよ、昨日の戦闘《せんとう》で。……あなたが乗ったシャトルを守って」

引き締まった空気が温度を下げる。

タキオンが歓迎《かんげい》されていない理由。安穏《あんのん》と「委員長は？」などと聞いてはいけない理由。

感情的に捉《とら》えるなら、タキオンは委員長負傷の原因なのだ。

「今もまだ病院。意識は戻《もど》ってないそうよ」

「……」

タキオンは無言で彼女の目を見つめる。メリーの方も決して視線を逸《そ》らさない。

その二人の顔を見比べつつ、GJはチラチラと他《ほか》のクラスメイトたちの様子を窺《うかが》っていた。対してイルマは、それが良くない空気になると即断《そくだん》して。

「あ、ああもう、ハッキリ言っちゃうかー。まあ、そのうちわかったと思うけどさ」

フォローするつもりで殊更《ことさら》に声を上げて割り込んだ苦笑はどこか硬《かた》い。それがもしかすると笑いごとで済まないことかもしれないと、彼女自身が思っているのだ。

誰《だれ》もが、タキオンの反応を見守っていた。極端《きよくたん》なところはあったが、メリーの言葉は彼らの問いを代弁したに近い。

地球から来た留学生。彼が本当に自分たちのクラスメイトたる、戦友たる資格があるのかどうか。もっと直接的に言えば、「お前のせいで仲間が傷ついた」と言外に突《つ》きつけられた彼がそれをどんな態度で受け止めるのか。

メリーも、そしてほとんどのクラスメイトたちも、次に彼の口から出るのは「すまない」とか「ごめん」とか、そういう類《たぐ》いの言葉であると予想した。

……だが。

「それは知っているよ。自分が配属される部隊《クラス》のことだからね」

「っ！」

タキオンのその言葉に、教室はざわめいた。

彼は知っていた。委員長の負傷、その原因も。知っていながら、これまで平然としていたのだ。微笑《ほほえ》みすら浮かべて。そして今、当たり前のようにそれを口にしている。

彼に注がれる視線のいくつかに激情が籠《こも》る。だがタキオンはお構いなしに言葉を続けた。

「僕が訊《き》きたいのは、誰がこのクラスで指揮官の代理を務めているかということだ。指揮官不在のままでは部隊が機能しないだろう？　いつ次の出動がかかるかわからない。僕自身、自分の準備は整えておきたいしね」

「それは……」

メリーは言葉に詰《つ》まる。タキオンの言葉が全くの正論だったからだ。

それまで冷静な表情を通していた彼女が困惑《こんわく》、あるいは動揺《どうよう》してしまったと言ってもいい。メリーだけでなく、クラスの半数近くも同じだ。

軍属学校は正規軍に比べると驚《おどろ》くほどアバウトな部分を持つ。例えば生徒たちはそれぞれ階級を持つが、授業時間内はただのクラスメイトとして上も下もない関係が許されているし、授業の外でも軍務中でなければ大体は同じだ。

そして彼らの出動する戦場はほとんどが二線級、つまり最前線と比べて危険度が格段に低い任務ばかり。そういった要因があり、軍属学校の生徒たちは正規軍や士官学校の部隊と比べてその士気と練度が大きく落ちる。兵士としての自覚に乏《とぼ》しい者も少なくない。

だからこの時、教室内にいたほとんどの生徒はタキオンの「いつ次の出動がかかるかわからない」という言葉の緊張《きんちょう》感を共有できなかった。

──なんなんだ、こいつは。──

総括《そうかつ》すればそういうことだ。

不満と警戒《けいかい》が疑問に塗《ぬ》り替《か》えられていく。

「タ、タキオン……」

視線を泳がせるGJの声は僅《わず》かに震《ふる》えている。

まさか、こんなことを言い出す人間だとは思わなかった。彼に最初に話しかけたことをGJは軽く後悔《こうかい》する。イルマも呆気《あっけ》にとられ、先ほどのようなフォローに回ることもできない。

「あなた……」

タキオンと向き合うメリーは、他のクラスメイトたちとは少し違《ちが》う印象を持っていた。向かい合う少年の瞳《ひとみ》がほんの僅かに揺《ゆ》れている。すぐ近くで見なければわからないほど小さく。

それが彼のどんな感情の表れなのか。それをメリーが察する暇《ひま》は与《あた》えられなかった。

「……おい、地球人」

横から割り込むように投げかけられたぶっきらぼうな声と共に、タキオンが真横へ大きく殴《なぐ》り飛ばされたからだ。

「ぐ……っ」

目の前に星が散る。陳腐《ちんぷ》なようだが、強烈《きょうれつ》な拳《こぶし》の一撃《いちげき》がタキオンにそれを体感させた。大きく仰《の》け反《ぞ》り、そのまま倒《たお》れ込むタキオン。慌《あわ》てて駆《か》け寄ったイルマは、その犯人を咎《とが》めるより先に驚《おどろ》いた。

「シドウ君……なにすんのよ、いきなり」

「……シドウ？」

反射的にタキオンの前へ割って入ったメリーも怪訝《けげん》な表情を隠《かく》せない。GJはどうしていいかわからずオロオロしていた。

タキオンより頭ひとつ分は大きな筋肉質の身体《からだ》。短く刈《か》った髪《かみ》を立たせ、剃《そ》り込んだ眉《まゆ》の下で両目が鋭《するど》い光を放っている。いきなりタキオンを殴り飛ばしたシドウ・アマギは、振《ふ》るったばかりの拳を握《にぎ》ったり開いたりしながら。

「……教育だ。地球人ってのは、火星人を見下すところがあるからな」

ふてぶてしく言い放つ。顎《あご》を突《つ》き出し、眉間《みけん》に皺《しわ》を寄せてタキオンを睨《にら》みつけた。

「今このクラスを預かってんのは俺だ。……委員長代理として、クラスに波風《なみかぜ》立てる奴《やつ》は見過ごせねえ」

どこか自分に言い聞かせるような言葉。拳を強く握り直し、シドウはタキオンの前に立つ。

「地球人、お前だって知ってんだろ？　この星の人間が、お前らのことをどう思ってるか」

シドウの言わんとするところは、メリーたちにもわかる。

地球人と火星人。元々同じ星の住人であったはずの彼らは、火星開拓《かいたく》が始まってからの一世紀で全く異なる歴史を築きつつあった。特に、火星の住人は総じて地球圏《けん》と地球人に対し反発的だ。

二十二世紀の末に初めて「移民」として火星へやってきた人々、そのほとんどは人口増加対策や難民対策の一環《いっかん》として地球から追い出された、言わば「棄民《きみん》」だったのだ。彼らはバグスという脅威《きょうい》の前に膨大《ぼうだい》な犠牲《ぎせい》を出したが、地球の統合政府は当初バグスの存在すら黙殺《もくさつ》した。結果、赤い大地には夥《おびただ》しい血が流れた。火星開拓史における最初の四半世紀《しはんせいき》は、まさしく地獄《じごく》の日々だったのだ。

今も火星の住人はそれを忘れていない。自分たちの祖先が地球から棄《す》てられた者たちであったことを。そして彼らが味わった苦しみや、流された血の量も。

「お前が地球の士官学校からこっちへ寄越《よこ》されたのは知ってる。でもな、事情も知らないで偉《えら》そうな口を叩《たた》くな」

パキポキと指を鳴らしながら、シドウは首を傾《かし》げて凄《すご》む。

地球と火星では、もう人種そのものが違《ちが》う。だから、火星に来て調子に乗っていられると思うな。そう言いたいのだろう。

教室全体が、総じてシドウに同意していた。暴力という手段に賛同できない生徒ですら、シドウを擁護《ようご》するだろう。それはGJやイルマも同じだ。

唯一《ゆいいつ》、メリーだけは違った。僅《わず》かに表情を曇《くも》らせて、それでもシドウの言葉や表情を冷静に判断しようとしている。……その彼女の顔を、彼は見ていた。

「事情、ね……」

それまで倒《たお》れ込んだままシドウの口上《こうじょう》を聞いていたタキオン。ゆっくりと立ち上がる。

「シドウ・アマギ君……尤《もっと》もらしいことを言うけれど、最先任の下士官としては問題があるな」

「……ッ！」

タキオンの言葉でシドウのこめかみが強張《こわば》った。強面《こわもて》が動揺《どうよう》を隠《かく》しきれないでいる。

（こいつ……）

だが、タキオンは自分を殴《なぐ》ったクラスメイトに動揺する時間を与《あた》えるつもりはないらしく。

「まあ、クラスメイトの心情としては……わからなくもないか」

小さく苦笑しながら言った瞬間《しゅんかん》には、既《すで》に踏《ふ》み込んでいる。

自分を守るように立ちはだかっていたメリーの横をすり抜《ぬ》け、真《ま》っ直《す》ぐシドウへ向かい……。

「お返しだ」

「あ？　……がッ！」

日に焼けたシドウの顔を、言葉通り殴り返した。体格差のあるシドウを殴り飛ばすには至らなかったが、不意打ちになったその拳《こぶし》はクリーンヒットする。

「ウソ……」

思わず呟《つぶや》いたGJは勿論《もちろん》、教室全体が啞然呆然《あぜんぼうぜん》。ざわめきすら起こらず、誰《だれ》もが開いた口を塞《ふさ》げない。

確かにシドウの暴力はやりすぎかもしれなかった。とはいえ、タキオンの態度に原因があったことも事実だ。だというのに、謝罪でも反論でもなく真っ向から殴《なぐ》り返した。そして。

「喧嘩《けんか》ならいつでも買うよ。……でも、八つ当たりの的になるつもりはない」

堂々と言い放つ。

(八つ当たり……?)

メリーは、その言葉に何か納得《なっとく》のいくものを感じた。むしろシドウが何故突然《なぜとつぜん》タキオンを殴ったのか、それを上手《うま》く説明できる気がしている。

勿論、それで目の前の男子二人のやっていることを容認《ようにん》するわけにはいかない。

「そこまでにして」

再び二人の間に割って入ると、鋭《するど》い視線を双方《そうほう》に走らせた。

「二人とも、クラス内での私闘《しとう》は厳禁よ。これ以上やるなら学級会議にかけることになるわ」

あくまで冷静なメリーに割って入られ、シドウは小さく舌打ちする。両手を挙げてこれ以上衝突《しょうとつ》の意思がないことを示すタキオン。

そして、鳴り響《ひび》くチャイムがその場を完全に断ち切った。クラスメイトたちはタキオンに対する不満や疑問を抱《いだ》きながらも席に戻《もど》り、ＧＪとイルマは大きな溜息《ためいき》。

「じ、寿命《じゅみょう》が縮まった……」

「ホントだよぅ……」

一方でメリーは表情を変えない。アッシュグレーの髪《かみ》を軽く掻《か》き上げると、曖昧《あいまい》に苦笑して席に戻るタキオンに小さく囁《ささや》く。

「話があるわ。……放課後に」

そのまま返事も聞かずに着席し、彼を振《ふ》り返らない。

（……クールビューティ）

シドウに殴られた頬の具合を確かめながら、タキオンは再びその言葉を思い返した。

●

「一班、目標に向けて前進。始め！」

障害物と塹壕《ざんごう》、校舎裏に造られた模擬《もぎ》戦場にＰＢＵを着込んだ生徒たちが散っていく。遮蔽《しゃへい》物を利用しながら目標へ接近する、歩兵の訓練だ。

「遅《おそ》い！　互《たが》いの位置を把握《はあく》しきれていないから動きが鈍《にぶ》いんだ、これが実戦なら貴様らは全《ぜん》滅《めつ》してるぞ！　自殺志願者はとっとと家へ帰れ！」

訓練教官の怒号《どごう》は地球でも火星でも変わらないな、とタキオンは思った。叱咤《しった》され、時に罵倒《ばとう》されながら兵は鍛《きた》えられる。既《すで》に何世紀も変わらないあたり、このやり方が新兵育成には最適であるらしい。

昇降口《しょうこうぐち》を出たところから模擬《もぎ》戦場を眺《なが》めつつ、タキオンは少し懐《なつ》かしい気持ちになった。

「おーおーやってるやってる。あれって一年生？　可愛《かわい》いもんだねぇ」

先輩風《せんぱいかぜ》を吹《ふ》かせるイルマ。そのすぐ後に校舎から出てきたGJは相変わらずの猫背《ねこぜ》でボソボソと呟《つぶや》く。

「ちょっと前まで僕らも似たようなもんだったじゃないか……」

GJの言うことは当たっているらしく、イルマは「ぐぬ」とジットリした目で彼を睨《にら》んだ。

「いいじゃん、留学生の前で見栄《みえ》張りたい気持ち、わかるっしょ？」

表情豊かなイルマはタキオンも観《み》ていて飽《あ》きない。一方、あまり表情が豊かでない彼女の友人はといえば。

「どうして二人がついてくるの……」

少し不満そうだ。

軍属学校において、放課後の時間をどう使うかは生徒の自主性に任されている。訓練、整備、あるいは余暇《よか》。そういった自由さも正規軍とは違《ちが》うところだ。

だから、イルマやGJがどうしようと彼らの自由である。例えば、ホームルームが終わると同時に連れ立って教室を出て行った留学生と教育係を追いかけるのも自由、ということ。

「あたしはさー、無愛想なメリーがちゃんとタキオン君を教育できるかどうか心配で」

胸を張るイルマ。GJは対照的に視線をあちこちへ泳がせながら。

「ぼ、僕はその……タキオンが、気になったというか……」

ヒョロッとした身体《からだ》を縮めてボソボソと呟《つぶや》いた。

そんな二人に、仕方ないとばかりに溜息《ためいき》を吐《つ》くメリー。隠《かく》さなければならないようなことを話すつもりはない。

タキオンはタキオンで、あの休み時間のことなど忘れてしまったかのように、模擬戦場を這《は》いずり回る生徒たちを眺《なが》めている。

「一年生か。実戦に出されるのは入学から四ヶ月後だっけ？」

「そーだね。今はまだ二ヶ月ちょいだから、こっから訓練がキツくなる時期かな。まっ、ピーピー泣くのもいい思い出ってなもんよ」

イルマの言葉や態度には嫌味《いやみ》なところがなく、なんとも無邪気《むじゃき》なもの。だからタキオンもつい頰《ほお》が弛《ゆる》む。

タキオンたちは2年D組、つまり2年生D小隊になる。一年生のように素人《しろうと》丸出しでもなく、三年生のように進路（主には正規軍へ入るか、予備役《よびえき》に入るかの二択《にたく》）にも悩《なや》まず、授業や軍務に集中できる、悪く言えば中だるみする学年だ。

尤《もっと》も、軍属学校へ入学する生徒の年齢《ねんれい》はまちまちである。だから。

「ところで、タキオン君って歳《とし》いくつ？　大体あたしらと同じくらいってのはわかるけど」

と、イルマが確認《かくにん》するのも自然なこと。兵士である彼女らは階級でその上下が決まるのだが、階級が同じ場合は軍歴、次《つ》いで年齢で序列を決める。

なにより、クラスメイトとしてなんとなく年齢の上下は気になるものだ。

タキオンもそのあたりはわきまえているから、自然に返事をするのだが。

「ああ、一六だよ」

答えた瞬間《しゅんかん》にイルマの表情が「えっ？」という驚《おどろ》きに変わったのは、お互《たが》いの「自然」が違《ちが》うからだろう。

「一六ぅ？　……って、ああ、地球数えか。てことは、火星だと八歳だね」

「あ……そうか、そうなるね」

地球の約二倍の公転周期を持つ火星において、四季が巡《めぐ》る「一年」は地球での二年分の時間に相当する。齟齬《そご》を避けるため「年」ではなく「周期」という言葉を使うのもそのためで、火星の人々は一周期で一度、地球暦《れき》だと二年に一度歳をとることになる。

地球で一六歳のタキオンも、火星では八歳というわけだ。計算法が違うだけで、なんだか少し子供に戻《もど》った気がした。

「てことは、僕と同じかな？　うちのクラス、半分以上は八歳か七歳半（一五歳）だよね」

GJが少し嬉《うれ》しそうだ。他人との共通項《こう》に安心感を覚えるらしい。

「そうそう、メリーも八歳だし。ちなみに、あたしは九歳（一八歳）のお姉さんよ」

エヘンと胸を張るイルマ。しかし外見でいえば隣《となり》で軽く溜息《ためいき》を吐《つ》くメリーの方が年上に見える。身長や体つきの女性らしさも勿論《もちろん》だが、全体的な雰囲気《ふんいき》が。

そのメリーに呼ばれてタキオンはここにいる。

「……それで、話ってなにかな？」

振《ふ》り向いたタキオンに、メリーは「ええ」と頷《うなず》いてから少し言葉を選ぶ。

「わかっていると思うけど……委員長のことよ」

その前置きは、彼女のちょっとした「探《さぐ》り」だった。知っていることも知らないような顔で通していたタキオンだ。クラスメイトたちが自分に抱《いだ》いている感情も理解しているのではないか、そう思っている。

タキオンもメリーの意図は理解したようだ。「ああ」と頷く顔は相変わらず穏《おだ》やかなものだったが、視線は彼女の目を外していない。探り合い、というと言葉が過ぎるかもしれないが。

「委員長が負傷したのは作戦行動中のこと。なら、誰《だれ》にだって怪我《けが》をする可能性があるし、……死ぬ可能性もある」

死ぬ。そう口にする時ほんの少しだけメリーの眉《まゆ》が動いた。タキオンは表情を変えなかったが、彼の背中越《ご》しにそれを見ていたイルマはそっと目を伏《ふ》せる。

「その作戦の護衛対象があなたの乗ったシャトルだった。……だからといって、あなたを責める理由にはならない。お門違《かどちが》いだわ」

タキオンを出迎《でむか》えるために2Dの生徒たちはシャトルポートにいた。そこへバグスが急襲《きゅうしゅう》をかけ、対応しきれなくなった守備隊の要請《ようせい》で急遽《きゅうきょ》防衛に回ったのだ。

情報も装備も不足している中、彼らの指揮官は敵の攻撃《こうげき》に倒《たお》れた。

それは不幸な出来事。しかし戦場では当たり前に起きることなのだ。メリーの言う「お門違い」とはそういう意味である。

しかし彼女は「でも……」と続ける。

「でも、それで納得《なっとく》できるかどうかは別なの。割り切れない人もいる」

メリーは再びタキオンの目を見つめる。碧《みどり》色の瞳《ひとみ》が僅《わず》かに陰《かげ》を映していた。

「私たちはただの兵士じゃない。私たちにとって、委員長はクラスメイトでもあった人なの」

それが、教室にいた仲間たちの心情を最も素直《すなお》に表す言葉だ。

生徒にして兵士。軍属学校という特殊《とくしゅ》な環境《かんきょう》に許された「優《やさ》しい兵士」の論理。

「甘いことだと思ってくれても構わないわ。でもここでの生活には、そういうものも必要なんだってことを、わかって欲しい」

メリーの言葉を、タキオンは相変わらず動かない表情のまま聞いていた。

それは生きることに懸命《けんめい》な火星の住人だからこそ必要な甘さ、優しさだ。

軍属学校の生徒たちは必要とされれば戦場に赴《おもむ》く。いつ自分が、そして仲間が死ぬかもしれない、それが彼らの青春。だからこそ同じ時間を生きる仲間を大切に思いたい。

その感情を無視しないで欲しい。メリーは、タキオンにそう頼《たの》んでいる。

（最初にきちんと言っておかないと……）

静かな口調の底に責任感が表れていた。

それは単にメリーがタキオンの教育係だからというだけではない。彼女自身が、そうしなければとどこか思い詰《つ》めているようでもある。切実、あるいは悲痛。そんな思いが見え隠《かく》れしていた。

タキオンにそれが感じ取れたかどうかはわからない。彼は「ああ」と小さく呟《つぶや》いて。

「……ごめん。少し、やりすぎたと思う」

初めて反省の言葉を口にした。

そして、彼がその時に見せた表情がメリーを困惑《こんわく》させる。

憂《うれ》い、寂《さび》しさ、そして疲《つか》れ。それらの入り混じった虚《うつ》ろな目で、タキオンは自分の足下《あしもと》を見ていた。まるで、母親に叱《しか》られた子供のように。

「……焦《あせ》ってるんだ、僕は」

「タキオン、あなた……」

メリーには彼の言葉の意味を理解しきれない。「やりすぎ」そして「焦《あせ》る」とはどういう意味だろう。だが彼女がそれを問うより早く、タキオンはすぐに表情を変えてしまった。

「まあ、シドウ君の言ったことも事実じゃないかな。地球生まれの僕は、自分でも気づかないうちにきみたちを不愉快《ふゆかい》にさせるかもしれない。

そういう時はこうして叱《しか》ってくれて構わないよ。ただ……できれば、少し甘やかして欲しいとも思うんだよね」

タキオンは小さく苦笑いしている。困ったような、申し訳なさそうな、曖昧《あいまい》な苦笑だ。

その顔のまま、それまで背を向けていた二人へ振《ふ》り返る。

「GJ……シドウ君って、地球嫌《ぎら》い？」

タキオンの質問に、猫背《ねこぜ》のクラスメイトは頭を掻《か》いた。

「ん、どうかな。特別ってわけじゃないと思うけど……火星人は、大体地球が嫌いだから」

タキオンへの配慮《はいりょ》と、改めて教えておこうという意味合いと、半々だろう。タキオンもそれは予想していたとみえ、「じゃあ……」と続けて質問する。

「いつもあんなふうに誰《だれ》かを殴《なぐ》るのかな？　そういうタイプには見えなかったけど」

「……いや、そんなことないよ。いつものシドウ君なら、あんなことしない」

相変わらずボソボソと陰気《いんき》な声音《こわね》だが、GJの返答には迷いがない。それを聞いてタキオンは「そうか」と頷《うなず》いた。

「委員長は、よっぽど信頼《しんらい》されているんだな。それに、シドウ君もだ」

そう呟《つぶや》いた彼は小さく笑う。それは皮肉でも嫌味《いやみ》でもなく。少し寂《さび》しそうに、だが素直《すなお》に何かを羨《うらや》んでいるようだった。

●

人類が宇宙に進出して火星にまで住むようになっても、あまり変《か》わり映《ば》えしないものはある。

例えば携帯端末《けいたいたんまつ》。二十一世紀初頭に小型化のピークを迎《むか》えて以降、その大きさや形状はさしたる変化を見せていない。小さすぎても薄《うす》すぎても、それを使う人間の手に馴染《なじ》まないからだ。

例えば自動車。素材や動力機関は未《いま》だ技術開発の余地を残しているが、形状に関してはほぼ変わらないところまで来た。相変わらずタイヤは四つで、ヘッドライトは左右にひとつずつだ。

人間工学に基づく以上、そういったものの設計は人類の方が大きく変化しない限り変わらないのだろう。それは大小を問わず。

病室などは最たる例と言える。色は白を基調に。個室は広すぎても狭すぎても良くない。一人用のベッドに加え、見舞客《みまいきゃく》が二、三人入れるくらいの余裕《よゆう》がちょうど良い。

「殴《なぐ》っちまったわ……あの留学生」

シドウは独《ひと》り言《ごと》のように呟いた。丸椅子《いす》に腰《こし》かけ、タキオンを殴った手を見る。

「テキトーな言いがかりつけてよ、そこらのチンピラみてえだった」

彼の言葉は返事を求めない。それを聞かせる相手が返事をできる状態にないからである。ベッドに横たわった患者《かんじゃ》。全身に沢山《たくさん》の医療《いりょう》機器をつけられ、呼吸すら機械の補助なしにはできない重傷を負った、2Dクラスの委員長だ。

全身の四割に重度の火傷《やけど》。内臓にも深刻なダメージを負い、未《いま》だ意識は戻《もど》らない。顔も半分しか見えないその痛々しい姿に、シドウは深く息を吐《は》いた。教室でタキオンを殴《なぐ》り飛ばした時とは別人のように苦しげな表情で。

「わかってんだよ。あんたがこんなになったのはアイツのせいじゃない」

あの時、バグスが放つ榴弾《りゅうだん》のタイミングを読み違《ちが》えた。委員長は、塹壕《ざんごう》を飛び出すタイミングを間違えてしまったのだ。

「基本のキだぜ。……何回やってきたんだよ」

突然《とつぜん》駆り出されたことや情報が足りなかったこと、使い慣れた装備ではなかったこと。理由はいくらでも挙げられるが、その中にタキオン・シュガの名が連ねられることはない。

しかし、シドウは我慢《がまん》できなかった。平然としているタキオンを見て、その拳《こぶし》を止めることができなかった。

いつも委員長の傍《そば》に控《ひか》え、年若い生徒たちを時に厳しく、時に優《やさ》しく引き締《し》める最先任下士官。それがシドウ・アマギ軍曹《ぐんそう》だ。

クラスメイトたちも驚《おどろ》いただろうが、なによりシドウ自身が驚いている。あの時は、まさしく頭が真っ白になっていた。

「らしくねえ……最先任が聞いて呆《あき》れらあ」

何故《なぜ》なら、それがかけがえのない「戦友」のことだったからだ。

シドウと委員長は他《ほか》のクラスメイトと違って元々正規軍の軍人だった。

いくら軍属学校が「生徒にして兵士」の集まりとはいえ、素人《しろうと》同然の子供を集めても戦力にならない。だから新入生によって新規に部隊《クラス》が編成される際には必ず正規軍の将校が基幹要員として出向する。軍隊式の規律と訓練で、生徒たちを一端《いっぱし》の兵士にするために。

2Dクラスの場合、それは委員長とシドウだった。委員長は小隊長としてクラスをまとめ、シドウは最先任下士官として生徒たちを鍛《きた》える。年齢《ねんれい》は委員長が一一歳、シドウが十歳半。クラスの中では年齢も一段高い「大人」なのである。

そしてシドウは、軍属学校への出向が決まった委員長が元いた部隊から連れて来たのだった。まさしく、全幅《ぜんぷく》の信頼《しんらい》を寄せる片腕《かたうで》として。

「ガキどもを教えてるつもりが、いつの間にか感化されて……ザマぁねえ」

自嘲《じちょう》した。彼は火星数え六歳で志願兵として軍に加わった生粋《きっすい》の兵士である。

軍において私闘《しとう》は厳禁。それを「教育」などという言葉で誤魔化《ごまか》した。恥《は》ずべき行為《こうい》だ。

おそらく、クラスメイトたちは相当な驚《おどろ》きだっただろう。クラスが編成されてから半期の間、シドウはまさしく軍人の手本のように振《ふ》る舞《ま》い、生徒たちに範《はん》を示してきたのだから。

訓練や戦闘《せんとう》の最中に乱暴な言葉を使うことはあるし、プライベートな時間では年上の友人として接することもあったが、ああまで感情的になるところは誰《だれ》も見たことがなかったはず。

(そうだ……あんたの前以外で軍人じゃなくなったのは、初めてだな)

立場上、本当に素《す》の顔を晒《さら》せるのはクラスの中で委員長だけだった。最先任下士官として、シドウは常に「古参兵」に徹《てっ》していた。

それを、タキオン・シュガはいとも簡単に打ち崩《くず》したのだ。

「……」

拳《こぶし》を開き、手のひらを見つめる。その視線を眠《ねむ》り続ける戦友の顔に移した。見慣れた男の顔に、まだ見慣れない少年の顔がオーバーラップする。

——喧嘩《けんか》ならいつでも買うよ。……でも、八つ当たりの的になるつもりはない。——

「八つ当たり……か」

正しい。確かに、あの時のシドウを最も的確に表した言葉だ。

それだけではない。指揮官不在というクラスの状況《じょうきょう》を憂慮《ゆうりょ》したり、殴《なぐ》りかかったシドウにまず最先任下士官としての立場を問うた。

軍人として、一人の兵士として、タキオンの言葉は全《すべ》て正しかったのだ。

(アイツは、一体……)

冷静に考えなければならない。そう思った。

委員長不在の今、クラスを守るのは自分の役目なのだから。

●

2Dクラスの生徒、アリカ・サイオンジはとても不機嫌《ふきげん》だった。

ツリ目の三白眼《さんぱくがん》を普段《ふだん》の三割増しに凄《すご》ませ、病院の廊下《ろうか》にあるまじき怒気《どき》を発している。おかげで、通りかかった患者《かんじゃ》や見舞《みま》い客が怖《こわ》がって近寄らない。ナースたちですら彼女がドッカリと腰《こし》を下ろした長椅子《ながいす》を避《さ》け、廊下の反対側《がわ》をそそくさと通り抜《ぬ》ける始末だ。

「クソッ……ムカつくぜえ」

苦虫《にがむし》を噛《か》み潰《つぶ》したような顔で吐《は》き捨てる。腕《うで》を組み、両足は大きく開いて、とても女子生徒には見えない。唯一《ゆいいつ》その伸《の》ばした黒髪《くろかみ》は女らしいのだが、それも乱雑に束ねてバンダナで適当に縛《しば》っているので、彼女に少女らしい部分を見出《みいだ》すのはとても苦労する。

「あの地球人野郎《やろう》……」

不機嫌の理由は、今日やってきた留学生だ。自分の感情にとても素直《すなお》な彼女は、彼の見せた態度がいちいち気に入らなかった。

仲間を大事にするのは正規軍も軍属学校も同じ。軍属学校の場合、そこに「クラスメイト」

という独特の意識が絡《から》まるから、時に正規軍よりもその繋《つな》がりは強い。

だからアリカには、平然と軍人らしい言葉だけを並べるタキオンが気に入らない。そして、彼女にとってさらに腹立たしいのは……。

「シドウさん、大丈夫《だいじょうぶ》かな……」

三白眼《さんぱくがん》の怒気《どき》がふと落ちて、心配そうなのと同時にどこか不安げな表情を浮かべた。

自慢《じまん》ではないが、アリカは頭が悪い。自他共に認める「脳味噌筋肉《のうきん》」な少女だ。小難しいことを考えるのが苦手で、だからこそ向いていると思って軍属学校に入った。

そんなアリカにとってシドウ・アマギとは憧《あこが》れであり、絶対的な存在だ。

戦場では鍛《きた》えられた肉体で常に歩兵の先頭に立ち、学校ではクラスメイトの一番後ろから叱《しっ》咤激励《たげきれい》、時に指導し、教育する。行動基準の全《すべ》ては軍規、これぞまさに兵士の鑑《かがみ》。

男女の感情などではない。自分と同じ歩兵の中で最も優《すぐ》れた相手として、アリカはシドウを心から尊敬している。

そのシドウが、最先任下士官としての立場を忘れてタキオンを殴《なぐ》り飛ばした。それはアリカにとって途轍《とてつ》もない衝撃《しょうげき》だ。

彼の軍人らしからぬところを見てしまったという衝撃は勿論《もちろん》、タキオンの態度がそれほどに重いものだったということにアリカは驚《おどろ》き、そして怒《おこ》っていた。自分が尊敬するシドウに失態を演じさせた。そう思っている。

（シドウさんが止めてなきゃ、オレがヤキを入れてやってるとこだ）

脳筋《のうきん》少女は内心の呟《つぶや》きまで男言葉。

あの休み時間にシドウがタキオンを殴ってしまったことで、結果としてクラスメイトたちの感情が暴発することは抑《おさ》えられていた。よりにもよって最先任のシドウがやってしまったのだ。感情的に賛同できても、後に続いてはシドウに恥《はじ》の上塗《うわぬ》りをさせることにもなる。

（シドウさんなら大丈夫《だいじょうぶ》なはずだ。でも委員長が寝《ね》てる間、オレらの面倒《めんどう》は全部シドウさんに……くそっ、どーすりゃいいんだよ）

頭が悪いなら悪いなりに何かしたいと思う。シドウが感情の爆発《ばくはつ》を見せたことで、タキオンが指摘《してき》した「指揮官不在」の危《あや》うさを無意識の内に感じているのだ。

そして彼女は、自分が抱《いだ》くその心配がタキオンの言葉と一致《いっち》していることには気づいていない。結果、とりあえず脳筋少女の苛立《いらだ》ちはタキオンへ向けられていた。

「……待たせたな」

彼女の苛立ちが再び吐《は》き出される直前。その声は来た。

「いえっ、全然ッスよ」

アリカは慌《あわ》てて立ち上がり、病室から出てきたシドウに駆《か》け寄る。と同時に、ブルリと身震《みぶる》いした。シドウの放つ、その気迫《きはく》に。

峻厳《しゅんげん》な面持《おもも》ちでしっかりと胸を張り、足の裏から頭の天辺《てっぺん》まで、一本の太い芯《しん》が通っているかのよう。まさしく最先任下士官に相応《ふさわ》しい佇《たたず》まいだ。

(よかった、いつものシドウさんだ)

あの休み時間のことはまさしく気の迷い。これこそ自分たちが最も信頼《しんらい》する最先任下士官。その頼《たの》もしさに、アリカはさっきまでの苛立《いらだ》ちも忘れて「へへっ」と笑った。そのまま、飼い主の足下《あしもと》にじゃれつく子犬のようにシドウを追う。

「病院であまり怖《こわ》い顔をするなよ。こっちの病棟《びょうとう》には民間人も来るから、苦情が出る」

「すんませんッス。……でも、あの地球人野郎《やろう》がムカついてムカついて」

思い出したらまた腹が立ったのか、三白眼《さんぱくがん》を吊《つ》り上げるアリカ。シドウは何も言わなかった。

アリカは直情的なだけ、正直だ。そして彼女の正直さは他《ほか》のクラスメイトたちの心情にも通じている。

「でもクラスの奴《やつ》ら、なんかアイツのことはとりあえず放《ほ》っとけみたいな空気になってやがるし……くっそー」

その後もアリカはタキオンへのイライラを真っ正直に吐《は》き出し続けた。シドウはそれを聞きながら、ただ黙《もく》して歩き続ける。

●

タキオンに校舎裏の格納庫を案内するメリー。二人はそれを離《はな》れたベンチから見守っていた。

「正直なとこ、どう思う？」

メリーを心配する気持ちとタキオンに対する疑問が入り混じって眉《まゆ》が可愛《かわい》く寄っているメガネ女子。そして。

「……どう、って言われても」

居心地《いごこち》悪そうにベンチの端《はし》に座っているドンヨリ男子。尤《もっと》も、彼はどんな人間に対しても大体居心地悪そうにするのだが。

「タキオン君の教育係、メリーじゃなかったらそのうちキレるか倒《たお》れるかしちゃうよね。

……正直、なに考えてんのかわかんない」

イルマだって委員長に対する仲間意識はある。それをひとまず横に置いておくとしても、タキオンが教室で見せた態度は異質だ。

（そりゃあ、注目は集まるけどさ……でもそんな目立ちたがりにも見えないし）

一方のGJはもう溜息《ためいき》しか出ないようで、ベンチの上で膝《ひざ》を抱《かか》えていた。

「ハァ……タイミング間違《まちが》えたかなあ」

GJは空気が読める。要領も良い方だ。陰気《いんき》な雰囲気《ふんいき》のせいで友達が多いとはいえないが、彼を嫌《きら》いだという人間も少ない。彼なりにタキオンの立場や雰囲気を察して声をかけてみたはいいものの、まさかあんな修羅場《しゅらば》に巻き込まれるとは思わなかった。

「シドウ君が真っ先に手ぇ出しちゃったのって、タキオン君にとっちゃラッキーかもね。そうじゃなきゃ、今頃《いまごろ》アリカあたりがボコボコにしようとしてるよ」

容易に想像できてしまい、GJは「ははは……」と引きつった笑いを浮かべた。そして。

「……でも、村八分《ハブ》にしようとは思わないでしょ。

タキオンに利用価値があるって思ってるのは……たぶん、みんなそうだよ。

ひとまずはクラスの中に置いときたいし……アリカが何かしようとしても止めるだろうね」

声は小さいが、ハッキリと言った。

イルマは「利用価値かぁ」と空に向かって吐《は》き出した。

「ま、普通《ふつう》はそう思うよ……。どう考えたってVIPだもん」

火星に独自の統治機構が発足《ほっそく》してから、地球と火星は一応「友好国」としての関係を続けている。火星は地球からの人員や食料、地球は火星からの資源を必要としていたからだ。

お世辞にも対等とは呼べないが、関係を結んでおくメリットは確かにある。

その友好国である地球からやってきた親善大使。タキオンはただの生徒や兵士以上の価値を持っている。

「偉《えら》い人たちにしてみれば、タキオンにもしものことがあったら困るはずだ。だとすれば、彼がいる限り僕らのクラスがそうそう危険な目に遭《あ》わされることはない」

GJがクラスで最初に声をかけたことに、そういう打算が無かったかといえば、全く無いとは言い切れないだろう。空気が読めて要領が良いGJなら、むしろその方が自然である。

「みんな、それはわかってるかぁ……」

彼の隣《となり》に座っているクラスメイトはその打算をついて苛《いじ》めるほど意地悪ではない。……自分ばかり「いい友達」をしようという気も無いけれど。

「で、みんな……ってことは、あたしもあんたもってことっしょ？」

少し困った顔で笑ってGJを見た。陰気《いんき》な男子生徒は何も言わず、前髪《まえがみ》の陰《かげ》からメガネの女子生徒を見上げている。

「……そりゃ、誰《だれ》だってそう思うよ。死にたくないもん」

呟《つぶや》いたイルマの声は、乾《かわ》いていた。

●

帰宅しても、タキオンにはまだそこが「自宅」だという感覚が湧《わ》かない。

越《こ》してきたばかりで家具は最低限、見回してみても実に殺風景。日が沈《しず》んだ薄暗《うすぐら》い部屋の中で、タキオンは個人端末《たんまつ》の立体投影《とうえい》式ディスプレイに目を落としていた。

そこには木々が生《お》い茂《しげ》る湖畔《こはん》をバックにして微笑《ほほえ》むタキオンの画像が映し出されている。彼の隣《となり》には同じく微笑む女性……母の姿があった。

「……火星には無いものばかりだ」

こんなに鮮《あざ》やかな緑の木々も、青く澄《す》んだ湖も、火星には無い。開拓《かいたく》都市の外は赤い大地と改造植物の黒い森。都市の中でさえ、火星の環境《かんきょう》に合わせて開発された植物しか見ることはできないのだ。その大半は地球のものと比べてどこか褪《あ》せた色をしている。

火星に無いものはそれらの自然だけではない。

タキオンの横で微笑《ほほえ》む母。そして……。

「嫌《いや》な笑い方してたな、僕……」

写真の中の素朴《そぼく》な少年の微笑みも、今この星には無い。自分が今日一日で浮かべた表情を思い返し、タキオンは疲《つか》れた顔で息を吐《は》いた。

続けて端末《たんまつ》に呼び出すのは2Dクラスの名簿《めいぼ》。

一人一人の顔写真に階級、出身や軍歴まで細かに記載《きさい》されている。火星では個人情報は保護されるものである以前に、管理されるものなのだ。

その中で、メレディス・アシュクロフトの軍歴にタキオンは目を留める。そこに刻まれた、彼女の過去に。

「……」

少し寂《さび》しげに目を細め、ページを進める。

シドウ、イルマ、GJ、アリカ……自分を含《ふく》め、二〇人余りのクラスメイト。その最後に、彼の写真が現れた。

真面目《まじめ》そうな相貌《そうぼう》の青年。少し線の細く見えるところはあるが、軍歴はシドウに次《つ》いで長い。

士官学校を卒業して正規軍の歩兵小隊で隊長を務めた、れっきとしたエリートだ。

今は病床《びょうしょう》で眠《ねむ》っている、2Dクラスの委員長。

彼の写真を前に、タキオンは眉《まゆ》を寄せた。苦しげで、申し訳なさそうで、角度によっては今にも泣き出しそうな顔に見える。

「……ごめん」

震《ふる》える声で呟《つぶや》く。

「余裕《よゆう》が無いんだな、僕。

……今、このまきみが死んでくれたらって、思ったんだ」

彼の言葉を聞き咎《とが》める者はこの場にいない。

それだけなら、タキオンは孤独《こどく》の中で項垂《うなだ》れているだけだっただろう。しかし、メッセージの着信を知らせるアイコンがその顔を上げさせた。

着信は三件。どれも、今日連絡先《れんらくさき》を交換《こうかん》したクラスメイトからだ。

『いろいろあると思うけど、これからよろしく。よかったら、お昼くらいは付き合うよ』

メッセージの文面まで、なんだかボソボソと呟いているように見える。

『明日は模擬《もぎ》戦入ってるから、キツいよー。とりま、頑張《がんば》ろ。

……あ、一応言っとくけどあたし彼氏いるから。アシカラズ』

なにがどう「アシカラズ」なのかわからないが、悪意は無さそうだ。

『明日も学校に来て』

シンプルにもほどがある。建前《たてまえ》だけにしたって、もう少し何か書きそうなもの。

「……ふっ」

思わず笑ってしまった。彼らにもそれぞれに思惑《おもわく》があって、本音と建前がある。完全にタキオンの味方かといえば、そうとも言い切れない。

……でも、自分を気にかけてくれている。クラスメイトとして。

次にタキオンが吐《は》いた息は憂鬱《ゆううつ》な溜息《ためいき》ではなかった。肺の中の空気を入れ替《か》え、暗く淀《よど》みかけていた思考を切り替える。

(余裕《よゆう》が無くたって、もう後戻《あともど》りはできないんだ……やるしかない)

タキオンには秘密がある。まだクラスの誰《だれ》にも話せない秘密が。それをいつ、どんな形で彼らに打ち明けるのか見極《きわ》めなければならない。そして、彼にとって本当の戦いはそこから始まるのだ。

「……やれるだけのことは、やらせてもらうさ。死にたくないからね」

薄暗《うすぐら》い部屋の中、タキオンは黙々《もくもく》と端末《たんまつ》に向かっていた。

第二章　最初の作戦

その小隊《クラス》を率いていたのは、正規軍から出向してきた士官学校出の少尉《しょうい》だった。経験も浅く、お世辞にも迫力《はくりょく》があるとは言えない女性。だが彼女は、さほど年齢《ねんれい》の離《はな》れていない生徒たちと親身に接することでよくクラスをまとめ、上手《うま》く部隊を動かしていた。そんな彼女をメリーは信頼《しんらい》し、尊敬していたのだ。

「少し、顔色が良くないわね」

その日、出動を前にして彼女に呼び止められた自分の顔色がどのようなものだったのかは覚えていない。気分が優《すぐ》れなかったから、いくらか疲《つか》れていたのかもしれない。

「病欠にしとくから、今日は休んでなさい」

長い髪《かみ》を束ねながら優《やさ》しく微笑《ほほえ》む彼女。

メリーは反論した。確か、狙撃手《そげきしゅ》は自分しかいないから……とか、そういう言い方だったと思う。よく覚えていない。

「大丈夫《だいじょうぶ》、今回は警備任務だから。後方へ戻る輸送隊のお供よ？　敵と遭《あ》う方が珍《めずら》しいわ」

それ以上食い下がることはできなかった。それでも万が一のことがあるといけないから、PBUは脱《ぬ》がずに学校で待機していようと思った。

「メリーは真面目《まじめ》ねえ。大丈夫大丈夫《だいじょうぶ》」

そう言って、彼女は出て行く。クラスメイトを率いて。

それから……何時間くらいだろう。覚えていない。昼前の出撃《しゅつげき》で……夕方頃《ごろ》だったかもしれない。よく、覚えていない。

覚えているのは、今もはっきりと覚えているのは……物言わぬ骸《むくろ》となって学校へ帰ってきたクラスメイトたちの姿。

一人ずつ真っ白な袋《ふくろ》に入れられて、次々に運び込まれてきた同級生たち。

なにが起こったのか。簡単な任務ではなかったのか。正規軍の兵士たちに詰《つ》め寄り、彼らに起こった事を知った。

戦線の隙《すき》を突《つ》いて入り込んでいた有力な敵集団に急襲《きゅうしゅう》され、逃《に》げる間もなく部隊は壊滅《かいめつ》したのだ。彼らのほとんどは、自分たちに何が起こっているのかもわからないまま死んだ。

そして、遺体の中に彼女はいなかった。

生き残った……という言い方ができるのかどうかわからない。

彼女を含《ふく》め、辛《かろ》うじて一命《いちめい》を取り留めた数人は病院へ運ばれていたのだ。だがその有様《ありさま》は「生きている」というより「死んでいない」と言った方が正しい。

それから、メリーは一度も彼女に会っていない。面会謝絶の状態が長く続き、それが明ける頃には新しい部隊……今のクラスへの転属が決まっていたからだ。今もまだ、彼女は目を覚ましていない。

――大丈夫大丈夫――

それが、メリーの覚えている彼女の最後の言葉。

その言葉が耳の奥で凍《こお》りついている。

一人だけ生き残ってしまった。

一人だけ。

自分だけが生きている。死んでいった仲間の骸の上で。

その暗く冷たい足下《あしもと》。彼女はいつまでも動けないまま、やがてゆっくりと暗闇《くらやみ》へと呑《の》み込まれていく……。

●

「……ッ！」

目を覚ました。

全身に熱を感じながら、メリーは寝床《ねどこ》から身体《からだ》を起こす。下着が肌《はだ》に張り付く感触《かんしょく》。シーツを強く掴《つか》む手の震《ふる》えを止められない。

カーテンの向こうからぼんやりと透《す》ける朝の光。

夜は明け、朝が来る。だがメリーはまだ、悪夢の余韻《よいん》に震えていた。

●

「覚悟《かくご》しやがれぇ、地球人野郎《やろう》ッ！」

ヘルメットの下で八重歯《やえば》を剝《む》き、アリカは手にしたアサルトライフルを構えた。真新しいPBUに身を包んだタキオンをバイザー越《ご》しに睨《にら》みつけ、伸《の》ばしていた指を引き金《トリガー》にかける。

「死ねッ！」

躊躇《ちゅうちょ》なくトリガーを引いて連射。撃《う》ち出された弾丸《だんがん》がタキオンに命中……する直前、標的が視界から消えた。

「ンだとぉっ！」

ツリ目を見開いて飛び出す。そこへ一斉《いっせい》に銃弾《じゅうだん》が浴びせかけられ、憐《あわ》れアリカは蜂《はち》の巣《す》に。

「ツてぇなチクショウ！」

否《いな》、蜂の巣にはならなかった。代わりにペイント弾で全身ピンク色。

『死体が喋《しゃべ》るな！　大人しく寝《ね》とけ！』

シドウの怒声《どせい》が飛び、アリカは渋々《しぶしぶ》その場に寝転がる。わざとらしく大の字に伸ばした手足、バイザーの下の仏頂面《ぶっちょうづら》が目に浮かぶようだ。

「……やれやれ」

鉄骨で組まれた監督席《かんとくせき》で拡声器《かくせいき》を手にしたシドウは溜息《ためいき》を吐《つ》く。

眼下には塹壕《ざんごう》や土嚢《どのう》、諸々《もろもろ》の遮蔽物《しゃへいぶつ》で構成された模擬《もぎ》戦場。早々に戦死したアリカを余所《よそ》に2Dの生徒たちによる模擬戦が続いている。

アリカを筆頭に血の気の多い歩兵で組まれた班の相手をしているのは——。

「まさか、本当に僕目《めが》掛けて突撃《とつげき》してくるとはね」

アリカに対する囮《おとり》を務め、撃ってきたところで土嚢に身を隠《かく》していたタキオン。後は釣《つ》られてノコノコと出てきた彼女をＧＪとイルマが仕留めればよかった。

体育の時間によく見かける「二人一組になれー」と同じ要領で作られた模擬戦班で、誰《だれ》もよりつかないタキオンの班に加わったのはＧＪ、イルマ、そしてメリーの三人だけ。

即席《そくせき》も即席、他《ほか》の班が五人一組であることを含《ふく》めても不利だろうとシドウは見ていたのだが。

「アリカはチョロいよねえ。てか、あたし模擬戦で弾《たま》当てたの初めてかも」

「……この戦い方、好みだ」

いつもは後ろに隠れているだけか、さもなくば他のクラスメイトと一緒《いっしょ》に突撃してアウトになるイルマ。前に出る戦い方が苦手でいつも仲間に尻《しり》を叩《たた》かれるＧＪ。模擬戦になるとやる気を失《な》くす二人が妙《みょう》に生き生きとしながら、またもタキオンを狙《ねら》って飛び出した相手チームの生徒を仕留めた。

彼女らが着ているPBUは、先日のシャトルポートで使っていた借り物と違《ちが》ってクラスカラーのライトブルーに彩《いろど》られている。戦闘服《せんとう》としては派手なものに見えるかもしれないが、バグスには色を識別する能力が無いことが判明しているのでカラーリングによる迷彩《めいさい》の必要がない。

そして、イルマたちと違って支給されたままの真っ白なPBUを着ているのがタキオンだ。

「いいよ、二人とも。その調子で次もよろしく」

彼は二人を自陣《じじん》の内側《がわ》に配置。そこから動かず、目の前に出てきた敵を撃《う》つように指示した。

そうして自分が動き回って囮《おとり》になりながら二人の射線上へ敵をおびき寄せ、確実に相手の数を減らしていくのである。

その動きがまたなんとも誘われる動き方なのだ。遮蔽物《しゃへい》の隙間《すきま》にチラチラと姿を見せ、相手チームに、「もう少し前に出れば仕留められる」と思わせる。歩兵戦術といえば突撃《とつげき》か包囲くらいしか思いつかない生徒たちを釣《つ》るのは簡単だ。

GJとイルマを配置した場所にも抜《ぬ》かりがない。遮蔽物による射角の制限を的確に分析《ぶんせき》し、どちらかを狙おうと動けばタキオンがカバーできるような仕組み。

そして……これは上から見ているシドウにしかわからないことだが。

「エゲツねえ……」

メリーの配置である。彼女は他《ほか》の二人と違って動き回っている。それも模擬戦場の外側を、徹底《てってい》的に身を隠《かく》しながら。

「……」

メリーは終始無言。

タキオンを無視して迂回《うかい》しようとしたり、複数人数が一斉《いっせい》に仕掛《しか》けようとすると機先を制して彼女が不意打ちを喰《く》らわせる。それ以外では、たとえ目の前で相手が無防備な背中を晒《さら》していようとも絶対に撃たない。

「あっ、また当てちゃった？　カーラ、ごめんねー」

「……実戦もこうならいいのにな」

タキオンだけが囮役に見せて、実はさっきから無駄口《むだぐち》を叩《たた》いている二人もメリーの存在を隠すための囮なのである。

（地球の士官学校も伊達《だて》じゃねえってか……）

おそらく、タキオンの戦術についてきちんと理解しているのはメリーとシドウだけだろう。GJとイルマですら自分たちが果たしている役割を単なる「銃座《じゅうざ》」くらいにしか理解できていないし、それで打ち負かされている他の班もまた……。

「っしゃあ、第二ラウンドだ！　今度こそブッ殺す！」

タタッ、タタタッ！　パパパパパッ！

「ぐはっ、正々堂々勝負しやがれコンチクショウ！」

『アリカ、死体が喋《しゃべ》るなと何度言えばわかる。大人しく死んどけ！』

自分たちが手玉《てだま》に取られる理由を正しく分析《ぶんせき》できてはいまい。それが軍属学校の練度なのだ。

とはいえ……。

（地力《じりき》の違《ちが》いかよ……。嫌味《いやみ》なくらい、手を抜《ぬ》かねえでやがる）

自分が鍛《きた》えた生徒たちを手玉に取るタキオンをシドウは素直《すなお》に認められないのだが。

●

GJことグレゴリー・ジャックマンには明確に苦手な人間のタイプがある。

例えばそれは、物事をちゃんと理論立てて考えない人間。短絡《たんらく》的であるということに「直感」とか「感覚」とか「気分」とか、そういう適当な理由をつける人間。とかくその手の人間は相手にもそれを強要する傾向《けいこう》があり、大抵《たいてい》は人の話をちゃんと聞かない。

その、典型的な例を一つ挙げるとすれば。

「おい……おいGJ野郎《やろう》、ちょっと来い」

アリカ・サイオンジのような「脳筋《のうきん》」も苦手なのだ。

「……なに？　そのGJ野郎って」

急に呼びつけられて嫌《いや》な予感しかしないGJだが、ここで逆らったり、まして無視などしようものなら「テメーなにシカトこいてんだよ」と小突《こづ》かれるのは目に見えている。このクラスが編成されてから今までで学習したのだ。主に実体験で。

「いいから、ここ座れ」

校庭の隅《すみ》にある木陰《こかげ》で女子とも思えないヤンキー座りのアリカ。GJは身体《からだ》を縮めるように体育座りした。今まで何かと彼女には小突かれてきたので、少し距離《きょり》をとっているのは仕方ないと思ってもらいたい。アリカも気にしない。

「どういうことだよ、アレ」

と、アリカはグラウンドの真ん中で模擬《もぎ》戦の後片付けに励《はげ》むタキオンを顎《あご》で指した。真っ白なPBUは砂と埃《ほこり》で汚《よご》れていたが、ヘルメットを取ったその顔は爽《さわ》やかな汗《あせ》で輝《かがや》いている。

朝一《あさいち》から午前中いっぱい続いた模擬戦。片付けに割り振《ふ》られたクラスメイトは皆《みな》ヘトヘトだ。呼吸も乱さず淡々《たんたん》と作業に従事するタキオンに、アリカは苦虫《にがむし》を噛《か》み潰《つぶ》したような顔。

「あの地球人野郎、なんであんな平気なツラしてんだ。地球育ちのモヤシじゃねえのかよ」

「モヤシって……。聞いてたでしょ？　タキオンは地球の士官学校にいたんだから、下手すると僕たちよりキツい訓練を受けてきてるんだよ」

これが火星の士官学校ならタキオンやシドウの方が「普通《ふつう》」になる。良くも悪くも、軍属学校とは速成で兵士を作る場所なのだ。

「それに火星は地球より重力が小さいからね。……今はまだ、自分の身体《からだ》が軽く感じる時期なんじゃないかな？」

「クソッ、地球補正かよ。チート野郎《やろう》め」

バンダナで縛《しば》った黒髪《くろかみ》を乱暴に掻《か》き上げながら吐《は》き捨てるアリカ。ＧＪは乾《かわ》いた笑《え》みしか浮かばなかった。これだから脳筋《のうきん》と話すのは疲《つか》れるんだ。……地球補正ってなにさ。

地球の重力を１Ｇとすると火星の重力は０・８９Ｇに相当する。元は０・３Ｇ程度だったのを、南北極冠《きょっかん》に設置された人工重力補正装置、通称《つうしょう》「重力パイル」によって補正しているのだ。だからＧＪが言った通り、地球から火星に来たばかりのタキオンが一割ほど自分の身体を軽く感じていたとしても不思議ではない。

「まあ、ＰＢＵを着けてあそこまで動けるのは凄《すご》いと思うけど……」

これはＧＪも素直《すなお》に感心するところである。

ＰＢＵ――Powered《パワード》 Battle《バトル》 Uniform《ユニフォーム》には筋力や瞬発力《しゅんぱつりょく》といった身体能力を補助・強化するための人工筋肉が張り巡《めぐ》らされており、軍属学校の生徒のように素人《しろうと》同然の若者……言ってみれば子供たちが短期間の訓練で戦場に送り出されても一応の「戦力」として計算できるのはこのＰＢＵに拠《よ》るところが大きい。

とはいえ生身《なまみ》と微妙《びみょう》に異なる身体感覚には慣れを必要とするし、火星では一〇〇パーセントに近い普及《ふきゅう》率のＰＢＵも地球ではマイナーな装備のはず。タキオンがそれを使いこなしているのは基礎《きそ》体力の高さと要領の良さ、その両方だろう。

「テメーも調子に乗ってんじゃねーぞGJ。今日のはたまたまだからな」

「わかってるってば……」

三白眼《さんぱくがん》にジロリと睨《にら》まれ、GJは反射的に目を逸《そ》らす。

タキオンが即席《そくせき》の班で模擬《もぎ》戦に全勝したことを「たまたま」と言い切るアリカの思考が全く理解できなかった。やっぱり、脳筋はイヤだ。

「まっ、シドウさんは全然負けてねーけどな！　むしろ勝ってる」

「……今日は監督《かんとく》だったから勝負してないじゃない」

つい余計なことを言ってしまったGJ。「るせぇっ」と飛んできたゲンコツに小突《こづ》かれる。

（なんで僕が……）

全く以《もっ》て、不条理だ。

●

タキオン・シュガがクラス内で微妙《びみょう》な立場であることはもはや確定的。にもかかわらず、人間関係に敏感《びんかん》なGJが彼と距離《きょり》をとろうと考えないのには理由がある。

彼が親善大使兼《けん》留学生であること。特別な生徒であるタキオンとの繋《つな》がりがあればいざという時に役立つかもしれない。打算的と言われようと、GJにとっては大事な要素だ。

「模擬《もぎ》戦は一方的に勝ちすぎたかな……でも、ひとまずクラスの練度は計れたよ」

片付けと着替《きが》えを終えて昼休み。食堂へ向かう途中《とちゅう》、タキオンが呟《つぶや》いた言葉にGJは目を丸くした。そして、「なんだかなあ」と溜息《ためいき》。

「隠《かく》しても仕方ないと思うから言っちゃうけどさ。僕……タキオンが何を考えてるのかさっぱりわからないよ」

今の言い方、まるで教官のようだ。上から目線にも程《ほど》がある。周囲を見回して自分以外に聞こえていないか確かめた。良かった、クラスメイトの姿は見えない。

するとタキオンはニヤリと笑って。

「大丈夫《だいじょうぶ》、他《ほか》の人に聞こえるようなところでは言わないよ。昨日、メリーに叱《しか》られたからね」

「はは、ははは……」

GJは乾《かわ》いた笑いしか出てこなかった。

タキオン・シュガが何を考えているのかわからない。GJだけでなく、クラスメイトたちの多くはそれを感じているだろう。

だから敬遠する。特別な立場だから露骨《ろこつ》に除《の》け者《もの》にするのも気が引けて、かといって積極的に彼の態度を是正《ぜせい》しようという気にもならない。もしそれを考える生徒がいるとすれば、タキオンの教育係であるメリーくらいのものだろう。

そして、タキオンの方もクラスメイトへ歩み寄ろうとしないのだ。GJのようにごく一部の相手を除いて。

微妙《びみょう》といえば微妙。だがもしそれを意図しているならば絶妙なバランスで、タキオンはクラスの中にその立ち位置を定めつつある。

「さてGJ、僕はきみに教わりたいことがある」

「……学食のオススメメニューかな？」

GJの冗談《じょうだん》交じりの当てずっぽうにタキオンは「さすが」と笑った。こういう時はなんとも屈託《くったく》がなくて、年相応の少年らしさを覗《のぞ》かせる。

だが、彼らに安穏《あんのん》とした時間は与《あた》えられなかった。

「いいよ。僕の好みになるけど、それで――」

『2D小隊に出動命令、2D小隊に出動命令。該当《がいとう》クラスの生徒は速《すみ》やかに出動準備に移れ。繰《く》り返す――』

出動を告げる放送。周囲の生徒にも緊張《きんちょう》が走る。自分のクラスでなくとも、出動のコールには反応してしまうのだ。

「出動？　……どうして」

GJは驚《おどろ》きを隠せない。

軍属学校のクラスに出動がかかるのは、それがどれほど優秀《ゆうしゅう》なクラスであってもせいぜい週に一度。２Ｄなら十日に一度でもスパンとしては短いくらいだ。

彼らが前に戦ったのはシャトルポートの防衛戦。半ば偶発《ぐうはつ》的なものだったとはいえ、それは僅《わず》か三日前のことである。それに今、彼らは指揮官を欠いている。

「なんで、こんなに早く……」

不安げに呟《つぶや》くＧＪ。そして。

「……僕のせいかもよ」

ポツリと呟いたタキオンの言葉は、彼に聞こえなかった。

●

先ほど脱《ぬ》いだばかりのＰＢＵに素早《すばや》く着替《きが》えて校舎裏に集合し、点呼《てんこ》。移動用の大型トラックで出動する。ここまで五分。軍属学校の部隊としては悪くない時間だ。

軍用に整備された道路を行くこと二時間。ハーシェルⅢ《スリー》南部の防衛線へ到着《とうちゃく》した２Ｄ小隊は、小隊長代理であるシドウ・アマギの指揮で展開した。

「陣地《じんち》の設営は終わったか。……作戦会議を始める」

彼らに与《あた》えられた任務は接近する敵集団から陣地を守ること。東西に走る深い谷のこちら側《がわ》にはコンクリート製の防衛陣地がいくつかあって、谷に架《か》かった橋を渡《わた》ってくる敵を迎《むか》え撃《う》てるようになっている。

　この陣地には正規軍の部隊が常時張り付いているのだが、手続きの都合で部隊の入れ替《か》わりが遅《おく》れているところに折悪くバグスが接近してきた。２Ｄの役目は、交代する正規軍部隊が到《とう》着《ちゃく》するまでここを防衛することだ。

　陣地では小隊長代理のシドウを中心に歩兵各班の班長が集まっていた。

「戦線司令部より入電。交代要員の部隊とは別に、砲兵《ほうへい》三個中隊が支援《しえん》のため第六区からこちらへ向かっているとのこと。到着予定は一五〇〇《ヒトゴマルマル》時です」

　通信兵を務めるイルマの声も、実戦となるといつものように明るく弾《はず》んでばかりはいられない。普段《ふだん》は左右に垂《た》らしている髪《かみ》をまとめてメガネも外しているため、随分《ずいぶん》と印象が引き締《し》まって見える。彼女曰《いわ》く、このギャップが彼氏に好評なのだそうだが……今は関係ない。

　司令部から送られてきたその予定時刻に、シドウは眉《まゆ》を寄せた。

「一五〇〇……予定通りに着いても一時間近くあるな。六区からとなりゃあ、三〇分は遅《おく》れると見た方がいいか。……蟲《むし》どもの動きは？」

「報告だと、小型の歩兵を中心にした中隊規模の集団がふたつ。到着までの予想時間は一時間半後だけど……」

「こっちは、三〇分早まるつもりでいた方がいいな」

　大雑把《おおざっぱ》に見積もって三〇分は２Ｄ小隊だけでこの陣地をもたせる必要があるということだ。

改めて地図に目を落とすシドウ。この陣地《じんち》が受け持つ橋はふたつあり、ひとつは陣地正面に架《か》けられた幅広《はばひろ》の鋼鉄橋《こうてつきょう》。もうひとつは西側《がわ》に架けられたコンクリート橋。西側の橋は作業用に架けられた橋で、正面の橋と比べても幅は狭《せま》く進軍に向かない。

仮に敵が西側の橋を渡《わた》ってきたとしても陣地の西側面を通らねばならず、陣地内からの攻撃《こうげき》で十分に対処できる。どちらの橋を重視するかは言うまでもなかった。

「正面を守ってればなんとかなるか……」

報告では敵の大部分が歩兵バグスだ。正面に火力を集中し、西側には目を配っておくだけで砲兵《ほうへい》支援《しえん》が到着《とうちゃく》するまでの時間くらいは持ち堪《こた》えられるだろう。

今は本来の指揮官が不在なのだ。シドウが安全策を採《と》るのは必然といえた。

だが、そこに異を唱えた生徒がいる。

「西側の橋を落とすべきだ」

躊躇《ちゅうちょ》なく言い放ったその言葉に全員が振《ふ》り向く。その視線を一身に浴びてなお、タキオン・シュガは堂々としていた。一人だけ色違《いろちが》いのPBUであるため、見た目でも浮いている。

班長でも通信兵でもない彼がここにいるのはその配置が決まっていないからだが、当然ながら小隊長代理であるシドウは彼に作戦立案など求めていないし、彼の御託《ごたく》を聞く理由も無い。

が、タキオンはシドウが無視して話を進めようとする間を読み、すかさず続けた。

「支援に来る砲兵中隊が布陣するのはこの陣地の東側だ。西側の橋は射角から外れる可能性が極《きわ》めて高い」

「……だったらなんだ」

タキオンの口調は進言や提案というよりも、命令しているかのように強く、断定的だ。そんな口の利《き》き方《かた》をされてはシドウも無視できず……結果、彼の「御託」をさらに引き出すことになる。

「敵の主力は歩兵。正面から進めないとわかれば西へ集中する。砲撃が届かない西側から侵入《しんにゅう》する敵を捌《さば》いている間に増援が来たら……」

「増援だと？　そんな話は聞いてない。作戦前に余計なことを言って皆《みな》を動揺《どうよう》させるな！」

勿論《もちろん》、聞いていないからといって増援の可能性はゼロではない。しかし来るかどうかもわからない増援を警戒《けいかい》してこちらから橋を落としに行く危険を冒《おか》す必要などあるはずがない。

僅《わず》かに声を荒《あら》らげたシドウに、その場の全員が無言で同意を示していた。タキオンに注がれる視線は冷たく鋭《するど》い。

司令部からの通信に待機しているイルマと、端《はし》の方で会議に参加しているメリーだけが違う。

二人とも、タキオンの声や表情にいつもと違う必死さのようなものを感じていた。

相変わらず物怖《ものお》じしない顔で隠《かく》しているが、その裏に彼らしからぬ切迫《せっぱく》感がある。

とはいえ、それだけでメリーはタキオンに肩入《かたい》れするわけにいかなかった。

（憶測《おくそく》にすぎないわ。それに、無理をして誰《だれ》かが……）

嫌《いや》なイメージが頭をよぎった。クラスメイトが敵の攻撃《こうげき》に斃《たお》れる。実際に見たはずのないその光景が、悪夢の中からメリーに這《は》い寄るようだ。

(今はシドウの方が正しい……はず)

僅《わず》かに目を細めた。悪い考えを振《ふ》り払《はら》い、今は作戦会議に集中する。

タキオンの「御託《ごたく》」は続く。

「敵が分散するのを防いで正面だけに集中させれば、砲兵支援《ほうへいしえん》で一網打尽《いちもうだじん》にできる。という考え方なら?」

「くどいぞタキオン。橋を落とさなくても敵の大部分は正面から来るし、西に回り込んだ敵だって砲兵支援が始まれば退かざるを得ない。一網打尽? そんな欲気を出す必要は無いんだ」

議論の余地なし。シドウの目が語っている。突撃《とつげき》歩兵用の重装PBUは肩《かた》や膝《ひざ》まわりが大幅《おおはば》にビルドアップされていて、元々体格の良いシドウが着込むと何倍にも大きく見える。

それに対する実力不明の留学生は、さっきまで僅かに見《み》え隠《かく》れしていた切迫《せっぱく》感を再びその平然とした表情の下に隠して言った。

「そうか……。ところで、僕の配置はまだ決まってないよね?

どうだろう、今回は遊撃ということにしてみないか? 心配しなくても、味方の邪魔《じゃま》をするようなことはしないからさ」

「……っ」

シドウの顔が一瞬《いっしゅん》、険しく歪《ゆが》む。

タキオンが言っているのはつまり、「自分一人でやるならいいだろう?」ということだ。ここまで食い下がられると、怒《いか》りを通り越《こ》して彼ごと放《ほう》り出したくなる。

「……勝手にしろ」

結果、小隊長代理はそれを許した。どの道、今のタキオンを小隊のどこに組み込んでも摩擦《まさつ》は避《さ》けられない。作戦に必要なのは正面だ。邪魔をしないというなら好きにさせた方がいい。

「……アリカがいたら飛び掛《か》かってただろうな」

タキオンが立ち去った直後に誰《だれ》かが呟《つぶや》き、それに同調して生温《なまぬる》い笑いが起こる。今や誰もがタキオンを「委員長の仇《かたき》」よりも「面倒臭《めんどうくさ》い奴《やつ》」としか思わなくなっている。

荒《あら》立てなくてもいい波風《なみかぜ》を立て、作戦にまで口を挟《はさ》む。これで彼がただの転入生なら、多少手《て》荒な方法でも「教育」しているところだろう。先日のシドウのように。

だが、クラスメイトの大半はそうしようと思わない。面倒臭い奴ではあるが、特別な生徒であることに変わりはない。だから下手に刺激《しげき》したくない。

シドウはそういうクラスメイトたちの感情も汲《く》まねばならなかった。小隊長代理、指揮官とはそういう役目だ。……それが彼の得手《えて》でないとしても。

「正面、陣地《じんち》と橋の間に塹壕《ざんごう》を掘《ほ》れ。蟲《むし》どもが橋を渡《わた》り始めるまではこのラインで食い止める。橋を渡り始めるか、砲撃型《サソリ》が出て来たら陣地まで下がれ。西は……目を配っとけばいい」

地図を指しつつ各班の配置を決めて作戦会議は終了《しゅうりょう》。そしてシドウは彼女を呼び止めた。

「……メリー」

「なに？　シドウ」

呼び止められることがわかっていたかのように自然に振《ふ》り向く。普段《ふだん》と比べて少し柔《やわ》らかい声音《こわね》は、シドウに気を遣《つか》ってのことだろう。

「お前はあいつの教育係だ……判断は任せる」

「わかったわ」

静かに頷《うなず》く彼女はシドウの言葉を正しく理解していた。

タキオンを好きにさせても、好きに死なれては困る。「勝手にしろ」などと、本来ならたとえ代理でも指揮官が口にしてはいけない言葉だ。

だが今のシドウにタキオンを上手《うま》く抑《おさ》える、あるいは操縦するほどの余裕《よゆう》は無い。ならばせめて最低限のフォローはしておくべきだろう。そういう意味でもこの教育係は適任だった。

「できればもう一人欲しいんだけど、いいかしら」

「ああ、構わん。……頼《たの》む」

最後の「頼む」が溜息《ためいき》と共に吐《は》き出されたのを聞きながら、メリーはタキオンの顔を思い浮かべた。シドウと同じ、立場と役目からくる重圧のようなものを彼からも感じるのだ。

……だが、今はそれよりも。

（やっぱり、叱《しか》らないとダメね……）

教育係として、そう思った。

●

「英雄《えいゆう》にでもなりたいの？」

陣地《じんち》を行くタキオンに並んだメリーから出た最初の言葉がそれだった。ピシャリと叩《たた》くような強い語気、メリーとしては「余計なことをしないで」と叱《しか》っているつもりだ。しっかりと陣地を守って戦うのが最善だわ」

「シドウが言う通りよ。今、このクラスに戦果を求めて欲を出す余裕《よゆう》は無いの。しっかりと陣地を守って戦うのが最善だわ」

それが正論だし、タキオンほどの生徒にわからないはずはないとも思った。

だがこの時のタキオンは、そんな教育係の言葉に対し至って冷静に反論する。

「欲を出してるんじゃないよ。生き残るために必要なんだ」

「……え？」

メリーは怪訝《けげん》な顔で彼の横顔を見る。タキオンは、鋭《するど》い視線を前に向けたまま。

「歩兵二個中隊規模の集団に対して、どうして砲兵《ほうへい》を三個中隊も寄越《よこ》すんだ。増援《ぞうえん》が予想されているからじゃないのか？」

「それは……」

「憶測《おくそく》だよ。でも……僕はそれをただの憶測や予感という言葉だけでは切り捨てられない」

「……どういうことなの？」

思わず、メリーの声音《こわね》に訝《いぶか》しげな色が混じる。するとタキオンは立ち止まり、振《ふ》り返って。

「後悔《こうかい》したくないし、させたくない。……今は、これで許してくれないかな？」

あの、曖昧《あいまい》な苦笑を見せるのだった。本心をどこか隠《かく》す笑顔《えがお》。

「こんな言葉で納得《なっとく》してもらえるかどうかはわからないけどさ。

メリー……僕ときみの目的は、きっと同じだと思うんだ」

「タキオン……」

納得などできない。だがタキオンの言葉に不思議な誠意を感じて、メリーはそれ以上追及《ついきゅう》できなかった。

一方、二人から遅《おく》れてトボトボとついてくる生徒がいる。GJだ。

「貧乏《びんぼう》クジだぁ……完ッ全に貧乏クジだよ……」

なんとなく「タキオンの仲間」みたいに思われる立場になってしまっていた自分を激しく後《こう》悔《かい》している。まさか、単独行動のお供を命じられるなんて思ってもみなかった。

「守ってれば勝てるのに、わざわざ橋を落とすなんて……。

そりゃあ、戦果は多い方がいいってわかるよ？　わかるけどさぁ……」

ブツブツと呟《つぶや》いて出て来るのは不満ばかり。メリーに「ついてきて」と言われた時は、前髪《まえがみ》の下の目が今にも泣きそうになっていた。

「大体、なんでこんなに早く出動がかかるんだ……」

タキオンがいる限り、彼を危険に晒《さら》さないために出動は減ると思っていた。あってもせいぜい後方支援《しえん》くらいだと。タキオンの肩《かた》書きを利用するようで気は引けたが、GJも他《ほか》のクラスメイトも死にたくないのだ。

それが、普段《ふだん》でも無いくらい早く次の出動。これはどういうことなのだろう？

悩《なや》むGJの表情をどう解釈《かいしゃく》したのか、振り向いて彼を待っていたタキオンは申し訳なさそうな顔をしてみせた。

「GJ……無理してついてこなくてもいいよ？　僕が勝手にやらせてもらうことなんだから」

「あ……」

この時、GJはタキオンが嫌味《いやみ》や皮肉でなく、本当に自分を心配してくれているのだということがわかった。胸にストンと落ちるように、直感でその言葉に嘘《うそ》が無いとわかる。

（まったく、そういうこと言われるとさ……）

憎《にく》めない。嫌《きら》う隙《すき》すら見せてくれないのだ。だから……。

「地球ではどうだか知らないけど、火星での戦歴は僕たちの方が長いよ」

というより、タキオンはこれが火星での初陣《ういじん》だ。あまりに堂々としていて忘れそうだが。

「命令を受けた以上、それを遂行《すいこう》する。……そのくらいのプライドは僕にもあるさ」

勇敢《ゆうかん》なわけではない。できるなら戦いは避《さ》けたい。それでも兵士として訓練に耐《た》え、何度も実戦をこなしてきたのだ。過小評価はされたくない。

「そうか……ごめん、ありがとう」

タキオンが素直《すなお》に謝ったのはこれで二人目。あまりにも素直にその言葉を聞いてしまったものだから、ＧＪは却《かえ》って居心地《いごこち》悪そうに視線を逸《そ》らした。彼なりに照れているのだ。

そして、不満も疑問もひとまず横に置いておくことにした。プライドなんて言葉を持ち出した以上は。

「急ごう。できれば敵が来る前に作業を終えたい。……まずは爆薬《ばくやく》の調達からかな」

「それなら整備班に頼《たの》みましょう。うちのクラス、工兵班が無いから」

メリーはこの時、少なくともタキオンがやろうとしていること自体には協力しようと思っていた。彼女が叱《しか》ったのは、作戦会議で口を挟《はさ》んだことだ。

（メリーは、僕よりタキオン寄りだな……）

ごく自然に、当たり前のように、タキオンとメリーの距離《きょり》は縮まっている。相変わらず何を考えているかわからないタキオンとそれを叱るメリー。

（似てるのかな……この二人）

どうしてそう感じるのかはわからないけれど、ＧＪにはそれ以外の言葉が浮かばない。

浮かばないが、その感覚は間違《まちが》いではないと思った。

●

東の方からライフルを斉射《せいしゃ》する音が聞こえる。接近してきたバグスとの戦端《せんたん》が開かれたのだ。

「爆破工作の実習、もう少し真面目《まじめ》に受けとくんだったよ」

そんなタキオンの呟《つぶや》きを、GJは冗談《じょうだん》だと思った。コンクリート製の橋に爆薬をセットしていくタキオンの手際《てぎわ》は、軍属学校の生徒からすれば上級者のものだ。

「地球の士官学校は相当厳しいんだね……」

「どうかな。僕は導火線の接続が苦手でさ。細かい作業とか、あんまり向いてないんだよね」

話しながらもタキオンの手は止まらない。爆薬は橋を落とすのに足りるギリギリの量しか無いため、仕掛《しか》け方《かた》を間違えるわけにはいかなかった。

GJは時折その手元を見つつも、ライフルを手に周囲を警戒《けいかい》する。谷を抜《ぬ》けて響《ひび》いてくる銃声《じゅうせい》はさらに増して、それはつまりこの西側《がわ》にも敵が接近してくる予兆《よちょう》だ。

状況《じょうきょう》は切迫《せっぱく》している。そんな中でわざわざタキオンが無駄話《むだばなし》をしているのは、緊張《きんちょう》を和《やわ》らげるためだ。GJと、もしかすると自分の緊張も。

「よし……これで、あとはもう一度接続を確認《かくにん》してから――」

「タキオンッ！」

最後のチェックに移ろうとしていたタキオンの頭上をGJの声が飛ぶ。白いPBUを赤い砂《すな》埃《ほこり》で汚《よご》したタキオンは反射的に身をかがめ、足下《あしもと》のライフルと共に飛び下がった。

「ギ、ギ、ギ……」

橋の対岸に現れた「蟲《むし》」が、耳障《みみざわ》りな鳴き声を上げている。金属を引っ掻《か》くようなその鳴き声は、人間に対する威嚇音《いかくおん》だ。

黒い体は人間の大人ほどの大きさ。四本脚《あし》で地面を踏《ふ》み、両腕《うで》を振《ふ》り上げながら接近する。通称《つうしょう》「クロアリ」、歩兵に分類される小型バグスだ。

「来たか……」

現れたクロアリは一匹《ぴき》ではない。後ろから二匹、三匹。その先頭を進んでくるクロアリの頭目《め》掛《が》け、GJは素早《すばや》く発砲《はっぽう》した。

立て続けに発射される五・五六ミリ高速弾《だん》のはじめ何発かは上の方に逸《そ》れたが、すぐに修正されてクロアリの頭に命中、二連射で頭の半分ほどを吹《ふ》き飛ばされた先頭の一匹が倒《たお》れる。

二人は橋のたもとまで後退し、タイミングを合わせて斉射を開始した。

二匹目が後ろ脚に、三匹目も胸に銃弾《じゅうだん》を受け、高圧ガスを噴《ふ》き出しながらその場にうずくまる。だが、動きを止める仲間を踏み越《こ》えてさらに十匹以上のクロアリがこちらへ迫《せま》ってきた。

仲間の屍《しかばね》を一顧《いっこ》だにせず淡々《たんたん》と進んでくるクロアリたちに、タキオンはヘルメットの下で

「ハッ」とシニカルな笑《え》みを浮かべた。

「本物の虫だってもう少し人情味がありそうだけどね」

「……タキオンは見たことあるんだ、本物の虫」

弾倉《マガジン》を交換《こうかん》し、再びトリガーを引くGJ。

「クロアリって、地球にもいるんでしょ？　アレと似てるの？」

火星には地球で当たり前に見かけるような虫は一匹もいない。「蟲」という別称《べっしょう》で呼ばれるバグスの風貌《ふうぼう》は確かに昆虫《こんちゅう》を始めとする甲殻《こうかく》生物を思わせるが……。

「いや、全然違《ちが》うよ」

タキオンは撃《う》ちながら笑った。目の前のクロアリが地球のアリと似ているのは黒い色だけだ。大きさは勿論《もちろん》、形も全く違う。クロアリとはただのコードネームなのである。

その実体については多くの謎《なぞ》が残されているが、正体だけははっきりとしている。

金属とガラス、シリコンとプラスチックで構成された無機物生命体。テラフォーミングの一環《いっかん》として火星の環境を改善するために放たれた半生体ナノマシンが、地下に生息《せいそく》していた微生物《びせいぶつ》と結合したことで異常変化を起こし、暴走的に進化した結果がバグスなのだ。

タキオンとGJは同時に弾《たま》切れを起こさないように射撃《しゃげき》を続ける。ジワジワと進み来るクロアリたちは、一〇〇メートルある橋の中ほどに届きつつあった。

すると、先頭の一匹が肩《かた》の甲殻を前へ向けて開く。その内側には滑《なめ》らかな空洞《くうどう》。それを見た

ＧＪが叫《さけ》んだ。

「来るよ、タキオン！」

二人は左右に分かれ、橋の柱に隠《かく》れる。そのすぐ後、バグスの空洞《くうどう》から発射された握《にぎ》り拳《こぶし》ほどの黒い塊《かたまり》が柱に命中。バグスの甲殻《こうかく》と同じ素材でできた甲殻弾《だん》は後ろのクロアリたちからも二発、三発と続き、無機質な四角い柱に穴とひび割れの装飾《そうしょく》が施《ほどこ》された。

「当たったら……痛いどころじゃないよね」

「シドウ君なら平気な顔してるかもしれないけど」

体内の高圧ガスで発射される甲殻弾は弾速も遅《おそ》いので回避《かいひ》はさほど難しくないのだが、一般《いっぱん》歩兵用ＰＢＵの装甲と人工筋肉では防ぎきれない。運が悪ければ致命傷《ちめいしょう》である。

「ギ、ギ……」

「……ギギ」

「ギギギ、ギ」

次から次へ、二人を射程に収めるクロアリが増えるにつれて一度に発射される数も増していく。今や柱から顔を出して一連射するだけで二〇発以上の甲殻弾が返ってくる有様《ありさま》。「数撃《う》てば当たる」を実践《じっせん》するクロアリの甲殻弾は柱のみならず橋のあちこちに穴を開けた。

「ねえＧＪ……このまま粘《ねば》ってたら、爆破《ばくは》しなくても橋が落ちないかな？」

「その前に渡《わた》りきられるって……」

橋に設置した爆薬。そのケーブルが繋《つな》がっている起爆装置までは少し距離《きょり》がある。ここを離《はな》れれば抵抗《ていこう》が無くなったクロアリは一気に橋を渡るだろう。敵である人間を見つけた時には真《ま》っ直《す》ぐ襲《おそ》い掛《か》かるのがバグスの基本的な習性だ。

あと一手、何かクロアリの足を止めるものが必要だった。

尤《もっと》も、ここまで割と余裕《よゆう》のある会話を続けるタキオンとGJには、その「一手《いって》」の当てがあったのだが。

「……そろそろかな？」

「ああ……こっちも、射角に入る頃《ころ》だ」

何度目かの斉射《せいしゃ》を終えたクロアリたちが前進を再開する。……その時、陣地《じんち》正面の斉射とは違《ちが》う高く鋭《するど》い射撃《しゃげき》音が遠くから聞こえた。

ガウンッ！

「……ギッ」

短い鳴き声を残し、先頭を進んでいたクロアリの上半身が吹《ふ》き飛んだ。警戒《けいかい》して足を止めたクロアリたちを狙《ねら》い、さらに次の弾丸が一発で二匹《ひき》を仕留める。ここまで僅《わず》か三秒。予想以上だった彼女の腕《うで》にタキオンは素直《すなお》に「凄《すご》いな」と感心して東の方へ視線を向けた。

ここからは見えない陣地内の高所。メリーはそこから愛用の対物狙撃銃《ヘビースナイパー》で援護《えんご》射撃をしてくれている。一二・七ミリの徹甲弾《てっこうだん》はクロアリ程度なら一発で粉砕《ふんさい》する威力《いりょく》を持つのだ。

「今だ……っ」

タキオンの合図で二人は走り出し、橋から離《はな》れた物陰《ものかげ》へ滑《すべ》り込む。そこに繋《つな》いであった起爆《きばく》装置のスイッチを、タキオンは無言で押した。

ガッ、ガッ、ガッ、ドドドドッッ！

コンクリート橋の各所で破裂《はれつ》音と共に弾《はじ》ける砂煙《すなけむり》。そこから走る亀裂《きれつ》が橋全体へと一気に行き渡《わた》ると、ほどなくして崩落《ほうらく》が始まる。

「ギ、ギ……ッ」

「ギッ……」

クロアリたちを巻き込み、橋が崩《くず》れ落ちていく。谷を渡る風に砂煙が吹《ふ》き払《はら》われれば、そこにはなにも無くなっている……はずだった。

「ギギ……ギ、ギ……」

「……しまった」

苦い顔をするタキオン。橋の中ほどに設置した爆薬が一ヶ所だけ点火されないまま残ってしまい、橋が落ち切らなかったのだ。

「……だからさ、導火線の接続って苦手なんだよね」

「そんな予防線、要《い》らないよ！」

叫《さけ》びながらもGJは退路を確認《かくにん》する。

元よりここは「無理をする必要のない戦場」である。このまま彼らが自陣へ逃《に》げ帰ったとしてもクラスメイトの笑いものになるだけで済む。

しかし、タキオンはなおも橋にこだわった。

「メリーの援護《えんご》と併《あわ》せて少し押し返せば、信管に直接点火できるかも……」

「そんなに近づいたらやられるって！」

物陰から身を乗り出す彼を、GJは慌《あわ》てて引き止める。半分以上が崩《くず》れた橋も、クロアリたちは上手《うま》くバランスをとりながら渡ってきているのだ。

「ここまでだよタキオン！　これ以上無茶したって仕方ないだろ！」

なけなしのプライドでここまで付き合ったGJも完全に逃《に》げ腰《ごし》。手を離せば飛び出して行きかねないタキオンをなんとか引き止めている。

『そうよ、タキオン……少し落ち着いて』

ヘルメットのスピーカーから届く涼《すず》やかな声が、タキオンの動きを止めた。どうやら、GJよりもメリーの声の方が彼には効くようだ。

『無茶はしなくていいわ。あと十秒だけもたせて』

「？　どういう……」

「わかった！」

彼女の言葉の意味がわからないGJと、瞬時《しゅんじ》に理解したタキオン。甲殻弾《こうかくだん》の合間を縫《ぬ》って飛び出すと、再び橋の柱の陰《かげ》からクロアリの脚《あし》を狙《ねら》って弾丸《だんがん》をばら撒《ま》く。

「ああもう……ああもうっ！」

ヤケを起こしたように叫《さけ》んでGJも続く。貧乏《びんぼう》クジだ、貧乏クジだと心の中で呟《つぶや》きながら。

二人だけの弾幕ではクロアリの群れを完全に留《とど》めることはできない。ジリジリと距離《きょり》を詰《つ》められ、彼らが身を隠《かく》す柱は無数の甲殻弾《こうかくだん》によって穴だらけ。先頭のクロアリはいよいよあと一〇メートルという距離まで近づいている。

「もう無理、もう無理、次はもう無理だ……っ」

あと一足踏《ふ》み込まれたら無理矢理にでもタキオンを背負って逃《に》げよう。GJが本気でそう思ったのと同時に一条の光が橋の真ん中へ差し込み、キンッと甲高《かんだか》い音を立てた。

「ギ、ギギ……ッ？」

最後の爆薬《ばくやく》が弾《はじ》ける。今度こそ橋は完全に崩落《ほうらく》し、クロアリたちは渓谷《けいこく》へと落ちて行った。進軍路を断たれ、対岸へ迫《せま》っていた敵の後続は引き返していく。それを見送るタキオンはいつも通りの涼《すず》しげな顔に戻《もど》っていた。

「きみの言う通りだ、GJ。僕はきみたちの練度を甘く見すぎていた」

「ハハハ……わかってくれたなら、いいよ」

地面に座り込み、疲《つか》れた顔で笑うGJ。タキオンの言葉は彼女にも聞こえているはずだ。精密射撃《しゃげき》用の対人狙撃銃《スナイパーライフル》に持ち替《か》えて小さな信管を狙い撃《う》つ、そんな神業《かみわざ》を披露《ひろう》したメリーこそタキオンに感謝されるべきなのだが……。

（どんな顔してるのかな……）

彼女がいるはずの方角を見上げてGJは思った。いつものように、それこそタキオンと同じような涼しい顔をしているのか、それとも……。

「とにかく、これで僕の作戦は完了《かんりょう》だ。もうすぐ砲兵支援《ほうへいしえん》も来る。戻ろう、GJ」

僕の作戦。そんな言葉を堂々と吐《は》くタキオンと並んで陣地《じんち》へ向かって駆《か》け足《あし》。貧乏クジを引かされ、半ば巻き込まれた形のGJだったが。

（最初に声をかけたのは僕の方だ。……付き合うしかないかな）

なんとなく、タキオンに肩入《かたい》れし始めている自分に気づいていた。

●

西の方から爆発音が響《ひび》いてからしばらく。誰《だれ》かが叫んだ。

「あの留学生、橋を落としたらしいぞ！」

「マジでやりやがったのかよ……」

「GJも付き合わされたんでしょ？　それに、メリーも」

「ご苦労なこった。士官学校にいると点数稼《かせ》ぎが癖《くせ》になんのかね」

陣地《じんち》の銃眼《じゅうがん》から正面の橋に向けてライフルを連射していた生徒たちもタキオンの動向に気づき、口々に好き勝手なことを言い始める。頑強《がんきょう》な陣地に籠《こも》り、向かってくるバグスをただ迎《むか》え撃《う》つだけの任務にはそのくらいの余裕《よゆう》もあるのだ。

そして、陣地正面へ押し寄せるバグスの大群がさらに二割増しになったような気がした。押し寄せるというのは比喩《ひゆ》ではなく、幅広《はばびろ》の鋼鉄橋《こうてつきょう》を埋《う》め尽《つ》くすほどのクロアリが陣地へ殺到《さっとう》している。

「もしかして……地球人野郎《やろう》が橋を落としたせいでこっちに来る数が増えてんじゃねえか？」

マガジンの交換《こうかん》ついでに眉《まゆ》を寄せて呟《つぶや》いたアリカに、クラスメイトは「えっ？」という顔で振《ふ》り向いた。

「お前……気づいてなかったのか？」

「ていうか、当たり前だろ？　あっちの橋を落とすって聞いた時点でみんなわかってたぜ」

「あの地球人もメンドくせえけど、アリカの脳筋《のうきん》も大概《たいがい》だよな……」

仲間たちから「まさかの……だな」「やっぱほら、アリカだからさ……」などと、可哀想《かわいそう》な子を見る目を向けられた脳筋少女は、ツリ目をさらに吊《つ》り上げて叫《さけ》んだ。

「っせーよ！　どーせオレぁバカだよ！　クソッ、それもこれも全部あの地球人野郎のせいだ！　オラオラオラオラァァッ！」

と、逆ギレだか八つ当たりだかわからないテンションでクロアリ目掛《めが》けて銃弾《じゅうだん》を撒《ま》き散らすアリカ。そんな彼女たちの頭上、空気を切り裂《さ》く音が通り過ぎた。

次の瞬間《しゅんかん》、その音は橋を渡《わた》ろうとしていたクロアリの大群へと着弾《ちゃくだん》する。

大きな爆発《ばくはつ》と共に粉々になって飛び散るクロアリたち。立て続けに降り注ぐ砲弾《ほうだん》の雨に2Dの生徒たちは歓声《かんせい》を上げた。

「っしゃあ！　ざまあみやがれ蟲《むし》どもめ」

砲兵中隊の到着《とうちゃく》と共に勝負は決した。あとは橋の上に残ったクロアリを掃討《そうとう》するだけだ。

●

戦闘《せんとう》が終了《しゅうりょう》してからしばらく。正規軍のテントへ向かうシドウは考えていた。

(思ったより、弾《たま》の消費が激しかったな……)

想定より三割ほど多い。旺盛《おうせい》な射撃《しゃげき》により橋の上で敵を足止めできたのは良いが、無駄弾《むだだま》も多かった。戦闘技能においては未熟《みじゅく》な生徒がほとんどであり、それを陣地《じんち》という地形的な有利と弾数で補ったにすぎない。

(弾の切れ目が命の切れ目……冗談《じょうだん》じゃねえ)

口の悪い正規軍兵士が軍属学校部隊を揶揄《やゆ》する時によく使う文句が頭をよぎった。

「おい、そこ通してくれ！」

「動かすな、しっかり持て！」

シドウの目の前を、数人の兵士に抱《かか》えられた担架《たんか》が通る。乗せられていたのは重傷を負った砲兵中隊の兵士。チラッと見ただけでも、彼の右手足が原型を留《とど》めていないことがわかった。

「……」

見れば、他《ほか》にも手当てを受けている兵士たちがいる。装備からすると観測兵が多いようだ。砲兵中隊の観測隊だろう。バグスが密集するとレーダーや通信が利《き》かなくなるため、砲兵にとって観測兵は欠かせない。彼らは本隊よりも敵に近づいて観測ドローンを設置したり直接観測を行ったりするため、時として敵集団に襲《おそ》われることもあるのだ。

傷を負った彼らに対し、自分たちは無傷だった。だが同じ戦場にいる以上自分たちに同じ危険がないとは言えない。

（考えねえとな……もっと上手《うま》くやる方法）

委員長が戻《もど》るまではなんとしてもクラスを生き延びさせねばならないし、必ず戻ってくると信じている。もし、戻ってくることができなかったとしても……。

（考えるな、そんなことは）

最先任下士官としての責任感で己《おのれ》を律《りつ》し、正規軍のテントに入る。ひと通りの報告を終えた後、砲兵を指揮していた中隊長は「ああ、そうだ」と思い出したように。

「あの橋の爆破は見事だったな、軍曹《ぐんそう》」

「……は、はあ」

シドウは思わず間の抜《ぬ》けた返事をしてしまった。「見事」の意味がよくわからなかったからだ。確かに西側《がわ》の橋を落としたおかげで正面に敵が集中し、砲撃支援《ほうげきしえん》による戦果は倍増した。それはタキオンが言った通りになったのだが、ほとんどクロアリばかりの撃破数が倍になったからといって、正規軍の砲兵部隊にとってそれほど美味《おい》しい戦果ではなかったはずだ。

だが、……実際にはそれどころではなかったのである。

「あれのおかげで敵の先鋒《せんぽう》は総崩《そうくず》れ。後ろに続いてた増援もとんぼ返りってわけだ。……あー、軍曹《ぐんそう》はトンボって知ってるか？　地球にいる虫らしいぞ」

「増援……でありますか？」

相手のちょっとした無駄話《むだばなし》など聞こえていない。「増援」という言葉に対して本能的に軍人言葉で聞き返したシドウに、指揮官は「ん？」と目を丸くした。

「なんだ、聞いてなかったのか？　いや、確かにお前さんらの方へ命令が出た時には、こっちへ来るかどうか半々だったからな。まあ、だから俺たちも多めに寄越《よこ》されたのか。……あの敵先鋒の後ろから、大隊規模の集団が接近してたんだ。デカブツ揃《ぞろ》いだったから正直言って学校《ガッコー》の連中にはキツいと思ってたんだが」

キツい。言葉の雰囲気《ふんいき》は軽いが、それは「無傷では済まない」という意味だ。つまり、死者を出すかもしれなかった、ということ。

「っ……」

シドウは絶句した。大隊規模、それも大型バグスまで擁《よう》する集団となればとても2D小隊の手に負えるものではないし、砲兵中隊の砲撃《ほうげき》があってもそう簡単には引き下がらず、今もここで激戦が続いていただろう。

そうなった時、小隊にどれほどの損害が出たか……何人が、無事でいられたか。

(あいつの、言う通りだった……)

偶然《ぐうぜん》かもしれない。これだけでタキオンに慧眼《けいがん》があるなどとは決められない。ただ、間違《まちが》いなく自分よりも戦況《せんきょう》を正しく分析《ぶんせき》していたのだ。

愕然《がくぜん》としながらテントを出るシドウ。そこへ。

「あっ、シドウ君!」

息を切らせながら駆《か》けてきたのはイルマだ。帰り支度《じたく》をしていたのだろう、ほどいた髪《かみ》を振《ふ》り乱しながら走ってくる彼女の姿に正規軍の兵士たちが振り返る。

「なにしてんだイルマ、もうちょっと格好に気を――」

「それどころじゃないの! 今、連絡《れんらく》があって……委員長が……委員長が!」

顔面蒼白《そうはく》、震《ふる》える声で彼女の口から紡《つむ》がれた言葉。

それを聞いて、シドウは手にしていた端末《たんまつ》を取り落とした。

●

翌日の教室は、重たい空気に支配されていた。

委員長の死亡《しぼう》は既《すで》にクラス全員に伝えられ、誰《だれ》もがそのことについて口を開くのを躊躇《ためら》っている。かといって別の話題を振《ふ》ることも白々《しらじら》しいようで気が引けて……結果、教室には沈黙《ちんもく》しか残らない。

このクラスで戦死者を出すのは初めてだったのだ。それがまさか指揮官である委員長になるとは誰も思っていなかった。衝撃《しょうげき》は大きい。

「新しい委員長を選ぼうと思う」

教壇《きょうだん》に上ったシドウ。いつもと同じ厳しい下士官の顔をしているが、その顔の陰《かげ》が普段《ふだん》よりも濃《こ》く見える。

「正規軍から新たな指揮官を要請《ようせい》することもできるが――」

「新しい人間なんて必要ないッスよ、シドウさん……」

遮《さえぎ》って発言したアリカの声にも、今日はいつもの勢いが無い。だがその素直《すなお》な言葉に、クラスメイトたちは無言のまま同意する。

「オレたちにはシドウさんがいるじゃないッスか。……シドウさんが仕切ってくれりゃあ、今まで通りやれますって！」

口火《くちび》を切ったことで感情が昂《たか》ぶり始めたのか、アリカは立ち上がる。他《ほか》にも同じ歩兵の生徒を中心にシドウを推《お》す声が上がった。シドウ・アマギという下士官を最もよく理解している生徒たちだ。

それ以外ではなりゆきを慎重《しんちょう》に見守る生徒も多い。兵士とは指揮官の手足として動く者。だからその「頭」である指揮官は馴《な》れ合《あ》いや打算だけでは決められない。

だが、それでも大勢《たいせい》はシドウを求めていた。今このクラスで兵士としての実力と信頼《しんらい》を兼《か》ね備えた一番の生徒、それがシドウだからだ。

教室内に垂《た》れ込めていた重たい空気を払拭《ふっしょく》するように生徒たちは熱を帯びていく。まるで、自分たちに圧《の》し掛《か》かる何かモヤモヤしたものを無我夢中《むがむちゅう》で振り切るように。

「お前たち……」

シドウの表情は相変わらず険しい。自分に寄せられる信頼は嬉《うれ》しいが、それだけで解決できない重大さも彼は感じているからだ。眉間《みけん》に皺《しわ》を寄せ、少しの間だけ目を閉じる。

「……」

それでも、やるしかないと思った。だがシドウが次に口を開きかけた時。

「ちょっといいかな」

その声に全員が振り返る。教壇《きょうだん》のシドウは目を見張った。教室最後列で挙がった、その手。

（タキオン……）

もはや怒《いか》りは無い。シドウはただ驚《おどろ》いている。タキオン・シュガの豪胆《ごうたん》さに。

彼に注がれる視線。それは転入初日よりも鋭《するど》く、冷たく、辛辣《しんらつ》だ。それは教室内の空気にも伝播《でんぱ》して渦《うず》を巻く。

その渦の中心で立ち上がり、タキオンは口を開いた。

「委員長は自薦《じせん》も可能だよね。……僕、立候補するよ」

いつものように、あくまで平然と。

マーシアン・ウォースクール 火星世界解説2

Martian Warschool
a commentary on the Mars 02

火星に入植を果たした人類を待ち受けていたバイオハザード。無機物生命体、通称バグスと人類は互いの生存を懸けて争うことになる。多種多様なバグスが登場するが、ここでは代表的なものを紹介する。

クロアリ

種別:小型歩兵バグス　体長:約三メートル　体高:約二メートル
武器:前脚の鉤爪　甲殻弾

代表的な小型バグス。メディアでは代名詞的に扱われることも多い。

戦闘力で言えばほぼ最弱のバグスだが、圧倒的な数で押し寄せて人類軍を圧倒する。

主な武器は前脚の鋭い鉤爪。肩にあたる部分から自分の甲殻と同じ素材でできた拳大の弾を発射する。射程は短く威力もそこそこだが、一斉に発射されると馬鹿にできない。

サソリ

種別:小型砲撃バグス　体長:約三・五メートル
体高:約三メートル（砲身含む）　武器:尾部生体榴弾砲

小型の砲撃バグス。クロアリから分化したバグスで主な構造はクロアリとよく似ている。

体の後部に砲身を持ち、前を向いたそれがサソリの尻尾に似ていることからこの名がついた。

前脚はクロアリと比べて厚みのある盾状になっており、後ろ脚も砲撃の際に踏ん張れるよう大きい。クロアリの集団を後方から支援することが主な目的。

MARTIAN
マーシアン・ウォースクール
WAR
SCHOOL

第三章　Would you go to Hell with me?

「昨日は初めての出動で戦果を挙げたそうじゃないか。心配は無用だったようだねえ」

小柄《こがら》な体格に似合わないサイズの机。「校長」のプレートが立てられたそこで生温《なまぬる》く笑《え》みを浮かべる男に、タキオンはさしたる感情も見せず「ありがとうございます」とだけ答えた。

軍組織の一部である軍属学校の校長は当然ながら軍人だ。とはいえ、質を重んじる士官学校と違《ちが》って軍属学校は「ひとまず」兵士を育てる場所である。そこの長など大体は年齢《ねんれい》に出世が追いつかず、退役までの時間を持て余した人間に与《あた》えられる椅子《いす》。

放課後の校長室で直立したタキオンに愛想よく笑うこの校長もそのようなもの。年齢的にもう少し威厳《いげん》を感じさせてもよさそうなものだが、くたびれた軍服にすら着負けしている。司令部から下される生徒たちへの出動命令に「了承《りょうしょう》」のサインをすることが彼の主な仕事だ。

「……さすがは、提督《ていとく》の御子息《ごしそく》といったところかなあ」

「……」

無言のまま、愛想笑いだけしておいた。見え透《す》いたお世辞には十分な反応だろう。

「これからも、活躍《かつやく》に期待しているよ。タキオン君」

「ご期待に沿えるよう、努力いたします」

淡々《たんたん》と校長の言葉を受け流すその態度はどこか面倒臭《めんどうくさ》そうで、同時に余裕《よゆう》の無さのようなものを感じさせる。他《ほか》にもっと気になること、集中したいことがあるような。

一方、ひとしきり彼を褒《ほ》めた校長は最後に「ところで……」と視線を手元に泳がせながら話を変えた。あからさまに言いにくそうなその口から出たのは。

「きみが上げた陳情《ちんじょう》の件、ね」

チラチラとタキオンの表情を窺《うかが》う。

「その、確かにあれならすぐにでも手配できると思うんだが、あれは——」

「よろしくお願いします」

「ん……む、うむ」

タキオンの、嫌味《いやみ》なくらいににこやかで朗《ほが》らかな笑顔《えがお》。完全に間を塞《ふさ》がれてしまった校長は、ただ頷《うなず》くことしかできなかった。

タキオンが校長室を退出した後、校長はモニタにその書類を映す。

先だって提出された司令部宛《あ》ての陳情書。そこに書かれた内容を読み返し、校長は溜息《ためいき》を吐《つ》く。指揮官でもない一生徒の陳情としては少々我儘《わがまま》が過ぎている。

しかし、この場合はどうか。これを上げた生徒のことを考えるならば……。

「最初だし、多少の我儘は聞かにゃなるまい。それに……」

電子署名を打ち込みながら独《ひと》りごちる。

「……可哀想《かわいそう》な子だしなあ」

このくらいなら、司令部も許すだろう。

●

時間を少し戻《もど》して、その日のホームルーム。

「テメエ、フザケんのも大概《たいがい》にしろ！」

騒然《そうぜん》とするクラスの中でタキオンに食ってかかったのは、立ち上がったままのアリカだった。

「新参者が出てくるトコじゃねーんだよ！　冗談《じょうだん》にも程《ほど》ってもんがあんぞ！」

今にも摑《つか》みかからんばかりの勢い。怒《いか》りと、焦《あせ》りにも似たものが見える。

ここを邪魔《じゃま》されたくない。すんなり通してしまいたい。そうすれば、自分たちに圧《の》し掛《か》かる不安を振《ふ》り払《はら》える……。それはアリカだけでなく、クラスメイトの誰《だれ》もが感じていることだ。

しかし、彼らに対するタキオンの態度は。

アリカに追従し、何人かの生徒は口々にタキオンを非難する。

「立候補すると言っただけじゃないか。そんなにムキにならなくても、僕が嫌《きら》われてることくらいよく知ってるよ」

いつも通りといえばいつも通り。臆《おく》することもなく、かといって過度に態度を荒《あら》げるでもなく、平然と言ってのける。

そう、平然としているのだ。この状況《じょうきょう》で。それはもう冷静を通り越《こ》して、クラスメイトたちの焦《あせ》りを見透《す》かした冷徹《れいてつ》な態度。

「……よくわかってんじゃねえか。やっぱり教育が必要らしいな、ああ？」

アリカは既《すで》に怒《いか》り心頭《しんとう》。彼女は、クラスメイトたちの一番激しい感情を代弁していた。

だがタキオンは怯《ひる》むことなくアリカを真正面から見ている。

(タキオン……)

メリーは考えていた。本来の「教育係」である彼女の立場からすればタキオンを擁護《ようご》すべきだろうし、メリー個人としても彼がその平然とした態度の裏に隠《かく》している真意——彼が時折見せる僅《わず》かな隙《すき》のようなもの——が気になっている。

だが同時にクラスメイトの気持ちも痛いほどよくわかるのだ。練度も士気も、兵士としての自覚も低い彼らが委員長の死で初めて実感した危機感。それまで委員長とシドウの二人に任せきりだった部隊運営を、初めて自分たちのものとして感じている生徒も多い。

最も脆《もろ》く、危《あや》ういタイミングだ。そこにタキオンが踏《ふ》み込めば、取り返しのつかない遺恨《いこん》を生む可能性すらある。

（遺恨……違《ちが》う、このままじゃ……）

机の下で、メリーの両手が強く握《にぎ》られる。

（このままじゃ、また……）

メリーの脳裏に、過去の光景がフラッシュバックしていた。仲間を失う。取り残される。あの、絶望的な光景が。

「……ッ」

睨《にら》み合うタキオンとアリカの間で、いつも冷静な表情を崩《くず》さないメリーが俯《うつむ》いたまま小さく唇《くちびる》を震《ふる》わせている。それに気づいているのはイルマだけだ。

（メリー……？）

それぞれに張り詰《つ》めた緊張《きんちょう》の糸、その均衡《きんこう》を崩さないまま状況を収めることができるのは一人しかいなかった。

「みんな静かにしないか。……アリカ、タキオン、着席しろ」

決して怒鳴《どな》らず、落ち着いた声を心掛《こころが》けたシドウの一言で僅《わず》かに緊張が弛《ゆる》む。しかしシドウがタキオンに向ける視線は厳しい。

「タキオン、お前の言う通り委員長は自薦《じせん》でも構わない。だが状況は見ての通りだ。今このクラスでお前の味方をしようという奴《やつ》は……ほぼいない」

だからお前の立候補は却下《きゃっか》だ。

アリカを始め何人かの生徒はその言葉を予想していた。……だが。

「……明日の朝まで時間をやる。お前がこのクラスの委員長として、小隊長として相応《ふさわ》しいと俺たち全員を納得《なっとく》させられる理由を持って来い」

教室内が新たなざわめきに包まれた。シドウの与《あた》えた一日の猶予《ゆうよ》に誰《だれ》もが驚《おどろ》き、戸惑《とまど》っている。……タキオンを除いては。

「以上、解散！」

有無《うむ》を言わせないシドウの一言でその日のホームルームは終わった。

●

嵐《あらし》のような、あるいはその直前のようなホームルームの後。

タキオンは校長室で面白《おもしろ》くもないお世辞を聞かされ、ようやく放課後になった。

（明日、か……）

真面目腐《まじめくさ》った直立姿勢で凝《こ》った肩《かた》を回しながら、明日のことを考える。

（考えるまでもない。なんなら今日、あのままやってもよかったんだけどな）

まあ、猶予を貰《もら》ったのだ。使える時間は有効に使おう。まずは——。

「はぁあああぁぁ……」

まずは、昇降口《しょうこうぐち》の脇《わき》で盛大に溜息《ためいき》を吐《つ》くドンヨリ系男子を慰《なぐさ》めるところからだろうか。

「なんか、ごめんね？　僕と一緒《いっしょ》くたにされて」

あまり深刻な雰囲気《ふんいき》にしてしまうとドツボに嵌《はま》りそうな気がしたので少し軽めに。しかし、それで顔を上げたGJは意外にも笑っていた。力なくではあるが。

「もう諦《あきら》めたよ。とりあえず、タキオンの仲間だってみんなに思われてるのは仕方ないし。今はどうしてタキオンがこうも無茶なことばっかりするのか、それが理解できなくて溜息を吐いてるんだ」

「どちらにせよ……ごめん」

同じドンヨリでも存外タフなドンヨリだ。橋爆破《ばくは》の一件で「タキオンの仲間」と見なされることについては腹を括《くく》ったらしい。

勿論《もちろん》、「タキオンの仲間」はそれで済む生徒ばかりではない。

「謝る相手なら、もっと先に謝んなきゃな相手がいるっしょ？」

ホントにもー、と唇《くちびる》を尖《とが》らせた口調はいつもと同じ軽さだが、イルマの目は笑っていない。

「正直、あたしはどうかと思う。……やめとこうよ。億が一タキオン君が委員長になったとして、クラス中が敵だらけじゃん」

万が一どころの可能性ではないようだ。真剣《しんけん》な中にも主張を忘れない彼女らしさ。そんなイルマを困らせているのだと思うと、タキオンも「そうだね……」と言葉に詰《つ》まる。

だが、イルマは「とはいうものの」と続ける。眉《まゆ》が愛らしく寄っていた。

「あたし、昨日撤収《てっしゅう》する時に正規軍の通信聞いてたんだよね。

タキオン君が橋を落としてなかったらあたしたち……ヤバかったかも」

死ぬかもしれなかった、とは言わない。口に出せば次は現実になりそうで怖《こわ》いからだ。

「シドウ君がわざわざ一日待ってくれたのも、それがあるからでしょ？　だからあたし個人としては、タキオン君がダメとは言わない。元々あたし、メリーが心配なだけだしさ」

と、友達思いのメガネ少女は困ったように笑った。……笑ってから。

「まっ、やるだけやってみればいいんじゃない？　ただし……」

と視線を向けた先、真《ま》っ直《す》ぐこちらに向かってくる彼女を見ながら言った。

「お説教までは庇《かば》えないからね」

今日の日直であったメリーが、教官室での報告を終えてやってくる。

二〇メートル先からでも、彼女がタキオンをジッと見ていることがわかった。

その怜悧《れいり》な眼差《まなざ》しは後ろ暗いものがある相手にとって十分な威圧《いあつ》になる。タキオンも、正直少し怖い。彼女に秘密を持つのは度胸が必要だ。

あと一〇メートル。タキオンは考える。

（そうだな、一日の猶予《ゆうよ》があるのなら……）

その使い道、悪くないものを考えついた。

全《すべ》ては明日だ。明日になれば、自分とクラスメイトの関係と状況《じょうきょう》は変わらざるを得ないだろう。そのために必要な覚悟《かくご》は決めてある。……この星に降り立った時から。

「……」

遂《つい》にメリーはタキオンの目の前まで来た。

いつも冷静な教育係。その良識と責任感でこれまでもタキオンを説教してきたメリー。何を考えているかわからない彼を、それでも助けてくれたメレディス・アシュクロフト伍長《ごちょう》。今日はいつもに輪をかけて鋭《するど》い気迫《きはく》のようなものを感じる。

「タキオン……」

だが、メリーが口を開いた瞬間《しゅんかん》にタキオンが動いた。

その手を伸《の》ばし、彼女の手を取る。しっかりと、摑《つか》んだ。

「えっ……？」

これにはメリーも目を丸くする。お説教が始まるとばかり思っていたGJとイルマも、タキオンの思わぬ先制攻撃《こうげき》に顔を見合わせた。

そして、優《やさ》しくて厳しい教育係の手を握《にぎ》ったタキオンは。

「ねえ、遊びに行こうよ」

与《あた》えられた一日の使い道を、宣言したのだ。

●

イルマはメリーにとって一番の友達だ。

一年生の頃《ころ》。クラスに編入されたメリーはとても無口で、無表情で、人を寄せ付けない雰囲《ふんい》気《き》があった。

前のクラスのことは残念だったが、彼女が悪いわけじゃない。２Ｄの生徒たちはそういう心構えでメリーを受け入れたものの、メリーの方はなかなかクラスに打ち解けようとしなかった。

そんな中でメリーの「教育係」に任命されたのがイルマだ。他《ほか》のクラスメイトと比べても年上だったし、委員長はイルマの少々強すぎる社交性こそメリーに必要だと判断したのだ。

その目論見《もくろみ》は的中し、イルマは持ち前の明るさと図々《ずうずう》しさでメリーと打ち解けていった。彼女を「感情表現が苦手なクールガール」としてクラスに溶《と》け込ませていったのは、ほとんどがイルマの功績だと言っていい。

メリーもそれを理解し、感謝している。紆余《うよ》曲折《きよくせつ》はあったものの、今や二人は親友だ。

そして、親友だからこそイルマにはわかることもある。

今のメリーはどこか無理をしている、と。本当はもっと明るく笑える、そんな自分をどこかに押し込めてしまっているのではないかと。

お節介《せっかい》を自覚しつつ、イルマはそういう「本来のメリー」を取り戻《もど》せたらと思っているのだ。

「……ねえ、メリー」

学校からモノレールで三駅。ハーシェルⅢ《スリー》の中心部に近い繁華街《はんかがい》を行きつつイルマは訊《たず》ねた。二人の前を歩くタキオンとGJ。とりあえず、男子二人には聞こえない声で。

「お説教は？　いいの？」

「……後でいい」

碧色《みどり》の瞳《ひとみ》がチラリと逸《そ》らされた。イルマから表情を隠《かく》すように小さくそっぽを向く感じ。傍《そば》から見るとほんの僅《わず》かな表情の変化だが、見慣れたイルマにとっては実にわかりやすい。

「もしかしてさ……タキオン君に手ぇ握《にぎ》られて、ドキドキしちゃったとか？」

ピクリ、とアッシュグレーの髪《かみ》から覗《のぞ》く耳が動いた。それからたっぷり間をおいて。

「……してない」

「ホントに？」

「してないわ」

今度は振《ふ》り向き、イルマを見つめながら言った。そんな真剣《しんけん》な顔で反論すること自体が図星《ずぼし》の証拠《しょうこ》みたいなものだ。

イルマは何だか嬉《うれ》しくなる。そのクールな雰囲気のせいか、間違《まちが》いなく美少女であるはずのメリーに近寄る男子は少なかった。まして自分から触《ふ》れることができた男子は……イルマの記《き》憶《おく》にあるかぎりタキオンが初めてだ。

手を握《にぎ》っただけで彼はメリーを動揺《ドキドキ》させてしまった。メリーがタキオンのことを気にしていたというのもあるだろうけど、こんなにもわかりやすい形で表れるとは思わなかった。

（あるかも。これは……あるかもしれない！）

クラスでのタキオンの立ち位置を考えると頭が痛くなるが、今は親友に起きたその変化を応《おう》援《えん》しようと思う。

「メリーはもっとドキドキした方がいいよ。……そのくらい、誰《だれ》も悪いとは思わないからさ」

「……」

そう、イルマにとってはこれも大事なことなのだ。

メリーが本来の自分らしさを押し込めている原因が前のクラスの悲劇にあることは明らか。もし彼女が罪滅《ほろ》ぼしのつもりで自分を縛《しば》っているのなら、イルマはそんなもの蹴《け》っ飛ばしてやるつもりだ。

そして、そのきっかけになれるかもしれないとイルマが目《もく》した彼は。

「GJがいてくれてよかったよ。こういう時、女の子に案内させるのはさすがに恰好《かっこう》悪いしさ」

まだ土地勘《かん》のない繁華《はんか》街《がい》をGJに案内させていた。

「調子いいなあ。……でも、気晴らしには賛成。あ、ここだよ」

GJがタキオンたちを連れて来たのはゲームセンター。単純明快、軍属学校のみならず全《すべ》ての若者たちにとってハズレなしのストレス解消施設《しせつ》である。

戦時下である火星においても娯楽《ごらく》は重要だ。戦いが日常的であればこそ、適度にガス抜《ぬ》きできないと兵士たちはストレスで潰《つぶ》れてしまう。

「……やっぱりガンシューティングは無いんだ」

「遊んでる時まで銃《じゅう》を見たくないしね……」

眺《なが》めて回る筐体《きょうたい》の多くはタキオンもよく知る形のものばかり。技術の発展と共にアミューズメントも進化しているが、それでも「昔ながらのもの」を好む層は確実にいるのだ。特に二十一世紀前後に形成された定番ゲームの嗜好《しこう》は今も脈々と受け継《つ》がれている。

「タキオン、こういうの好きな方？」

「うーん、人並みだと思うよ？

……それじゃあ、まずはこの店のハイスコアをひとつずつ更新《こうしん》していこうかな」

サラリと言ってのけるタキオンに、後ろの女子二人もさすがにツッコミを我慢《がまん》できない。

「めっちゃ好きじゃん！　タキオン君、ゲーマー？」

「言っておくけれど、ここは軍の施設じゃないから有料よ？」

ホームルームの直後はどうなることかと思っていたＧＪたちも、タキオンから誘《さそ》われたこの気晴らしでひとまず気分転換《てんかん》できそうだと思った。

ところがこの時、同じ流れで気晴らしにやってきた生徒たちがもう一組あったのである。

「さすがはシドウさん！　ノーダメクリア余裕《よゆう》じゃないッスか！」

レバーとボタンで戦う格闘《かくとう》ゲーム。構造自体は二十世紀から存在している定番中の定番。その筐体《きょうたい》を前にはしゃぐアリカと。

「ん、まあな」

と満更《まんざら》でもない顔をしたシドウ。他《ほか》にも何人かの生徒が彼の腕前《うでまえ》に見入っていた。

「あの地球人野郎《やろう》が委員長になることなんてありえねッスから。シドウさんは細かいこと気にしないでドーンと構えててくれりゃあ、オレら気張りますから」

何を気張るつもりなのかわからない獰猛《どうもう》な笑《え》みと共に、右の拳《こぶし》で左の手のひらをバシッと打つアリカ。その拳にたびたび小突《こづ》かれているＧＪが思わず「うへぇ」と呻《うめ》いたのもやむなしだろう。

そして、脳筋《のうきん》少女は常連犠牲《ぎせい》者の声には地獄耳《じごくみみ》らしい。

「アン？　……あっ、お前らなにやってんだ！」

騒々《そうぞう》しい店内でよく聞き取れたものだが、ともかくタキオンたちは見つかってしまった。放課後にどこで遊んでいようと勝手は勝手。しかしこの遭遇《そうぐう》は緊張《きんちょう》せざるを得ない。

他の歩兵仲間たちと一緒《いっしょ》に今にも噛《か》みつきそうな顔でタキオンを睨《にら》みつけるアリカと、自分が睨まれているわけでもないのに萎縮《いしゅく》しているＧＪ。

「あちゃあ……なんつータイミングよ」

「……」

イルマは頭を抱《かか》えていたが、メリーは黙《だま》ってなりゆきを見守っている。

「……」

「……」

当事者である二人……タキオンとシドウも無言のままだ。睨むでも凄《すご》むでもなく互《たが》いに見つめ合い、やがてタキオンの方がゆっくりと近寄った。

「ンだよ、やんのかこの……」

飛び出しかけたアリカをシドウは黙って手で制する。そんな彼のすぐ目の前までやってきて、タキオンはチラリと視線を横に向けた。

シドウが座る筐体には、背中合わせに同じものが設置されている。当然、対戦仕様だ。

タキオンは無言でシドウの反対側《がわ》に座り、携帯端末《けいたいたんまつ》を筐体のパネルに翳《かざ》した。地球圏《けん》でも多くのコロニーや月面都市がそうであるように、火星での通貨はほぼ全《すべ》てが電子化されている。特に火星では、紙幣《しへい》の材料となる紙が貴重なのだ。

1プレイ分の料金が端末から引き落とされ、煌《きら》びやかに音を鳴らす筐体。

「タキオン、このゲームやったことあるの？　シドウ君、強いよ？」

GJの心配を余所《よそ》に、タキオンが選んだのはタイトル画面に出て来るスタンダードな主人公キャラ。対するシドウは、彼のイメージからは意外な細身のスピードキャラだった。

「へっ、シドウさんのガチ勝負キャラだ。テメーは死んだぜ、地球人野郎《やろう》！」

反対側《がわ》から聞こえてくるアリカの声が弾《はず》んでいる。どうやら手を抜《ぬ》くつもりはなさそうだ。

『ラウンド1……ファイッ！』

ラウンド開始と同時に距離《きより》を詰《つ》めてくるシドウ。一方のタキオンは前に出ず、時折シドウの隙《すき》を突《つ》くように攻撃《こうげき》を繰《く》り出す。とはいえシドウの圧倒《あっとう》的な手数《てかず》に押され、最後はガードの隙間を縫《ぬ》うように繰り出されたゲージ技《わざ》からの多段コンボでK.O.《ノックアウト》された。

「なんかよくわかんないけど、タキオン君の負け？」

「まだだよイルマ。二本先取だから……」

「バーカ、勝負はもう決まったようなもんだろ」

盛り上がる観客、相変わらず無言の二人。

『ラウンド2……ファイッ！』

だが彼らの、特にアリカの予想は大きく裏切られた。

ラウンド開始から、今度はタキオンが一気に攻《せ》めたのである。シドウが飛び出す最初の一歩の距離を読んで短くジャンプし、先制の空中攻撃。出鼻《でばな》を挫《くじ》かれたシドウが体勢を整える間を与《あた》えず、そのままコンボに繋《つな》いで瞬《また》く間《ま》に体力を半分以上奪《うば》う。

「うわ、スゴ……なんだ、タキオン君も経験者じゃん」

「いや……それは……」

この手のゲームに馴染《なじ》みのないイルマは屈託《くったく》なく感心しているが、ＧＪはむしろ驚《おどろ》きを通り越《こ》して戦慄《せんりつ》すら覚える。

このゲーム、筐体《きょうたい》は確かに地球にもあるものだが中身は完全に火星製だ。勿論《もちろん》、こんな娯《ご》楽《らく》が地球に輸出されているはずはない。

（最初のラウンドでここまで……ウソでしょ？）

先ほどの発言からゲーマーらしいところは見せていたが、タキオンの分析《ぶんせき》力と対応能力の高さにＧＪはただ見入るばかり。

結局このラウンドはタキオンが押し切り、さっきまでシドウの勝利を確信していたアリカはしばらく呆然《ぼうぜん》とした後で「ハッ」と我に返る。

「くっそー……テメー、さてはやり込んでんな！」

そんなわけないでしょ、とツッコみたいのをＧＪは我慢《がまん》した。今のアリカだと筐体越しにリアル強パンチを飛ばしかねない。

そして、最終ラウンド。

『ファイナルラウンド……ファイッ！』

そこからしばらく、誰《だれ》も言葉を発することができなかった。

猛然《もうぜん》とレバーを動かす二人。繰り出される無数の打撃と驚異《きょうい》的な速度の回避《かいひ》、ガード、カウンター。目まぐるしく入れ替《か》わる攻防と鮮《あざ》やかなまでの技の応酬《おうしゅう》に、観客たちは固唾《かたず》を呑《の》んで勝負の行方《ゆくえ》を見守っていた。

ジリジリと削《けず》られていく体力ゲージ。それが互《たが》いに残り一ミリにまで迫《せま》り、どちらかの攻撃《こうげき》が当たればガードの上からでも勝負が決まる。

「……」

「……ッ」

終始無言で技《わざ》を繰《く》り出し合った二人、その拳《こぶし》と拳が交錯《こうさく》し……全く同時に互いの顔に突《つ》き刺《さ》さった。

『ダブルK.O.《ノックアウト》……ドロー！』

画面の中に勝者はいない。奇跡《きせき》的なダブルノックアウトでどちらも倒《たお》れている。

「……ねえGJ、これって延長戦？」

「いや……このゲーム、ドローになるとその時点で終わり」

つまり、引き分けだ。

「……」

「……」

タキオンとシドウは無言で立ち上がり、二人が向かう先にはぬいぐるみを満載《まんさい》したクレーンゲーム。

フワフワモコモコしたキャラクターが溢《あふ》れる筐体《きょうたい》を前に、メリーがポツリと呟《つぶや》いた。

「……これって対戦できるものなの？」

「どっちが多く取れるか……かな？」

これにはGJも微妙《びみょう》な表情。しかし当の二人は黙々《もくもく》とクレジットを投入し、前から横から覗《のぞ》き込みつつ慎重《しんちょう》にクレーンを操作している。その姿は滑稽《こっけい》だが、二人の目は実に真剣《しんけん》だ。

そして数分後、空っぽになったクレーンゲームの前で大量のぬいぐるみを抱《かか》えた二人の男子生徒がいた。よりにもよって、獲得《かくとく》したぬいぐるみの数は全く同じ。

「……」

「え？　なんスかシドウさん」

シドウは無言でアリカを見たが、しばらくして何かを諦《あきら》めたように息をひとつ吐《は》くと、抱えたぬいぐるみをイルマに渡《わた》した。

「あれ？　くれんの？　悪いねー。でもあたし、彼氏いるから」

一方のタキオンは迷わずメリーへ。こちらは渡されたメリーの方が僅《わず》かに渋《しぶ》る。

「べ……別に要《い》らない……」

「……」

しかしタキオンは無言のままぬいぐるみを差し出す。すると、いつもクールな教育係はチラリと視線を逸《そ》らして。

「じゃあ、持ってるだけ。……後で返すから」

言いつつも、抱《かか》えた大量のぬいぐるみをギュッと抱《だ》き締《し》めた。少し、嬉《うれ》しそうだ。

その後もタキオンとシドウは店内のゲームで競《きそ》い合った。ダンスゲームで華麗《かれい》なステップを踏《ふ》み、ドンドンカッカッと太鼓《たいこ》を叩《たた》いて画面に花火を打ち上げ、縦スクロールのシューティングで鬼《おに》のような弾幕《だんまく》を掻《か》い潜《くぐ》り、落ち物のパズルゲームで大量の連鎖《れんさ》を決め……対戦できそうなゲームを完全に制覇《せいは》してしまった。

だが、まだ決着はつかない。ここまでやって全《すべ》てドロー。わざとか。否《いな》、狙《ねら》ってやってもできない奇跡《きせき》的な互角《ごかく》の勝負だ。

「……」

「……」

そしてここまで無言を貫《つらぬ》く二人。

それはそれで男らしいのかもしれないが、最後に二人が向かったのはラメとポップカラーで彩《いろど》られたプリントシール筐体《きょうたい》だった。

しばし視線を交《か》わし、二人は筐体の中へ入って行った。……無言で、男らしく。

「ちょ、どうやって勝負すんのよ！」

「そ、それでも勝つのはシドウさんだぜ！」

外野の声も、筐体の中だと少し遠く聞こえる。

『フレームを選んでねぇ～』

甘ったるい電子音声と共に撮影《さつえい》までの手順が進む中、シドウは重々しく口を開いた。

「……お前がただのバカでもお調子者《もん》でもないってことは、わかる」

「……」

タキオンは、まだ黙《だま》ったまま。フレームを選んで、デコレーションを追加。

「だが委員長は無理だ。……指揮官は命を預ける相手だ。お前が何を考えてるのかは知らないが、俺は——」

「シドウ君が委員長になったら……」

タキオンが遮《さえぎ》ったタイミングは絶妙《ぜつみょう》だった。シドウが言葉に迷う、その一瞬《いっしゅん》で自分の言葉に切り替《か》える。

『準備が出来たら、ボタンを押して撮影するよぉ～』

タキオンは堂々とカメラ目線。どこか表情の硬《かた》いシドウ。二人の表情がガーリーなデコレーションのフレームに収まる。

「シドウ君が委員長になったら、僕を利用するつもりだろう？」

「……」

笑《え》みすら浮かべ、タキオンは撮影ボタンを押した。

『はい、すま～いる！』

撮影した画像がシールになって出てきたのは大昔のこと。今や「プリント」という名前だけを残すその筐体《きょうたい》で撮影《さつえい》した画像は、タキオンとシドウの携帯端末《けいたいたんまつ》にそれぞれデータとして転送された。

にこやかなタキオンと、そんなタキオンから視線を逸《そ》らすことができないシドウ。もしアリカの言うように勝敗をつけるなら、勝ったのはどちらだろうか。

二人はそれ以上の言葉を交《か》わさず、それぞれの同行者と共にゲームセンターの前で別れた。黙《もく》したシドウの表情は硬《かた》いままだったが、アリカたちはそれをいつもの「厳しい軍曹殿《ぐんそうどの》」の顔だと思ったようだ。

「へっ、あの地球人野郎《やろう》。シドウさんから貰《もら》った時間を遊んで潰《つぶ》してんじゃ、やっぱり程度が知れてらあ」

さっきまで「シドウVSタキオン」の勝負に熱を上げていたことなど棚《たな》に上げたアリカ。他《ほか》の歩兵仲間たちもそれに同調する。

そういう彼らの単純さがシドウは嫌《きら》いではない。根っこでは自分も同じなのだ。

「遊んでたのは俺も同じだぞ?」

「シドウさんは何もする必要ないッスよ!」

このままならシドウが新しい委員長になることは決まっている、アリカはそれを微塵《みじん》も疑っていない。タキオンに対しては厳しいが、こうしてシドウや仲間に見せる彼女の笑顔《えがお》は屈託《くったく》がなく、眩《まぶ》しい。

「委員長が死んじまったのはキツいけど、シドウさんがいてくれたらオレたち大丈夫《だいじょうぶ》だし」

「……」

アリカの言葉に、シドウは何も返せなかった。ふと浮かんだ顔がある。

（……信頼《しんらい》されてるぜ、俺たち）

アリカや他のクラスメイトは委員長やシドウを信頼し、自覚の有無《うむ》はともかく命を預けている。当たり前のようだが、軍属学校でこのように円滑《えんかつ》な関係を築くクラスは多くない。

（信頼は互《たが》いのもの。そうだよな……）

——彼らを使い捨ての駒《こま》にしたくない——

それが委員長の信念だった。

アリカたちの前で話したことはないが、軍属学校への出向は正規軍士官にとっての「貧乏《びんぼう》クジ」だ。素人《しろうと》同然の生徒を率いて二線級の戦場へ送られてもろくな戦功を挙げることはできない。下手をすれば素人に足を引っ張られて戦死、上手《うま》く生き延びても軍での出世コースからは遠ざかる。

だから大抵《たいてい》の人間は渋《しぶ》り、腐《くさ》り、任務に対する熱意や誠実さとは程遠《ほどとお》い指揮官になる。それが生徒たちの士気や練度を下げ、出動の度《たび》に負傷者や戦死者を出し、さらなる部隊の劣化《れっか》に繋《つな》がる……そんな負の螺旋《スパイラル》が軍属学校には多く見られるのだ。

士官学校のように豊富な資金と人材と時間をかけて軍人を育成するのとは違《ちが》う。軍属学校はまだ若い生徒たちを即席《そくせき》で兵士に仕立て、戦線の穴埋《あなう》めや正規軍の補助として使い潰《つぶ》すことを是《ぜ》としている。長い戦いの中で多くの大人たちがそれを暗黙《あんもく》の了解《りょうかい》としているのだ。

それをよしとしなかった2Dの委員長は稀有《けう》な存在だっただろう。自前の副官を連れてクラスを率い、彼らの損耗《そんもう》を抑《おさ》えることを念頭に置いていたのだから。

指揮官としての立場もある。プライベートで積極的に生徒たちと交わることはシドウに任せていたが、彼らも自分たちが大切にされていることを察して委員長を慕《した》っていた。

だからこそその死は大きい。クラスメイトにとっても、シドウにとっても。

(俺にできるか？　あんたのように)

やるしかないと思っている。そして、シドウの脳裏に彼の言葉がよぎるのだ。

——生き残りたいんだ。彼らと一緒《いっしょ》にね——

もう叶《かな》えることができなくなった、戦友の言葉が。

●

「だから、あげるって言ってるじゃないか」

タキオンは微笑《ほほえ》ましいものを見るように苦笑する。彼の横にはゲームセンターで貰《もら》った景品用のビニール袋《ぶくろ》に大小のぬいぐるみを詰《つ》め込んだメリー。一番大きなウサギのぬいぐるみだけは袋に入りきらないため、その腕《うで》に抱《かか》えている。

「だから、要らないって言《い》ってるの。ここまで運んであげただけよ」

メリーの返答はそっけない。しかし頑固《がんこ》だ。

繁華街《はんかがい》からタキオンの部屋の前まで徒歩とモノレールで帰って来たのだが、クールな彼女がウサギを抱えて人々の視線を集める様はシュールそのもの。しかし、押しつけられたぬいぐるみが迷惑《めいわく》だという理由だけでメリーがここまでついてくるとはタキオンも思っていない。

部屋のロックを開ける手を止め、小さく息を吐《は》く。

「なら、袋に入った分は貰うよ。でもそのウサギは僕の部屋には大きすぎる。その子だけでも貰ってくれないかな？」

大きいといっても大人が抱えられない大きさではない。よくわからない言い訳だったが、メリーは「そう」と呟《つぶや》いて。

「なら……この子だけ」

そう言って、ウサギを抱き寄せた。目がどことなく嬉《うれ》しそうに泳いでいる。いつもそっけなかったり怒《おこ》ったりしているばかりのメリーにしてみれば破格のリアクションだ。

（気に入ったんだ……）

そうじゃないかとは思っていたが、こんなにも喜んでくれるとは。タキオンは思わずにやけそうになる顔を抑えた。これでタキオンが笑ったらメリーはムキになってウサギを突《つ》き返しか

ねない。……それは良くないだろう。タキオンにも、メリーにも、ウサギにも。

「それじゃあ、また明日」

和《なご》んだ空気で今日はさようなら。タキオンがそれを狙《ねら》ったかどうかはわからないが……。

「待って」

そうは問屋が、いや教育係が卸《おろ》さなかった。

放課後にタキオンがやったのと同じように、メリーは彼の手を取った。直接手を握《にぎ》るのは躊躇《ためら》われて、制服の袖口《そでぐち》をしっかりと摑《つか》んでいる。

「さっきの続き？」

困った顔で曖昧《あいまい》な笑《え》みを見せるタキオンに、メリーは言葉を選んで。

「……シドウになにを言ったの？」

彼はまたなにか言った。メリーはそう直感していた。

プリントシールの筐体《きょうたい》から出てきたシドウの顔が、入る前よりも僅《わず》かに強張《こわば》っているように見えたのだ。

タキオンは一瞬《いっしゅん》、視線を泳がせる。しらを切ろうか迷った。だがすぐにその迷いを捨て、目を閉じて息を吸った。

「僕は彼の思い通りにはならない……ってことかな」

答えたその目が真《ま》っ直《す》ぐ見つめている。見つめられたメリーのクールな表情が崩《くず》れ、困惑《こんわく》と不安の入り混じった表情でタキオンを見た。

「どうして……」

二人きり、日が暮れて誰《だれ》も見ていないマンションの通路。そんなシチュエーションだからか、形のいい唇《くちびる》から本心が漏《も》れ出る。

「どうして、そんなに堂々としていられるの……?」

メリーは、タキオンが何故《なぜ》ここまで堂々と、そして平然としていられるのか不思議でならない。クラス中を敵に回しながら、厚かましいと思えるほどの態度がとれる理由がわからない。

「あなたの立場や肩書《かたが》きを特別視してる人が多いのは事実よ。でも、それだけで委員長になれるわけないでしょう。今のあなたにどれだけの人が集まるの?」

メリーの声音《こわね》には単なる厳しさではないものが入り混じっていた。タキオンを叱《しか》れば叱るほど自分の中の弱い部分を吐《は》き出してしまいそうになる、そんな悲痛さがあった。

「はっきりと言うわ、タキオン。……もうやめて。委員長になるのは勿論《もちろん》、クラスのみんなを敵に回すようなことは」

「どうして? 僕はただ、兵士として必要だと思うことをしているだけさ」

そうかもしれない。指揮官不在の危機感を説き、訓練で成績を残し、実戦においても的確な判断をした。事実だけ見ればタキオンは間違《まちが》ったことをしていない。

だが、違う。メリーは喉《のど》の奥を詰《つ》まらせるようにしてその想《おも》いを吐き出した。

「今は、正しいことだけじゃいけないの。委員長が戦死して、みんな不安になってる。この状態がどれだけ危険か、あなたならわかるでしょう?」

タキオンの言動がクラスを動揺《どうよう》させている。彼らが最も不安定な時に。

「余計なことをしているのよ、あなた。もしこんな状態で出動がかかったら、今度こそ――」

「死ぬ?」

しれっと言った一言が突《つ》き刺《さ》さる。思わず息を呑《の》んだ彼女にタキオンは続けて。

「そうだね。今のままだと小隊としてのパフォーマンスは本来の半分にもならない。次にもしバグスとの直接戦闘を行うことになったら……死ぬかもしれないね、誰かが」

メリーは戦慄《せんりつ》していた。追及《ついきゅう》しているのは彼女のはずなのに、いつの間にか立場が入れ替《か》わったようだ。

「タキオン……」

声が震《ふる》える。碧《みどり》色の瞳《ひとみ》が揺《ゆ》れ、指先が凍《こお》りついたように冷たくなる。

死ぬ。誰かが、仲間が死ぬ。タキオンの口から出るその言葉は現実的で、容赦《ようしゃ》のない冷たさを感じさせた。

あの暗くて冷たいイメージ。ほんの少し前まで生きていた仲間が骸《むくろ》となって帰ってくる恐怖《きょうふ》。

「……仲間を失うのが怖《こわ》いんだね」

メリーは言葉に詰まった。今、委員長の死によってそのトラウマはより強く、生々しく彼女に圧《の》し掛《か》かっている。

タキオンはジッとメリーを見つめていた。その手が……細い肩《かた》にそっと触《ふ》れる。

「……メリー」

「タキオン？」

顔を上げ、ハッとした。彼の目がとても優《やさ》しかったからだ。優しくて、同時に憂《うれ》いを秘《ひ》めたその目。

「ゴメン。思い出したくないことだって、わかってるのに」

肩に触れた手が温かい。それは彼の視線の温度と同じ。彼女の心に、優しく触れる。

「メリー、きみは仲間を大事に思ってる。今の仲間も……昔の仲間のことも。委員長のことだって、きみにとっては辛《つら》いはずだ」

メリーがクールな表情の下に秘める悲痛。それは仲間を思えばこそ。現実にその痛みを、絶望を知る彼女だからこそ、クラスメイトたちとは違《ちが》った視点と立ち位置でそれを防ごうとする。

「初めて会った時から、他《ほか》のみんなとどこか違うと思った。前のクラスのことを知って、なんとなくわかったんだよ。……きみは、僕に必要な人間だって」

肩に触れた指に籠《こも》る僅《わず》かな力をメリーは感じた。彼女を逃《に》がすまいとするかのようなその力。同じものが、視線を通じて向けられている。

悪意ではない。だが、何か底知れないものを感じさせる。タキオンが、それまで隠《かく》していたものを露《あら》わにしようとしているのだ。

「タキオン、あなた……」

息を呑《の》むメリー。タキオンは静かに、厳《おごそ》かに言葉を続けた。

「決めたよ、メリー。きみには僕に巻き込まれてもらう」

タキオンの顔がメリーに近づく。吐息《といき》すら感じる距離《きょり》で、彼はそっと囁《ささや》いた。

「僕と一緒《いっしょ》に、地獄《じごく》へ行ってくれないか……」

その時ようやく、メリーはタキオンの本心を見た。

彼の深い深い奥底にあるものを。赤い瞳《ひとみ》が映す、強烈《きょうれつ》なまでの意志を。

●

翌朝。

初めてこの教室を訪《おとず》れた時と同じように、タキオン・シュガはクラス中の視線を集めながら教壇《きょうだん》に立った。

「それじゃあ、始めさせてもらうよ」

ブラックボード・モニタを背にクラスメイトたちを見渡《わた》すタキオン。

最初にここへ立った時、向けられていたのは警戒《けいかい》と僅かな敵意の視線だった。今はどうだろう。敵意らしい敵意はむしろ薄《うす》れた。その代わり不審《ふしん》がほとんどを占《し》めている。……そして、GJとイルマは困惑《こんわく》していた。

メリーがいないのだ。体調不良を理由に欠席している。学級会議は生徒の過半数が出席していれば成立するから問題はないが……。

特にイルマは何度も彼女の席を振《ふ》り返っている。

（どうしたんだろ、メリー。……昨日、タキオン君について行ってから連絡《れんらく》ないし）

こんなタイミングで都合よく欠席するだろうか。クラスで最もタキオンに近い立場だったメリーが。彼女の不在が、生徒たちが抱《いだ》く不審をより強くしていた。

「……」

タキオンはひと呼吸おき、改めて教室を見渡《わた》す。

敵意、警戒《けいかい》、困惑、不審。およそ好意的な感情が見つからない。

だがそこに無関心はひとつも無い。全員が彼の一挙手一投足に注目している。

（……これでいい、これで）

教卓《きょうたく》に軽く手を置き、胸を張って口を開いた。

「きみたちのほとんどは僕のことを、面倒臭《めんどうくさ》い奴《やつ》だと思ってるだろう。もしくは……今すぐブン殴《なぐ》ってやりたいとか」

僅《わず》かに教室の空気が揺《ゆ》らぐ。てっきり自分を委員長にするメリットでも語るものだと思っていた生徒たちは、彼の挑戦的《ちょうせんてき》な言葉に面食らっている。

「でも、同時に利用価値があると思っているはずだ。地球からの親善大使兼留学生。大人たちはそう簡単に僕を危険な目に遭《あ》わせない。なら同じクラスにいる間は安泰《あんたい》だ。……違《ちが》うかな？」

反論は無かった。アリカまで仏頂面《ぶっちょうづら》で黙《だま》り込んでいる。

GJやイルマでさえも意識せざるを得なかった事実。タキオンの肩書《かたが》きは自分たちにとってのお守りになるはずだ、と。

だからこそ彼を警戒しつつも、追い出したり教育を加えようとはしない。扱《あつか》いづらくともひとまずクラスには置いておきたい。タキオンがシドウに言った「利用する」とは、つまりそういうことだ。

「……フッ」

しかしタキオンは、彼らを前に小さく笑った。口元を皮肉っぽく吊《つ》り上げたその笑《え》みは自嘲《じちょう》しているようにも見える。

「残念だけどそれは間違《まちが》いだよ。このままいくと、きみたちは僕と一緒《いっしょ》に死ぬことになる」

クラスメイトたちがぼんやりと抱《いだ》いていた希望を、タキオンは冷めた口調で粉砕《ふんさい》した。

どよめきが広がる教室。シドウですらタキオンの意図を読めず彼を凝視《ぎょうし》している。その視線を軽く見返して、タキオンは続けた。

「僕の父は地球圏《けん》統合政府軍のハルトムート・エーデル大将。東ユーラシア方面軍を指揮していて、あと数年もすれば元帥《げんすい》になる人だ。

でもおかしいだろう？　僕の名前はタキオン・シュガ。何故《なぜ》親子で名前が違《ちが》うんだろうね」

この時は自分でも気づかないほど陰鬱《いんうつ》な顔をしていたのだと、後にGJから聞かされる。タキオンにとってそれは、暗部だ。

「僕の母は本妻ではない。父は僕のことを認知《にんち》しているけど、当然ながら本妻やその子……僕の兄たちはそれを快く思っていない。

とはいえ、気に入らないからといって公《おおやけ》に認知された兄弟に害を加えれば彼らの経歴に傷がつく。そこで、賢《かしこ》い兄たちは考えた。……戦場なら、人が死ぬのは当たり前だ」

兵士にとって当然の真理が酷《ひど》く陰惨《いんさん》なものに聞こえたのは、タキオンが言外に匂《にお》わせる策謀《さくぼう》を生徒たちが感じ取ったからだろう。

「火星なら父の手も届かない。練度の低い素人《しろうと》集団に放《ほう》り込んで、火星の親地球派に根回しをしておけば、あとはバグスが僕を始末してくれる。

……地球からの大使が勇敢《ゆうかん》に戦って殺されたとなれば、それを美談に仕立て上げることも可能だ。兄たちにとっては願ったり叶《かな》ったりというわけさ」

後からイルマに聞いた。この時のタキオンは少し怖《こわ》かったと。こんな恐《おそ》ろしいことを淡々《たんたん》と、微笑《ほほえ》みすら交えて話せることが怖かったのだと。

これはタキオンも反省した。自分の中で何度も反芻《はんすう》してきたために、恐怖《きょうふ》や嫌悪《けんお》という感覚が麻痺《まひ》していた。あまりに強く濃《こ》い状態で、慣れてしまっていたのかもしれない。

「僕はね……兄たちの陰謀によって、殺されるためにこの火星へ送られたんだ」

士官学校の生徒であるタキオンには、軍で力を持つ彼らの謀略に逆らう術《すべ》などない。狡猾《こうかつ》な兄たちは父の目と耳を掻《か》い潜《くぐ》り、まんまとタキオンを火星へ送り出すことに成功したのだ。

「いいか。きみたちにとって、僕はお守りなんかじゃない。……そう、疫病神《やくびょうがみ》だよ」

タキオンの表情は変わらない。堂々と胸を張って。

「僕がこのクラスにいる限り、軍属学校に許される範囲《はんい》ならどんな戦場にも……最前線にだって送られるかもしれない。それも、正規軍の精鋭《せいえい》部隊に匹敵《ひってき》する頻度《ひんど》でだ。昨日のようにね。……みんなも、立て続けに出動がかかったことをおかしいと思ってるだろう？」

ざわめきやどよめきは既《すで》に消えている。クラスメイトの誰《だれ》もが愕然《がくぜん》とし、呆然《ほうぜん》とし、どんな反応をすればいいかわからなかった。

彼らにとってタキオンはまさしく疫病神だ。軍属学校では自己理由による転属を願い出ることができないから、タキオンを見捨ててクラスを出ることも彼を追い出すこともできない。

そして最悪の想定として、クラスメイトが彼を殺害すればそれは軍における極刑《きょっけい》によって裁かれなければならない。味方殺しは軍法会議のうえ、銃殺《じゅうさつ》である。

（タキオン……）

シドウだけが、ジッとタキオンを見つめている。

嘘《うそ》を言っているようには見えない。状況《じょうきょう》もそれを裏付けている。だが、こんなにも堂々と真実を聞かせる理由がわからない。これでは彼の立場は一層危《いっそうあや》ういものになるのではないか。

(だったらいっそ……)

自分たちに真実を伏《ふ》せておいた方が、いざという時に上手《うま》く立ち回って生き延びることだってできるんじゃないか。何も知らない自分たちを見捨てれば。

沈黙《ちんもく》が支配した教室。タキオンはクラスメイトたちの表情を一人一人見て、再び口を開いた。

「……そういえば、ここは新しい委員長を決める場だったね」

呟《つぶや》くと、彼の目つきが変わる。

それまでの、どこか悠然《ゆうぜん》と構える雰囲気《ふんいき》とは違《ちが》う。強く、鋭《するど》く、気迫《きはく》の籠《こも》った目。それはシドウが思わず息を呑《の》むほどの。

「僕がいる限り……このクラスは全員、地獄《じごく》へ行くことになる」

それは真実味を帯びた比喩《ひゆ》。今までのような二線級の戦場とは違い、半分素人《しろうと》の生徒たちが無事に帰れる見込みなど無い最前線にすら行くことになるだろう。

戦慄《せんりつ》するクラスメイトを前に、タキオンは「だが……」と続けた。

「だが僕が委員長なら、誰《だれ》一人としてその地獄へ置き去りにしない。全員で必ずこの教室へ帰る。……必ずだ」

必ず。繰《く》り返したその言葉が数人の生徒の顔を上げさせる。戦場に「必ず」など無い。でもタキオンの言葉は、そんな小賢《こざか》しい理屈《りくつ》を吹《ふ》き飛ばす何かを感じさせるのだ。

自分に向く視線が増えたことを確認《かくにん》しながら、タキオンはさらに口調を強める。

「僕は死にたくない。それと同じくらい、僕の道連れで誰かを死なせるのも御免《ごめん》だ。だから全力で逆らい、抗《あらが》う。やれることは何でもやって、使えるものは何でも使う。自分の持てる全《すべ》ての力を注ぎ込んで生き残る。

でもそれは一人じゃ駄目《だめ》だ。一人ではできない。ここにいる全員の力が必要で、ここにいる全員で生き残って初めて意味がある」

タキオンには人の命を物のように扱《あつか》うことが許せない。それでは忌々《いまいま》しい兄たちと同じだ。自分は絶対に仲間を見捨てない。見捨てたくない。それは信念というより願望に近い。彼らの命を自分の命と共に守ること、それを曲げるわけにはいかないのだ。

「生き残りたいんだ、きみたちと一緒《いっしょ》に」

「……ッ」

シドウは目を見張った。

似ているわけではない。顔も、声も。だがそこには、確かに同じものが存在している。

彼ら二人にあって自分にはない、指揮官として絶対的に必要なもの。

(そういうことか。こいつは……)

シドウにははっきりとわかった。タキオン・シュガとは何者なのか。

一兵士としては優秀《ゆうしゅう》だが我《が》が強すぎ、協調性に欠け空気を読まない野郎《やろう》。それだけだ。

だが、これが指揮官としてならどうか。

プライベートな部分を除けば、指揮官に兵との馴《な》れ合《あ》いは要《い》らない。我を通せなければ自信を持って部隊を指揮することなどできない。空気を読むより、自分の空気にした者勝《が》ちだ。

(なんのこたあない。……こいつは、最初から指揮官として振《ふ》る舞《ま》っていただけだ)

同時に気づいた。自分がタキオンから目を離《はな》せなかった理由。同じものを感じていたのだ。

自分が心から信頼《しんらい》した戦友と同じものを。いついかなる時も堂々とした、指揮官の気概《きがい》を。

そしてその気概を示したタキオンは「さて」と僅《わず》かに緊張《きんちょう》感を弛《ゆる》める。

「僕の言いたいことは以上、と言いたいところなんだけど。

……今のうちに言っておきたいことがもうひとつある」

あくまで自信を崩《くず》さず、一方で少しだけ躊躇《ためら》いながら。そんなタキオンの言葉にクラスメイトたち全《すべ》ての視線が引きつけられた。

「言っておかなきゃ、ならない」

そして……タキオンは教卓《きょうたく》に両手をついて。

「ごめん!」

頭を下げた。全力で、教卓に額をぶつけかねない勢いで。

クラスの誰《だれ》もが目を丸くする、その中で。

「今までのこと、本当にごめん。僕にはこういうやり方しか思いつかなかった。……僕のことを気に入らないのは当然だし、嫌《きら》われてるのもわかってる。

その上で、僕に力を貸して欲しい。生き残るために」

教室は再びざわめいている。タキオンの衝撃《しょうげき》的な告白に続き、彼が示した委員長たるに相応《ふさわ》しい態度。そして、兵士でも指揮官でもないタキオン・シュガの本音。

（……コイツ、ただもんじゃなかった）

呆然《ぼうぜん》とするアリカだけではなく、誰もが思った。タキオンは、本気だ。

彼は本当に自分たちを率いて生き残るつもりだ。そして、それが可能なのかどうか。判断するための実力すら既《すで》に示している。

（これで駄目《だめ》なら、僕は……）

教卓の上で握《にぎ》られる手。ここがタキオンの賭《か》け所《どころ》だった。

限られた時間と機会。それらを確実に摑《つか》む方法はこれしか無かった。反感でも不審《ふしん》でも、とにかく自分に目を向けさせたうえで実力を示してみせる。そして全力の覚悟《かくご》を示さねば、生き残ることはできない。自分も、クラスメイトたちも。

ざわめきは次第《しだい》に収まる。賭けの結果、それを問う瞬間《しゅんかん》が来た。

タキオンは意を決し、顔を上げる。

「みんな、僕は――」

だがその時、スピーカーから合成された音声が流された。

『2D小隊に出動命令、2D小隊に出動命令。該当《がいとう》クラスの生徒は速《すみ》やかに出動準備に移れ。繰《く》り返す――』

「こんな時に……っ」

これにはタキオンも歯噛《はが》みした。クラスメイトたちも動揺《どうよう》している。

だがそんな中で立ち上がる生徒が一人。タキオンをジッと見つめ、教室内全《すべ》ての視線をその身に集めたシドウ・アマギは口を開く。

「緊急動議《きんきゅうどうぎ》だ。提案、タキオン・シュガ准尉《じゅんい》を2Dクラスの委員長に任命したい。反対者は挙手でその意向を示《し》せ！」

教室を占《し》めるのは沈黙《ちんもく》。誰《だれ》一人として異議を申し立てる者はいない。シドウが示したその意思をクラスの全員が理解したのだ。

シドウはそれを見渡《わた》してひとつ頷《うなず》いた。

「……よし、現時点よりタキオン・シュガ准尉を2Dクラスの委員長及《およ》び小隊長に任命する」

それは、前任者から無言のまま引き継《つ》いだ委員長代理として最後の役目。そしてここからは、部隊最古参の下士官としての役目だ。……つまり。

「ホームルーム終わり！　総員出動準備だ！

「いつまでもボケッとしてんな、とっとと立って走れっ！」

号令は未《いま》だ半人前の兵士たちの尻《しり》を叩《たた》く。その一言でクラスの空気は一気に切り替《か》わり、生徒たちは一斉《いっせい》に教室を飛び出して行った。

シドウは教壇《きょうだん》へ向かい、見本のように指先の伸《の》びた敬礼をする。新たな指揮官に対して。

「最先任、シドウ・アマギ軍曹《ぐんそう》であります。これより、小隊長殿《どの》にお仕えいたします」

これが最先任下士官だ。スイッチひとつで公私を切り替え、兵士に徹《てっ》することができる。兵にとって神に等しい存在であり、彼の信頼《しんらい》を得ることこそ部隊における絶対の価値でもある。

タキオンは最も得難《がた》い相手の信頼を得たのだ。だが今、それを喜んでいる時間は無い。

シドウが瞬時《しゅんじ》に最先任下士官へ切り替わったように、タキオンも既《すで》に小隊長だ。

「軍曹、現在我が隊が保有する装備及び弾薬《だんやく》については把握《はあく》しているか」

「はい、隊長」

「よろしい。では、それらを全て搭載《とうさい》したうえで出動する。弾《たま》の一発も残す必要は無い」

タキオンの言葉にシドウは一瞬だけ驚《おどろ》きの表情を見せたが、すぐにその顔を引き締《し》める。

「了解《りょうかい》しました。小隊全力出動の準備を行います」

言って、シドウは踵《きびす》を返す。既にクラスメイトたちは着替えにかかっているはず。最先任下士官が遅《おく》れては示しがつかない。

すると、タキオンはその大きな背中を「シドウ」と呼びとめた。指揮官としてではなく、クラスメイトとして。

「……なんだ？　タキオン」

シドウは振《ふ》り返らない。今二人が真《ま》っ直《す》ぐに向き合えば、上官と部下として接さねばならないからだ。タキオンは軽く息を吸って。

「さっきの緊急《きんきゅう》動議、助かったよ」

正直な感謝を述べた。するとシドウは肩越《かたご》しにチラリと視線を向けて。

「まだ全員がお前を認めたわけじゃない。あくまで反対しなかったってだけだ。……結果を出してみせろ。俺は、お前に賭《か》ける」

それだけ言って、教室を飛び出して行った。

そして、残されたタキオンは。

「……ああ、勿論《もちろん》だ」

答えて、同じように教室を飛び出した。

●

PBUは大きく分けて三つの部分で構成される。アンダースーツ、プロテクター、そしてヘルメットを含《ふく》む各種オプション。プロテクターは移動中か現地に到着《とうちゃく》してから装着することが多いので、出動準備といえばアンダースーツへの着替《きが》えまでだ。

「……よく手ぇ挙げなかったね、アリカ」

メガネを外し、髪《かみ》をまとめながらイルマが呟《つぶや》いた。すると、制服を脱《ぬ》いでタンクトップに手をかけていたアリカは「まーな」とそれをたくし上げる。しなやかな背中。そして意外な胸のボリュームにイルマはいつも目を引かれる。少し悔《くや》しい。

女子更衣室《こういしつ》で着替えているのだから別に構わないのだろうけど、アリカの脱ぎっぷりはむしろ男らしいほどだ。その分、女子の中では一番着替えが早い。

「正直、タキオンの野郎《やろう》を信頼《しんらい》できるかっつったら微妙《びみょう》。だけど、シドウさんが認めてんならオレはそれでいい」

「さすが脳筋《のうきん》……」

イルマの呟きは無視して、アリカは手早く着替えを済ませる。アンダースーツは素肌《すはだ》の上から着用するので、ロッカーの中には制服も下着もまとめて放《ほう》り込まれていた。

「まっ、ちゃんと頭下げてんだし？　それで水に流そうってんならヤブサカじゃねーしよ。

……おい、チンタラ着替えてんなよ！　男子に負けっぞ！」

アリカの檄《げき》で更衣室の慌《あわ》ただしさが増す。

実際、アリカの言う通りだろうとイルマも思った。なんだかんだで彼らは若く、柔軟《じゅうなん》だ。ちゃんと謝った相手をいつまでも毛嫌《けぎら》いするのも恰好《かっこう》悪い。

自分もアンダースーツを着込みながらイルマは内心で呟《つぶや》く。

（とはいえ……）

（タキオン君が一番謝んなきゃいけない相手はメリーだよね）

メリーはあの衝撃《しょうげき》的な場面にいなかった。ここまで来ると彼女が本当に体調不良で欠席しているとは思えなくなっているのだが。

「つしゃ行くぞ。駆《か》け足《あし》だ駆け足」

こういう時は大体先頭に立つアリカに率いられ、２Ｄの女子生徒たちは更衣室を出て校舎裏へ向かう。クラスごとに設けられている格納庫の前で集合し、点呼を行うのだ。

他《ほか》の生徒より遅《おく》れて教室を出たはずのシドウが誰《だれ》よりも早く格納庫前で自分たちを待っていた。今回だけでなく、シドウが一番なのはいつもだ。男子更衣室の様子を知る術《すべ》のないイルマにとっては不思議でならないのだが、ＧＪや他の男子に聞いても詳《くわ》しい理由はよくわからない。最先任マジック、と個人的に呼んでいる。

そして今日はその傍《かたわ》らにタキオンがいる。正しくは、彼の傍らにシドウがいるのだ。小隊長を補佐する最先任下士官として。

「遅《おそ》い！　整列！」

どれだけ早く着替えても必ず「遅い！」から始まる点呼。２Ｄ小隊は一名を除いて全員が集合している。

「これより外郭《がいかく》第一八区へ出動する。なお、今回は小隊の全装備を以《もっ》ての全力出動だ」

高らかに宣言するタキオン。整列したクラスメイトの中に僅《わず》かな動揺《どうよう》が広がった。

外郭エリアはその全《すべ》てが激戦区だ。軍属学校の部隊が出動することも、要請《ようせい》されることも滅《めっ》多《た》にない。

そして「全装備を以て」とは言うものの、つい先日の戦闘《せんとう》で消耗《しょうもう》した装備や弾薬《だんやく》の補給もまだ完了《かんりょう》していないのである。

（地獄《じごく》行き、ってこういうことか……）

GJの口元が引きつっている。激戦区送りでなくたって、この短いスパンで出動を繰《く》り返せばあっという間に部隊は摩耗《まもう》していくだろう。

居並ぶ生徒たちの脳裏に不安がよぎる。しかしタキオンは手元で時計を確認《かくにん》すると。

「……そろそろだな」

呟《つぶや》く。それを待っていたかのように、低く唸《うな》るエンジン音が聞こえてきた。

「なんだ……？」

明らかにこちらへ近づいているその音源を探《さぐ》る生徒たち。そしてそれが校舎の向こう側《がわ》から姿を現すと、全員が文字通り「あっ」と驚《おどろ》いた。

ゴゴ、ゴゴ、ゴゴゴゴ……。

戦車の走行にも耐《た》えられる強化アスファルト製の地面を踏《ふ》む履帯《クローラー》。だがそれは戦車のように重厚な無限軌道《きどう》ではなく、前後に突き出した四本の脚《あし》に装着された独立駆動型履帯《クローラー》だ。

その四脚《しきゃく》で支えられた胴体《どうたい》の上。右側に大型の砲身《ほうしん》、左側に多目的ランチャーを背負っている。シルエットだけなら、それは大型のバグスにも似ているだろう。

「……ガンローダー」

呆然《ぼうぜん》と呟《つぶや》くGJ。高対応特殊《とくしゅ》戦術車両、通称《つうしょう》ガンローダーはタキオンとシドウの背後で停止した。

「今回だけじゃない。これから先を考えると戦力の充実《じゅうじつ》は必要だったからね。……偉《えら》い人たちに、少しだけ我儘《わがまま》を聞いてもらったよ」

ここだけは遠慮《えんりょ》なく得意顔《ドヤ》をしたタキオン。

ガンローダーは戦車に分類されない特殊車両として少数が運用されている。普及率《ふきゅうりつ》こそ低いが、歩兵小隊の火力としては申し分ない。そして、四脚車両が牽引《けんいん》してきたコンテナには大量の銃器と弾薬《だんやく》が満載《まんさい》されていた。

（我儘……ね）

GJは目の前の巨体《きょたい》を見上げる。おそらくこのガンローダーは試作機か、正規軍の使い古しを貰《もら》ってきたのだろう。タキオンの陳情《ちんじょう》を受けた校長や司令部は「死ぬ運命」のタキオンを憐《あわ》れんでこの我儘を聞いたのかもしれない。

（どんな頼《たの》み方《かた》したんだか……）

憐《あわ》れみを誘《さそ》いながらも堂々としていて、死ぬつもりなどさらさらない。そういうタキオンのふてぶてしさが今は頼《たの》もしかった。

タキオンの本気を示す鋼鉄《こうてつ》の四本脚《あし》を前に生徒たちは色めきたつ。

「騒《さわ》いでる暇《ひま》はないぞ。小隊全力、出動準備急げ！」

シドウの号令でコンテナにとりつく生徒たち。一方、通信兵のイルマは「新顔」のガンローダーに小隊無線を繋《つな》ぐために胴体《どうたい》上部のハッチへよじ登った。……ある予感を胸に。

「もしもーし、開けてくーださーいなっ」

コンコンココココンとリズミカルにノックすると、返事もなく開くハッチ。そして中から。

「……そのノック、私じゃなかったらどうするつもり？」

いつも通りそっけなく、一番の仲良しが顔を出した。

「さあ？　新しい友達になろっかな」

当たり前と言わんがばかりにイルマはニッコリ笑う。

戦車兵用の軽装ＰＢＵに身を包んだメリーは「もう」と苦笑するのだった。

マーシアン・ウォースクール
火星世界解説3

Martian Warschool
a commentary on the Mars 03

タキオンの巧みな交渉により手に入れたガンローダー（Gun-Loader）。正式名称は「高対応特殊戦術車両」。正規軍でも珍しい特殊車両である。その開発経緯を紹介する。

ガンローダー / Gun-Loader

開発経緯

約三周期（五～六年）前、ハーシェルⅢ陸軍における次世代主力戦車のトライアルが行われた。これは、当時増加傾向にあった大型バグスと中型バグスの耐久性強化に対抗するためであり、トライアルでは「戦車小隊単位で大型バグスと互角以上に渡り合える打撃力」と、「単機で複数の中型バグスに遅れをとらない機動力」が要求された。


これに対し、戦闘車両開発に実績のある各社は従来型の戦車を基礎設計から見直した新型戦車の開発に着手。そこに現れたのが新興企業リミットブレイク社（ＬＢ社）である。

ＬＢ社がトライアルに提出したのは、それまでの「戦車」とは一線を画す多脚構造の陸戦兵器であった。

当時の制式戦車と比べて遥かに大きな機体でありながら、独自開発された多脚構造とそれを制御する新型プログラムによって従来の戦車には到底不可能な高い運動性能を実現。

さらには二〇〇ミリロングバレルカノンという破格の装備を含む多種多様なオプションと拡張性。それはまさしく対バグス戦線における陸戦兵器の革命とも呼ぶべき圧倒的な存在感を示した。


しかし、この「陸戦兵器」はトライアルに落選し、採用されたのは最大手のマーズ・ファクトリー社（ＭＦ社）の新型戦車となる。これには正規軍上層部とＭＦ社、あるいはＬＢ社の台頭を危惧する各社の思惑が働いたとも言われているが、確証はない。


ともかく、結果としてＬＢ社の「陸戦兵器」は「戦車」となることができなかった。

その後、この兵器の「真価」を知る軍高官らにより「戦車」ではなく「特殊戦術車両」としての限定的な採用が決定。

ＬＢ社からは試作品を含めた一二機が歩兵部隊の支援車両として納品される。

これが「ガンローダー」と呼ばれる多脚型陸戦兵器であり、その中でも最初期に作られたアーリーモデル「ATV-GL001c」は、紆余曲折を経て２Ｄ小隊の手に渡ることとなる。

第四章　全力で撃《う》て

「ごめん」

彼の口からその言葉を聞くのは何度目だったか。

ホームルーム前夜。「一緒《いっしょ》に地獄《じごく》へ行って欲しい」という言葉の真意をタキオンは残らずメリーに聞かせたのだ。

生《お》い立《た》ちに起因するタキオンの宿命。死ぬことを望まれて送り込まれたこの星で、それでもメリーたちを死なせたくないと願っている。

そしてメリーは理解した。タキオン・シュガの覚悟《かくご》を。

彼は自信で動いているわけではなかった。見栄《みえ》や自己顕示欲《けんじよく》でも、まして功名心でもない。

タキオンはクラスメイトたちの反感を買ってでも彼らの意識を劇的に変える機会を作ろうとしていたのだ。同時に、そうしなければ生き残れないのだという壮絶《そうぜつ》さがある。

「僕はきみを……きみたちを道連れになんかしたくない。でも逃《に》がす方法も無い。だから、一緒に戦って欲しい。生き残るために」

向かい合う目と目は真剣《しんけん》で、メリーはタキオンの言葉を疑おうとは思わなかった。そして感じたのだ。彼ならば、それができるのかもしれないと。

そして理解する。あの時の言葉の意味。

――僕ときみの目的は、きっと同じだと思うんだ。――

仲間を失いたくない。その目的。願い。確かに同じだ。

「……わかった。あなたに協力する」

腕《うで》の中のウサギをギュッと抱《だ》き寄せながら、メリーは小さく頷《うなず》く。だがすぐに厳しい視線をタキオンに向けて。

「でも、ひとつだけ約束して」

「なにかな?」

タキオンは嫌《いや》な予感がした。この数日ですっかりメリーの表情に敏感《びんかん》になった自分がいる。

それも主に、叱《しか》られる場合で。

「私だけじゃなくて、ちゃんとクラスのみんなにも謝ること」

「……やっぱりダメかな、謝らないと」

「ダメ」

きっぱりと言って、メリーはタキオンに詰《つ》め寄った。距離《きょり》にして半歩ほどの近さまで迫《せま》られたタキオンは思わず息を呑《の》む。至近距離で見てもやはりメリーは美しい。

碧色《みどり》の澄《す》んだ瞳《ひとみ》が少年の顔を映す。

「もしあなたが委員長になって、私たちを率いるとしても、それ以前に私たちはクラスメイトなの。みんなと一緒《いっしょ》に生き残るつもりなら絶対に必要なことよ」

タキオンは観念した。教育係には敵《かな》わない。大きく頷く時に溜息《ためいき》が出たのは許して欲しい。

「わかった。ちゃんと謝る、謝るから」

そして、その「敵わない」が決して悪い気分ではないのだ。彼女に見せる苦笑が、いつの間にか曖昧《あいまい》なものでなくなっていく。心が、落ち着くのを感じていた。

「僕だって、クラスのみんなに嫌《きら》われたままでいたいわけじゃないしさ」

これはもう全力で頭を下げるしかない。彼らの顔を思い浮かべながらタキオンは腹を括《くく》る。イルマは許してくれそうだ。GJも、ブツブツ言うかもしれないけど大丈夫《だいじょうぶ》だろう。やっぱり最大の難関はアリカかな。脳筋《のうきん》の行動は時々予想外だから。

「……頑張《がんば》るよ」

それでも笑える。苦笑いだけど、それはタキオン・シュガの素直《すなお》な心情だ。

そんな彼の顔が、メリーにはなんだか可愛《かわい》く見えた。本音を聞いたからだろうか、彼女も彼を素直な目で見ることができる。

「うん、よろしい」

お姉さんぶった顔で頷くメリー。二人の関係が、しっくりくる形に収まろうとしていた。

（上手《うま》くいったみたい……）

ガンローダーのコクピットからモニタ越《ご》しに仲間たちの様子を眺《なが》めるメリー。シドウを始め、タキオンを取り巻く彼らの表情が昨日までと変わっている。

多くの生徒はまだ全《すべ》てを呑《の》み込めていない。それでもタキオンの生き残ろうという意志に嘘《うそ》が無いことはわかる。そういう感覚を共有できるのも、クラスメイトという特別な繋《つな》がり方《かた》をする軍属学校独特のものかもしれない。

『……メリー、兵装のチェックは終わってるかい？』

モニタに現れたタキオンに「ええ」と頷《うなず》く。彼に頼《たの》まれて正規軍の物資集積所から引き取って来たガンローダー。正規軍の使い古しだが、搭載《とうさい》された二〇〇ミリロングバレルカノンとマルチランチャーは十分使える。

「操縦は交代しなくてもいいの？　私、あまり適性が高くないんだけど」

『今回は砲台《ほうだい》の役割が果たせればそれでいいんだ。このまま行こう』

それからタキオンはメリーといくつかの段取りを済ませ、最後に「それから……」と続けた。

『報告しとくよ。……ちゃんと、みんなに謝ったから』

●

　モニタ越《ご》しにメリーから「よろしい」の一言を貰《もら》うと、タキオンは思わず頰《ほお》が弛《ゆる》む。普段《ふだん》クールな彼女が見せる「お姉さん」の顔はタキオンのツボらしい。自分でも少し驚《おどろ》いていた。

「さて、と」

　外郭《がいかく》第一八区。その最前線に到着《とうちゃく》したタキオンはシドウたちと作戦会議を開いた。

「状況《じょうきょう》としては前回よりもシンプルだ」

　タキオンたちのいる陣地《じんち》は水の無い渓谷《けいこく》の底にあり、北へ走る渓谷を抜《ぬ》けた先には正規軍の前線基地がある。……否《いな》、前線基地だった場所というべきか。

　そこは二週間ほど前にバグスによって陥落《かんらく》。現在は渓谷の南側《がわ》まで防衛線を下げていた。つまり、２Ｄが守る陣地である。

　ライトブルーのＰＢＵを着たクラスメイトたちの中、未《いま》だに一人だけ白いＰＢＵのタキオンは地図上の前線基地を指して言った。

「四時間前、基地内に複数の大型バグスが入った。行動パターンから見てこちらへの攻撃《こうげき》を狙《ねら》っていると見て間違《まちが》いない。僕たちの任務はこれを迎撃《げいげき》、可能ならば基地を奪還《だっかん》することだ」

　モニタ投影《とうえい》された戦略地図の上に配置されていく敵戦力のアイコン。大型バグス五、中型バグス五〇、小型に至っては二〇〇〇という、大隊規模の集団だ。歩兵小隊、しかも軍属学校の生徒たちに任せる相手ではない。

「ヘッ、上等じゃねーか。返《かえ》り討《う》ちにしてやる」

アリカは息巻いているが、シドウは厳しい顔で地図を睨《にら》んでいた。彼女が言うほど簡単な話ではないのだ。

ガンローダーにより小隊の火力は飛躍《ひやく》的に向上する。ロングバレルカノンの射程と威力《いりょく》なら正面から大型バグスを仕留めることも可能だろう。しかしあくまで一戦力の火力にすぎない。

「この小隊、大型バグスとの交戦経験はなかったよね」

「はい、隊長。中型を一〇匹《ぴき》ほど含《ふく》む集団が最大です」

軍人言葉を徹底《てってい》するシドウ。重装PBUの威容《いよう》と相まって一際《ひときわ》の迫力《はくりょく》がある。タキオンは頷《うなず》いて地図上の敵アイコンを指した。

「バグスが数に任せた物量戦を得意とすることはよく知っていると思うけど、連中にも戦術という概念《がいねん》が存在する。

大型バグスを擁《よう》する集団の場合、最初は小型の大群による波状攻撃を仕掛《しか》け、こちらが消《しょう》耗《もう》したところで大型を中心とした主力で押し込んでくるんだ」

つまり、向かってくる相手を闇雲《やみくも》に迎《むか》え撃《う》っていては弾薬《だんやく》を無駄《むだ》に消耗するだけ。正規軍部隊ならともかく、こちらは練度の低い生徒たちなのである。大型火器やガンローダーの攻撃《こうげき》ならおそらく一度か二度の斉射《せいしゃ》で弾《たま》を撃ち尽《つ》くしてしまうだろう。

「このエリアのバグスは正規軍部隊と戦線の押し引きを繰り返して戦い慣れしてる。つけ入る隙《すき》があれば容赦《ようしゃ》なく押し潰《つぶ》しに来るし、そうでなければ動かないだろうね。……そして、もしこれ以上の増援《ぞうえん》があれば僕たちの手には負えなくなる」

「じゃあ、どうすんだよ」

脳筋《のうきん》のバンダナ少女は唇《くちびる》を尖《とが》らせた。タキオンに不満があるのではなく、他《ほか》に上手《うま》い方法を考えつかないのである。

「状況《じょうきょう》は単純《シンプル》。だから対策も単純《シンプル》だ。……この間のアリカと同じようにやる」

「は？」

他の生徒たちが「なるほど」と頷《うなず》く中、アリカだけがキョトンとしていた。

「釣《つ》り出す……ってことだね。でも、アリカみたいに簡単にいくかな？」

先日の模擬《もぎ》戦でタキオンに釣られまくっていたアリカを思い出したGJ。お互《たが》いが渓谷《けいこく》の出入り口に陣取《じんど》っているこの状況なら、敵を進軍させることは隘路《あいろ》に誘《さそ》い込むのと同義である。あとは敵主力がひと固まりになっているところへ火力を集中させれば……。

「勝機はある。いや、そこしか無い」

表情を引き締《し》めたタキオン。そして。

「先手を打つんだ。敵が動き出す前に渓谷を抜《ぬ》けて大型バグスに打撃を加える。交戦状態に入って動き出したバグスは簡単に止まらないからね」

先制攻撃《こうげき》により敵の進軍を誘発《ゆうはつ》する。だがその作戦には敵陣《じん》まで乗り込んで釣《つ》り出す囮《おとり》役が必要だ。当然ながら、最も危険な役回りである。

「……僕が行く」

静かに続けたタキオン。自分の身勝手でクラスを死地に巻き込んだ自分に示せる誠意だと思ったからだ。しかしそれは。

「馬鹿《ばか》言ってんじゃねーよ」

一蹴《いっしゅう》された。ついさっきまでキョトンとしたまま作戦を聞いていたアリカに。それは非難するというよりも「何を言ってるのかサッパリ」とばかりに。

「テメーはオレらの隊長だろ？　それが真っ先に突《つ》っ込んでどうすんだよ。

……お前、意外と頭悪いのな」

トドメに「当たり前のことだろ？」と首まで傾《かし》げる。クラス随一《ずいいち》の脳筋《のうきん》に「頭悪い」と言われたタキオンは目を丸くした。

「正論なのにすっごい暴言だー。さっすがアリカ」

イルマは思わず笑ってしまった。アリカは「へっ、褒《ほ》めんなよ」と謙遜《けんそん》していたが、勿論《もちろん》褒めてない。

「でもまあ、その通りじゃないかな。隊長は少々肩《かた》に力が入りすぎているご様子で」

小柄《こがら》な通信兵は肩をすくめ、ニヤリと笑う。他《ほか》の生徒たちも総じて同じ意見らしい。互《たが》いに顔を見合わてからタキオンを見た。そこに教室のような冷たさは無い。彼の背負う覚悟《かくご》を知って芽生えた小さな仲間意識が伝える。「無理すんな」と。

タキオンは、ひとつ息を吐《は》いた。

(信頼《しんらい》……信頼、か)

命懸《いのちが》けの戦場に仲間を送り出す。それは指揮官として彼が背負う責任だ。その責任から逃《に》げるような真似《まね》は、やはり信頼に反することだろう。

「……軍曹《ぐんそう》、突撃《とつげき》歩兵による分隊を編成しろ。分隊長を任せる」

「はっ！」

シドウは短く応《こた》え、生徒たちを引き連れて準備に向かった。地図の前に残ったタキオンはコツンと自分の頭を叩《たた》く。

「余裕《よゆう》が無いんだな……」

彼らを信頼しているつもりだ。でも信頼されているかどうかの実感が無い。裏付けといってもいい。すると、通信兵としてその場に残ったイルマが後ろから彼の肩を叩いた。

「頑張《がんば》れ、小隊長君。お姉さんは応援《おうえん》しているよっ」

「……そういえば、年上なんだっけ」

すっかり忘れていた。そして同じ「お姉さん」でもメリーは同い年だ。

なんだか可笑《おか》しくなってタキオンは笑った。少し、リラックスできた気がする。

●

歩兵の中でも打撃力《だげきりょく》に優《すぐ》れた装備で敵陣《じん》に肉薄《にくはく》する者たちを特に突撃《とつげき》歩兵と呼ぶ。通常の歩兵との区別は曖昧《あいまい》なのだが、しいて言うならば……。

「っしゃあ、蟲《むし》どもに一撃喰《く》らわせに行くぞーっ！」

こうしてアリカのように喜び勇んで突撃していく歩兵のことかもしれない。

2Dの陣地から発進した三台のATV《バギー》が赤い渓谷《けいこく》を突《つ》っ走っていく。オートバイと同様の機構に四輪を備えた全地形対応車はそれぞれ二人ずつの歩兵を乗せていた。

肩にロケットランチャーを担《かつ》いだアリカのバギーを運転するのはGJだ。

「あんまり騒《さわ》いで落ちないでよ？」

「っせーな。水差すようなこと言うんじゃねーよ、このGJ野郎《やろう》」

「だからその呼び方、意味がわかんないって……」

後ろから頭を小突かれるのも、やはり納得《なっとく》いかない。突撃歩兵分隊として選ばれたGJは相変わらずドンヨリ気味だった。

しかし、並走するバギーを運転しているシドウは彼の歩兵としての適性が高いことをよく知っている。大体が逃げ腰《ごし》で時に《に》ブツブツと文句を言いながらも、GJはその手足を止めない。生き残るために効率的な動きを感覚的に実行できる、一種の才能があると思っていた。

クラスで最初にタキオンに声をかけたことも、きっとその才能の一部だ。

（奴《やつ》の嗅覚《きゅうかく》は武器になる。あとは積極性だが……）

運転しながら、チラリと隣《となり》を見る。GJの後ろでまだ見えてもいない敵を威嚇《いかく》しているアリカが目に入った。

「……お前ら、二人一組で使うのが正解かもな」

これが本人たちに聞こえるとGJがとばっちりで小突かれかねないので、シドウは聞こえないように呟《つぶや》いた。後でタキオンに進言してみるのは面白《おもしろ》そうだ。

（だが、それもここを切り抜《ぬ》けてからだ……）

渓谷の反対側《がわ》へ出た。平地で敵とぶつかるのを避《さ》け、バギーは基地を見下ろす崖《がけ》の上へ登っていく。傾斜《けいしゃ》で転がり落ちないようにGJの肩《かた》を掴《つか》んだアリカは、「そういえば」と呟いた。

「GJ……さっきのってどういう意味だ？」

「さっきの？」

「ほら、蟲どもを釣《つ》り出す作戦だって話の時、タキオンがこないだのオレみたいにするって言ったろ。……オレ、なんかやったっけ？」

GJは思わず「は？」と振《ふ》り返ったが、どうやらアリカは素《す》でわかっていないらしい。そしてＧＪの不幸なところは、こういう時に思わず正直になってしまうところだ。

「こないだの模擬《もぎ》戦で、アリカは散々タキオンの囮《おとり》作戦に引っかかってたじゃないか」

「ああなるほど……ってオイ、それじゃあオレが蟲《むし》どもみたいにホイホイ釣《つ》られてたってことかよ！」

「気づくの遅《おそ》いよ！」

「うるせーっ！　よく考えたら、あん時オレを撃《う》ってたのはテメーじゃねーか！」

ヘルメット同士を激しくぶつけるヘッドバット。理不尽《りふじん》な暴力に晒《さら》されながら、運転しなければならないためにされるがままのＧＪは「これだから脳筋《のうきん》は！」と心の中で叫《さけ》んでいた。

「お前ら、そのあたりにしとけ……来るぞ！」

シドウの声に振《ふ》り向くと、崖《がけ》の下からギチギチと耳障《みみざわ》りな音。哨戒《しょうかい》していた小型バグスの群れが彼らに気づいたのだ。

「ＧＪ、ヘルマン、カーラ、セルゲイは足下《あしもと》の蟲どもを叩《たた》け。アリカは俺と一緒《いっしょ》にデカブツを狙《ねら》うぞ、来い！」

「了解《りょうかい》！」

六人の突撃歩兵は一斉《いっせい》に動き出し、ＧＪを始めとした四人は崖下へ向けてアサルトライフルを斉射する。続々と登り来るクロアリの群れの先頭を狙い、とにかく攻め寄せる勢《せ》いを殺すことに注力した。

そしてシドウとアリカは崖の上から基地内に陣取《じんど》ったバグスを狙う。

「いいか、頭だ。直撃《ちょくげき》しなくても爆風《ばくふう》で煽《あお》られるとカッカ来て釣られるからな」

携帯《けいたい》式のロケットランチャーを構えながら慎重《しんちょう》に狙うシドウ。スコープの向こうには、足下に群れている小型バグスの比ではない大きさのバグスが鎮座《ちんざ》している。

体長は二〇メートルにも達し、堅牢《けんろう》な甲殻《こうかく》と大きな角が特徴《とくちょう》の「カブト」と呼ばれる重攻《じゅうこう》撃《げき》型バグス。頭部に埋《う》め込まれた大きな球体——眼球状水晶体《すいしょうたい》はまだ無色透明《とうめい》だが、これが戦闘《せんとう》時には黄色く濁《にご》る。GJたちに阻《はば》まれているクロアリたちも、よく見ればその眼《め》は黄色い。

「へへっ。頭を丸ごと吹《ふ》き飛ばしちまっても、それはそれでいいッスよね？」

「……ああ、上手《うま》く仕留めたらMVPだ」

アリカの軽口に、シドウはバイザーの下でニヤリと笑った。彼女には素人臭《しろうとくさ》さを超《こ》えて機能する好戦性がある。それもまた歩兵には有益な才能。GJとは真逆《まぎゃく》で、これに適度な慎重さと狡猾《こうかつ》さが加われば最高だと思っている。

「よし……撃てっ」

アリカに告げて、自分もトリガーを引く。

崖の上から発射されたロケットは尾を引いて飛び、大型バグスの頭へ命中。「直撃しなくても」などと言っておきながら「ちっ、やっぱり死なねえか」などと吐《は》き捨てるシドウがアリカには最高に恰好《かっこう》良く見えた。

頭に爆発《ばくはつ》を受けたカブトが動き始める。眼《め》が黄色く濁《にご》り、周囲の中型・小型バグスたちにその戦意を伝播《でんぱ》させながら敵の姿を探していた。渓谷《けいこく》の反対側《がわ》に人類の陣地《じんち》があることは既《すで》に知っているはず。程《ほど》なくして、この蟲《むし》どもはそこへ向かって進み始めるだろう。

「次だ！」

手早く次弾《じだん》を装填《そうてん》し、残ったカブトを狙《ねら》う。二度目の攻撃《こうげき》は距離《きょり》があったためか直撃には至らなかった。それでも、全《すべ》ての大型バグスが敵の襲撃《しゅうげき》に反応を示し始める。

「よっしゃ、やりましたよシドウさん！」

「……いや」

意気揚々《ようよう》のアリカに対し、シドウの目は鋭《するど》い。確かに大型バグスはこちらの攻撃に反応しているが、実際に進軍に移ろうとしているのは五匹《ひき》中三匹だけ。残りの内一匹はまだ警戒《けいかい》程度だし、一番奥に陣取った一匹は眼の濁りも見えない。

「かかり、が弱い……これじゃ敵の半分も引きつけられねえ」

小隊の火力を考えると一度の打撃で勝負を決める必要がある。最悪でも四匹、それでようやく勝ち目は半々といったところ。

既に敵先陣の小型バグスは移動を始めている。陣地で戦端《せんたん》が開かれるのは時間の問題だろう。状況《じょうきょう》は動いているのだ。

「……」

僅《わず》か数秒、シドウは全力で考えを巡《めぐ》らせた。否《いな》、考えていたというよりは覚悟《かくご》を決めていたといった方が正しい。元より彼の頭の中に答えはひとつしか無いのだから。

「アリカ、お前らは先に陣地へ引き上げろ。俺は基地の外側を回り込んで残りのデカブツを誘《さそ》い出す」

「無茶だよ！　それは！」

クロアリの群れを退けたGJが口を挟《はさ》んだ。生き残ることに敏感《びんかん》な彼でなくとも、その危険度は明白にわかる。

だがシドウは意見など聞く気はないと言わんがばかりに。

「この分隊の役目は敵を引きつけることだ。その任務を放棄《ほうき》するわけにはいかん。そして、お前らがついてきたんじゃ足手まといだからな。……俺一人なら、なんとかやれる」

「それは……」

彼についてきた誰《だれ》もそれに反論できなかった。彼と自分たちとの練度、そして経験の差は明らかなのだ。その中で。

「……あの野郎《やろう》は」

ぽつりと言ったのはアリカだ。シドウを見上げた目を、逸《そ》らさずに。

「あの野郎は、オレたち全員で教室に帰るって言った。その中にはシドウさんもいるはずッスよ」

少女の男言葉に悲痛なものが入り混じる。委員長を失ったことの衝撃《しょうげき》はまだ抜《ぬ》けきっていないのだ。この上シドウまで……、そんな考えをするなと言う方に無理がある。

「アリカ……」

重装の下士官は苦笑していた。自分もまた2Dクラスの一員だ。今では最年長の座に就《つ》いてしまったが、クラスメイトであることに変わりはない。

そう、だからこそ。

「誰《だれ》が死ぬつもりで行くっつった。俺にもそれなりに考えってやつがあるんだよ」

頼《たよ》れる先輩《せんぱい》の顔でそう言って、自分が連れて来た分隊の面々を見回す。

「ヘルマン！　セルゲイと一緒《いっしょ》にカーラのバギーで戻《もど》れ。陣地《じんち》に着くまでの指揮はお前に任せる。敵と遭遇《そうぐう》しても陣地への帰投《きとう》を最優先して交戦は避《さ》けろ。いいな」

そして、まだ自分を見上げているアリカの頭に手を置いた。

「アリカ、タキオンに伝言だ。余計な心配をせずに、俺からの合図を待て……ってな。前もってあいつと俺で決めといた奥の手があるんだよ」

眉《まゆ》を上げて見せる笑《え》みは実にふてぶてしく、歴戦の古参兵によく似合う。それでようやくアリカも頷《うなず》いて。

「シドウさん……わかりました。あの野郎《やろう》に伝えます」

そうと決まれば行動は迅速《じんそく》に。二台のバギーに分乗して陣地へ戻る彼女らを見送り、シドウは反対方向へとバギーを走らせる。

「さあて、行くか」

肉厚な長身に重装PBUを着込んでバギーに跨《また》がると、さながらそれは現代の重騎兵《じゅうきへい》。シドウは前線基地の外側《がわ》を回り込みながら疾走《しっそう》する。その前方に、警戒《けいかい》していたクロアリの群れが湧《わ》いて出た。

「御《ご》苦労さん。……とりあえず死ね、蟲《むし》ども」

冷淡に言い放ち、片手でアサルトライフルを構えて一連射。同じアサルトライフルでも彼の得物《えもの》は重装PBU専用の一二・七ミリ重突撃銃《ヘビーアサルト》だ。GJたちが使うものとは威力《いりょく》が違《ちが》う。

「ギッ、ギギッ……」

クロアリの体が無惨《むざん》に引き裂《さ》かれる。群れの真ん中に穴を開け、シドウはそのままバギーの速度を上げた。前面に張られた装甲《そうこう》で死《し》に体《たい》のバグスを蹴《け》散らし、四輪の騎馬が駆《か》け抜ける。

「ハッハァ！」

小型バグスの群れを突破《とっぱ》しながら、シドウは脳内に分泌《ぶんぴつ》されるアドレナリンに衝《つ》き動かされるように犬歯を剝《む》いて笑っていた。

つまるところ、突撃歩兵《とつげきほへい》とはこういう人種なのである。

ガンローダーのコクピットで待機しながら、メリーは陣地内《じんち》を見渡《わた》した。

黙々《もくもく》と土嚢《どのう》を運ぶ者、ガンローダーが運んできた重火器を設置する者、弾薬《だんやく》の配置を何度も確認《かくにん》する者。誰《だれ》もが真剣《しんけん》に、そして緊張《きんちょう》した面持《おもも》ちで動いている。

(生き残る、みんなで……)

だが、そう意識すればするほど正反対のイメージもまた脳裏に忍《しの》び寄る。現実問題として、彼我《ひが》の戦力差は歴然としているのだ。

「……ふう」

考えてしまうとどうしても陰鬱《いんうつ》な気持ちになる。ただ、モニタ越《ご》しに見る今のクラスメイトたちの表情がメリーの気持ちを軽くした。

「生き残るため……そうよね」

彼らは生き残るために前を向いている。死にたくないと、死から逃《のが》れようと後ろを向いているのではない。その線引きがどこにあるのかはわからないけれど、タキオンが最初に自分の境遇《きょうぐう》を明かさなかった理由はこのあたりにもあるのだと思う。

「まだ時間があるかしら……」

一度コクピットを出て外の空気を吸おうかと考えた時、接近する反応をセンサーが捉《とら》えた。

「あれは……」

識別は味方、小隊で使っているバギーだ。しかし、数は二。

「……一台足りない」

薄暗《うすぐら》いコクピットの中、切れ長の目が細められる。カメラをズームすると、陣地へ戻《もど》ってきた突撃《とつげき》歩兵分隊の人数も足りない。小隊でただ一人重装ＰＢＵを使っている彼の姿がなければ否《いや》が応《おう》にもそれはわかる。

バギーから飛び降りたアリカが出迎《でむか》えたタキオンに駆《か》け寄り、何事か叫《さけ》んでいる。イルマがそれを宥《なだ》め、タキオンはＧＪや他《ほか》の生徒からの話を聞いたうえで何度か頷《うなず》くと……。

「また、あの顔」

曖昧《あいまい》な笑《え》みで彼らに新しい指示を出して陣地の配置につかせ、戦略地図を展開したテーブルへと戻って行く。

「……」

ここからでは陰《かげ》になっていてタキオンの表情は窺《うかが》えない。だが、メリーは直感していた。

彼が本心を隠《かく》す時の、少し困ったような曖昧な笑顔。このタイミングでそれが意味するものはひとつしか無い。

(合図を待て……か)

先ほど詰《つ》め寄って来たアリカには「シドウと打ち合わせていた予備の作戦がある」と言って誤魔化《ごまか》したが……、合図を受けてどうにかする話などタキオンは聞いていない。

(アリカたちを戻《もど》らせるための方便にしたって……性質《たち》が悪いよ)

口元が引きつるのを感じていた。前線基地の地図を拡大してひとつひとつの施設《しせつ》や道に視線を走らせていく。

「冗談《じょうだん》じゃないぞ、シドウ。……僕がなんて言ったか、忘れたとは言わせない」

全員で教室に帰ると言った。誰《だれ》一人、地獄《じごく》へ置き去りにしないと約束した。

それなのに、それなのに、いきなりそんな特攻《とっこう》精神でクラスの犠牲《ぎせい》になろうというのか。敵《てき》陣《じん》の奥深くに突《つ》っ込んで、大型バグスを焚《た》きつけて、いくらなんでもそれを歩兵一人でやって生きて戻れるはずがない。

「……くそっ」

イルマや他《ほか》のクラスメイトに見えないように、タキオンは奥歯を噛《か》み締《し》めテーブルを叩《たた》く。

俯《うつむ》いた顔が苦渋《くじゅう》に歪《ゆが》んでいた。

「始まったばかりじゃないか。ここで犠牲を強《し》いるような戦いをしろだなんて冗談《じょうだん》じゃない、冗談じゃないぞ……」

繰《く》り返しながら必死に方策を考える。

(正規軍は当てにできない。ガンローダーの火力なら大型と渡《わた》り合うこともできるけど……いや、ダメだ。取り巻きの小型を捌《さば》ききれない。

そもそも、今回はガンローダーで機動戦闘《せんとう》を行うこと自体が無理だ。砲台《ほうだい》として使うと言ったのは自分だぞ、馬鹿者《ばか》)

自分で自分を叱《しか》り、さらに思考を巡《めぐ》らせる。

だが、考えれば考えるほど思考は堂々巡り。シドウを見捨てて他の全員で生き残るか、もっと多くの犠牲を覚悟《かくご》してシドウを救出するか、その二択《にたく》しか現れない。

「どうすればいいんだ……」

すると、タキオンの個人端末《たんまつ》が着信を知らせる。作戦中の個人通話は禁止なのだが、表示された相手の名前を確認《かくにん》したタキオンは端末を耳にあてて振《ふ》り向いた。

陣地の中心に鎮座《ちんざ》した、ガンローダーのコクピットを見上げながら。

「……やあ、なにかな?」

『情けない顔してたから叱ろうと思って』

聞こえる声は淡々《たんたん》としている。

「そっちから顔は見えてなかったと思うけど……お見通しなのかな？」

『人の気持ちを見抜《ぬ》けるのが自分だけだと思わない方がいいわ』

言葉は厳しい。口調も冷淡《れいたん》だ。なのに、回線の向こうでメリーが自分を心配してくれているのだとわかる。

黒髪《くろかみ》を掻《か》き上げ、タキオンは息を吐《は》く。緊張《きんちょう》が弛《ゆる》むと今度は喉《のど》の奥から弱音が込み上げてきそうだ。

メリーとてタキオンが背負う重責は理解している。だが今は、それに耐《た》えなければならない。

彼が何か言うより先に、感情を抑《おさ》えた声で続ける。

『信じて、タキオン。あなたのことを信じているシドウを信じて。信頼《しんらい》は片道ではダメ』

「メリー……」

コクピットを見上げる。無機質な装甲《そうこう》に覆《おお》われたその中で彼女がどんな顔をしているのか、タキオンには見える気がした。メリーがタキオンの表情を見抜いたように。

必死なのだ。その必死さを押し隠《かく》して、今はタキオンを支えようとしてくれている。

『タキオン、私とあなたの目的は同じでしょう？

一人きりのつもりで悲観しないで。……恰好《かっこう》悪いわよ』

自分を励《はげ》ましてくれている。否《いな》、叱《しか》ってくれている。その彼女の声にタキオンは……。

（……堪《たま》らないな）

震《ふる》えてしまった。そして、彼女の言葉は彼の目を開く。

「そうか、シドウは僕を信頼してくれているか」

『ええ、きっと』

ならばその言葉を、今は信じるだけ。

息を大きく吸い込み、吐く。それまでの濁《にご》った思考ごと吐き出すと赤い瞳《ひとみ》に輝《かがや》きが戻《もど》った。

「切るよ。……個人通話《このこと》は、僕ときみとの秘密だ」

『わかったわ。そういうの、嫌《きら》いじゃない』

嫌いじゃない、か。彼女らしい言い方だと思った。好みだ。

端末《たんまつ》をPBUのポケットに押し込み、タキオンは再び地図に向き直る。

(シドウが僕を信じてくれているなら……死ぬつもりで動いているはずがない)

ならば答えはひとつ。敵を動かすという任務を果たし、なおかつ自分も生き残る。そのためにシドウが何を考えているか。

(合図……合図、か)

アリカたちを従わせる方便かと思っていたが、違《ちが》う。あのシドウがそんな安っぽい嘘《うそ》の吐《つ》き方をするとは思えない。おそらくそれは文字通り伝言だったのだ。「合図するからなんとかしてくれ」という意味の。

「つまり、なんとかしさえすれば後は生き残ってみせる……そういうことだな、シドウ」

やってくれるだろう、あの屈強《くっきょう》な最先任下士官ならば。彼の拳《こぶし》がめり込む痛みをタキオンはまだ覚えている。

「問題はその合図。通信は無理だし、信号弾《しんごうだん》も遠すぎる。なら……イルマ！」

「はいはい、なにかな小隊長君？」

実は先ほどからタキオンとメリーの「秘密」をこっそり見ていたイルマは、顔がにやけるのを抑《おさ》えきれない。クセのある友人二人が互《たが》いに影響《えいきょう》し合い、変わろうとしている。それを間近で見られる喜びは言葉にできないものがあった。

しかし今は、クラスの通信兵として小隊長の要望に応《こた》えなければならない。これをからかうのは後で、食堂でお昼でも食べている時がいい。

「観測用ドローンは打ち上げてあるよね？」

「うん。とりあえず、基地全体まで範囲《はんい》は届いてるはずだけど」

「シドウの現在位置、わかるかな？」

タキオンの指示で、イルマは地図にドローンからの観測データを重ねた。バグスが密集すると電波を使った通信やレーダー波は妨害《ぼうがい》されてしまう。ノイズが走る中、しばらくすると基地内を移動する赤い光点が表示される。

「見つけた！　シドウくんの識別マーカーだ」

「よし！　それ、逃《のが》さないで」

シドウがどんな方法でこちらに「合図」を送るつもりなのかわからない。ならばどんなアプローチも逃さないように待ち構える必要がある。

「あとは、その合図にどう対応するか……ん？」

タキオンはシドウのマーカーと重なってもうひとつ、オレンジ色のマーカーが表示されているのに気づいた。

「これ、なんの反応かわかる？」

訊《たず》ねられ、イルマは首を傾《かし》げる。

「詳細《しょうさい》な識別情報が出てないから……たぶん、手持ちのマーカーユニットだと思うけど」

アーモンド型の瞳《ひとみ》がタキオンを見上げ、そして。

「……タキオンくん？」

思わず目を瞬《しばたた》かせた。彼が拳を握《にぎ》り、グッと胸に押し当てていたからだ。

「……これだ。そういうことか、シドウ」

確信した。自分の位置を知らせるなら個人識別のマーカーだけで足りるものを、どうして手持ちのユニットまで使っているのか。それが合図なのだ。このマーカーが自分から離《はな》れる時、オレンジの光点が示す場所を「なんとかしてくれ」という意味の。

「さすがは歴戦の古参兵だ。……なら、やるしかないな」

自信に満ちた顔でタキオンは小隊の通信端末《たんまつ》に手を伸《の》ばす。先ほどはこっそりと個人端末で通話した彼女を、今度は堂々とモニタに呼び出した。

「メリー？」

『……聞こえているわ』

こちらも、先ほどの「秘密」など知らん顔のメリー。二人とも平然としたものだ。

そんな二人にイルマは吹《ふ》き出しそうになるのを堪《こら》える。どちらも可愛《かわい》くて仕方ない。

「敵を迎《むか》え撃《う》つ前にひと仕事やってもらう。ロングバレルカノンの仕様は把握《はあく》してるかい？」

『基本操作くらいしか……なにをするの？』

モニタの中から訊《き》き返す彼女の目を見つめながら、タキオンはあるデータをメリーに送る。

同時に……声だけも悪くないけれど、やはり顔が見える方がいいと思った。

「きみの得意分野……狙《ねら》い撃《う》ちだよ」

「……え？」

こうして驚《おどろ》く表情も堪能《たんのう》できる。

だが、それをじっくり眺《なが》めている時間は与《あた》えられなかった。

「敵襲《てきしゅう》！　敵襲！　蟲《むし》どもが来やがったぞ！」

アリカの叫《さけ》ぶ声で陣地《じんち》に緊張《きんちょう》が走る。慌《あわ》ただしく戦闘《せんとう》配置につく生徒たち。

「来たか。……メリー、準備はよろしく」

言ってタキオンも陣地の中心に立ち、渓谷《けいこく》を迫《せま》りくるクロアリの群れを睨《にら》んだ。

「総員、迎撃準備《げいげき》！」

土嚢《どのう》と防壁《ぼうへき》の狭間《はざま》から一斉《いっせい》に突《つ》き出す銃口《じゅうこう》。射手も給弾手《きゅうだんしゅ》もみんな地面に伏《ふ》せているが、タキオンだけは彼らの後ろで堂々と立っていた。

「危ねえぞ、小隊長野郎殿《どの》！」

アリカの軽口に生徒たちから笑い声が漏《も》れる。

「心配御《ご》無用。本当に危なくなったら伏せるよ」

彼女のこういう軽快さが武器になるのだということが、タキオンにもわかってきた。そして、自分を信じてくれたクラスメイトたちに向けて。

「敵主力が来るまで重火器は温存する。その代わりライフルは撃ち放題だ。遠慮《えんりょ》は要《い》らない。思う存分撃ってくれ！」

そして、遂《つい》に黒い群れの先頭が陣地から五〇〇メートル先に設定した迎撃ラインへと差し掛《か》かった。タキオンは大きく腕《うで》を振《ふ》って号令する。

「来たぞ、攻撃《こうげき》開始ッ！」

陣地から一斉《いっせい》に放たれる銃弾。真正面から叩《たた》きつけられる鉄の雨が、先頭のクロアリを薙《な》ぎ倒《たお》した。

「いいぞ。さあ、その調子で行こうか！」

背後から仲間を鼓舞《こぶ》するタキオン。その手元、自分の端末《たんまつ》に戦略地図とシドウのマーカーの情報を表示して目を離《はな》さない。彼は今、指揮官としての能力を縦横《じゅうおう》に巡《めぐ》らせていた。

（信じるよ。シドウ、メリー……そしてみんなのことを）

赤い砂埃《すなぼこり》に汚《よご》れた白いＰＢＵが振《ふ》り返る陣地《じんち》の中心。「温存する」と言われたガンローダーが、低い唸《うな》りを上げてその前脚《まえあし》を持ち上げる。

●

ガ、ガ、ガガガガッッッ
殴《なぐ》りつけるような音と共に発射される弾丸《だんがん》がクロアリの上半身を粉砕《ふんさい》する。残った体、四本の脚があちこちへ彷徨《さまよ》い、すぐに動かなくなった。

「脆《もろ》いな、カルシウムが足りてないんじゃないか？　ん？」

敵の気配を窺《うかが》いつつ、空になったマガジンを交換《こうかん》するシドウ。追って来たクロアリの集団はひとまず片付けたが、いつまた襲《おそ》われるかわからない。それに……。

（そろそろ、第一波が陣地に着く頃《ころ》だな）

五匹《ひき》いる大型バグスのうち三匹が進軍態勢に入っている。残る二匹を一刻も早く動かさなければ敵主力を一撃《いちげき》で叩《たた》く作戦は失敗だ。それはクラスの壊滅《かいめつ》に直結する。急がなければならなかった。

「とりあえず、こいつは確保できたか」

追手《おって》を撒《ま》き、あるいは蹴散らしながらシドウが駆《か》け込んだのは基地内の弾薬庫。ヘビーアサルト用の弾薬を手早く補充《ほじゅう》し、次に目をつけたのは爆薬《ばくやく》の保管コンテナだ。

「制圧された時にまとめて潰《つぶ》されたかと思ったが、ラッキーだったな」

バグスは弾薬や燃料といったものに興味を示さないことが多い。これが人間同士の戦いならおいそれと近寄れなかっただろう。まさしく幸運《ラッキー》としか言い様が無い。

シドウは取り出した爆薬をバギーに括《くく》りつけていく。乗せられる限界までの爆薬を満載《まんさい》し、起爆装置を取り付けて完成。

即席《そくせき》のバギー爆弾。これを大型バグスの頭へ突撃《とつげき》させて爆破するのだ。

「これで一匹はどうにかできる。あとは……」

ポケットから取り出したマーカーユニット。単独行動を始めてすぐに起動したこれの存在にタキオンは気づいているだろうか。気づいたとして、それを上手《うま》く利用してくれるだろうか。

「……大丈夫《だいじょうぶ》だ」

賭《か》けると決めたのだ。あいつならやる、やってくれる。そう自分に言い聞かせて、シドウはバギーと共に弾薬庫を出た。

周囲を警戒《けいかい》しつつ、大型バグスの位置を再確認《かくにん》する。弾薬庫から南へ一〇〇メートルほどの場所に一匹、東に二〇〇メートルほどの場所にもう一匹。その東側《がわ》の個体が鎮座《ちんざ》するすぐ傍《そば》には、やはり手つかずのままになった燃料タンクがある。

「……行くぞ」

ここからはノンストップ。一度深呼吸してからヘルメットのバイザーを下げる。

「生き残る。俺も、教室へ帰るからな！」

自分を鼓舞《こぶ》し、バギーをスタートさせた。物音に周囲の小型バグスが気づくより早く飛び出し、南へ向けてフルスロットル。

人間一人には無反応な大型バグスだが、小型バグスたちは一斉《いっせい》にシドウへ向かって来た。

「ギ、ギギギギ……」

「ギィ、ギィ」

人間が不快に思うことを学習して鳴らすようになったと言われるその音の中を突《つ》き抜《ぬ》け、爆《ばく》薬《やく》を満載《まんさい》したバギーは一直線に大型バグス・カブトへ向かう。

「シカト決め込んでられんのもここまでだ」

天を衝《つ》く大きな角の根本にある眼球状水晶体《すいしょうたい》に狙《ねら》いを定めると、シドウはアクセルを全開にしたまま後ろへ飛び降りた。

「行け、コノヤロウッ！」

受け身をとって地面に転がり、僅《わず》かな間もおかずに走り出す。それと同時に、無反応だったカブトの頭部にバギーが激突《げきとつ》。

ゴウウウウンッッッッ！

次の瞬間《しゅんかん》、地面を震《ふる》わせる轟音《ごうおん》と共にオレンジ色の炎《ほのお》がカブトの頭部を包み込んだ。爆炎《ばくえん》と爆風で付近の小型バグスが吹き飛《ふ》び、物陰《ものかげ》に飛び込んだシドウも衝撃波《しょうげきは》と粉塵《ふんじん》に襲《おそ》われる。

「……MVP、獲《と》り損《そこ》なったか」

立ち込める煙《けむり》が吹き払《はら》われると、角を半分ほど失いながらも健在なカブトが姿を現す。その眼球は黄色く濁《にご》り、大きく脚《あし》を動かしながら移動を始めていた。狙いはひとつ。人間どもが群れている陣地《じんち》だ。

しかし、シドウにその先まで確認《かくにん》している暇《ひま》はない。

「あと一匹《ぴき》。……そーら、お前らぁ」

振《ふ》り向くと、壁《かべ》を作るようにしてシドウへ迫《せま》るクロアリの群れ。自分たちの主力へ手出しした人間を逃《に》がすまいと取り囲む。だがシドウの目には既《すで》に自分が走るべきルートが見えていた。

「なんだ？　その温《ぬる》い囲みは」

愛用のヘビーアサルトを構え、シドウ・アマギ軍曹《ぐんそう》が吼《ほ》えた。

「どけっ！　お前らに用はねえっ！」

新兵ならいざ知らず、歴戦の古参兵を仕留めるには数も厚みも足りていない。シドウは手近なコンテナを駆《か》け上り、足下《あしもと》に追いすがるクロアリを一二・七ミリ弾《だん》で蹴《け》散らしながら包囲網《もう》を飛び越《こ》えて北東方向へ走る。

「鬱陶《うっとう》しいんだよ！」

進行方向に現れたクロアリは迷わず撃《う》ち、生死も確かめずに踏《ふ》み越《こ》えた。殺し損ねたのか、踏みつけられたクロアリが振《ふ》り上げた前脚《あし》の爪《つめ》に太ももを切り裂《さ》かれる。

「ちいっ！」

大丈夫《だいじょうぶ》だ、浅い。構わず走る。

今度は曲がり角で鉢合《はちあ》わせ。左右斜《なな》め上から繰《く》り出される前脚の攻撃《こうげき》に、シドウはあえてそのまま飛び込んだ。

「オラァッ！」

相手の懐《ふところ》へ身体《からだ》ごとぶつける。体重とＰＢＵを合わせて軽く一二〇キロを超《こ》えるタックルにも耐《た》えたクロアリだったが。

ガガガガガガガガガッッッッッ！

極至近《ごくしきん》からヘビーアサルトを撃ち込まれ、胸に大きな穴がいくつも開いた。

「もう少しだ……っ」

邪魔《じゃま》な蟲《むし》の死骸《しがい》を蹴《け》り飛ばして走るシドウの視界に、最後の大型バグスが映る。だがその時、物陰《ものかげ》に潜《ひそ》んでいたクロアリの放った甲殻弾《こうかくだん》がシドウの腹にめり込んだ。

「ガッ……、ンのぉ……ッッ」

反射的に撃ち返して仕留めたものの、喉《のど》の奥から鉄の味がせり上がってくる。

それでもシドウは止まらない。奥歯を噛《か》み締《し》め、取り出したマーカーユニットを大きく振りかぶる。生身《なまみ》でも遠投は学年一。ＰＢＵの人工筋肉を上乗せすれば、どこまでだって投げられる自信がある。

「俺の勝ちだぜぇ……」

手傷《てきず》を負うと、いつも込み上げるのはバグスへの怒《いか》り。軍属学校へ来る前、何人もの仲間を殺されてきた。そして今、そこに新たな顔が加わっている。

仲間、俺の大事な仲間。それを傷つけた蟲ども、殺しやがった蟲ども、絶対に許さねえ。たとえここが地獄《じごく》だろうと、俺は絶対に許さねえ。

その怒りを込めて、投げる。

「人間ナメんじゃゃ……ねえッ！」

渾身《こんしん》の大遠投。大きく放物線を描《えが》いてマーカーが飛ぶ先は、カブトが陣取《じんど》るすぐ横。大量の燃料を詰《つ》め込んだタンク。そして。

「タキオン、やれぇぇぇっっっ！」

空に向かって叫《さけ》ぶ。飛んでいく声が辿《たど》り着くにはあまりに遠い仲間へ向けて。

しかし、それは届いていた。シドウの声が空へ消えるのとほぼ同時に、彼への返事は甲高《かんだか》い風切《かぜき》り音《おん》になって飛来する。

イイイイイン……ガァンッ！

渓谷《けいこく》の向こう側《がわ》から放たれた重砲弾《じゅうほうだん》は寸分《すんぶん》たがわずマーカーの落ちた場所に命中した。つまり、燃料タンクの真上に。

ゴ、ゴゴゴ……ゴガァァァァァンッッッ！

バギー爆弾《ばくだん》の比ではない大爆発。カブトを取り巻いていた小型や中型のバグスは一瞬《いっしゅん》にして消し飛んだ。そしてそれらを率いていた大型の蟲《むし》は、紅蓮《ぐれん》の炎《ほのお》の中でもがくように脚《あし》を振《ふ》り回している。

「ぐっ……」

荒《あ》れ狂《くる》う爆炎《ばくえん》が視界を真っ赤に染め、その場に伏《ふ》せたシドウを巻き込んで周囲の建物が倒壊《とうかい》した。

辺り一面、炎と粉塵《ふんじん》に覆《おお》われる。

●

クラスメイトのほとんどは目の前の敵を撃《う》つのに必死で、タキオンも彼らを指揮するので一《いっ》生懸命《しょうけんめい》だった。

だからその光景をよく見ることができたのは、通信兵と観測兵を兼務《けんむ》するイルマだけだ。

四本脚の特殊《とくしゅ》車両。ガンローダーがその前脚を地面に立て、胴体《どうたい》を斜《なな》め上へ向けて傾《かたむ》ける。

同時に、背負った砲身が大きく持ち上がって砲口を空へと衝《つ》き上げた。

そして、その時がくる。

「来た……イルマ！」

「了解《りょうかい》！　メリー、ここ！」

シドウからマーカーユニットの反応が離《はな》れた瞬間、イルマはタキオンに言われた通りその座標をメリーへ送る。狙撃《そげき》が得意な自慢《じまん》の親友は、迷うことなくそれを狙《ねら》い撃った。

ゴォウンッッ！

頭を引っ込めてマガジンを交換《こうかん》していたクラスメイトを振り向かせる砲撃音と、空へと放たれる重砲弾。イルマはすぐさまモニタに目を戻し、その行方《ゆくえ》を追った。

「着弾まで三、二、一、今！」

僅《わず》かな間。その後に遠くから腹の底へ響《ひび》くような爆発音。

「着弾を確認《かくにん》！　うわ、すっごい爆発」

観測ドローンのカメラにも渓谷越《ご》しの大爆発が映っている。

ガンローダーが立てていた前脚を戻《もど》した。その胴体で大きく上を向いていたロングバレルカノンは、巨大《きょだい》な油圧ジャッキを重々しく唸《うな》らせて元通りの水平位置に畳《たた》まれる。

「ただの大砲だと思ってたよ……すごっ」

イルマは感心しながら鋼鉄《こうてつ》の四本脚を見上げていた。

ガンローダーに装備された二〇〇ミリロングバレルカノンは、砲身《ほうしん》を起こすことで迫撃砲《はくげきほう》としても使用できるのだ。

メリーによるその砲撃《ほうげき》はタキオンの狙《ねら》い通りに命中した。だがそれがシドウの狙いにも適《かな》ったかどうか、ここからではわからない。彼の識別マーカーは爆発《ばくはつ》の後、動いていないのだ。それを確かめるのは今ではなかった。何故《なぜ》なら、ここもまた決死の戦場なのだから。

「くっそ、ワラワラ湧《わ》いて来やがって。おいGJ！　ソイツをブッ放しちゃダメなのかよ？」

五〇〇メートルあった敵との距離《きょり》は、五分も経《た》たないうちに半分まで縮まっている。伏《ふ》せたままライフルを連射するアリカは頭を上げ、傍《かたわ》らで黙々《もくもく》とトリガーを引き続けるGJに怒鳴《どな》った。

「……ダメだよ。コレの弾《たま》は限りがある」

アリカが言う「ソイツ」、そしてGJが言う「コレ」とは、メリーがガンローダーと一緒《いっしょ》に運んできた設置型の二〇ミリ小隊機関砲《オートカノン》である。

二人がかりで設置されたその砲身は長くて太い。その威力《いりょく》は五・五六ミリ弾《だん》を撒《ま》き散らすアサルトライフルが豆鉄砲《まめでっぽう》に思えるほどだが、残念ながらタキオンが言った「撃《う》ち放題」の対象外だ。

「それに、強く反撃しすぎるとこっちへ向かってる大型バグスが足を止めるかもしれない。大型をギリギリまで引き込んで全力で叩《たた》かないと。……僕たちには後が無いんだから」

「わかってんよ。クソッ、まどろっこしいな！」

言いながら、アリカも敵を撃《う》つ手は止めない。渓谷《けいこく》には無数のクロアリが死骸《しがい》となって積み重なっているが、後から後から湧《わ》き続ける小型バグスの群れはただひたすらに前進する。

「本命が来るのが先か、あいつらがここへ届くのが先か……」

誰《だれ》にも聞こえないように呟《つぶや》くGJ。それこそがこの戦いの、そして自分たちの命運の分かれ目だ。言葉にせずともクラスの全員がその怖《こわ》さを感じている。目の前へジワジワと迫《せま》りくる黒い群れが恐怖《きょうふ》に現実味を持たせていた。

実のところ、前線で戦う歩兵が一番恐《おそ》れるのがバグスの物量だ。いくら撃っても減る気配を見せずに押し寄せる敵に心を折られる。新兵や軍属学校の部隊は特にその傾向《けいこう》が強い。だから歩兵を指揮する人間は、まず彼らが果敢《かかん》に戦い続けられるように気を配らねばならなかった。

「敵の勢いが落ちてきた。いいぞ、その調子だ！」

撃ち続ける彼らの後ろで未《いま》だに伏《ふ》せて隠《かく》れることなく堂々と仁王立《におうだ》ち。背中からクラスメイトたちを鼓舞《こぶ》し続けるタキオンは、まさしくそれを実践《じっせん》しているということになる。

既《すで》に敵は二〇〇メートル先。砲撃型《サソリ》が押し進んでくれば危険な距離《きょり》だ。

だが、タキオンはお構いなしに。

「いいか、僕がここにいる限りきみたちは死なない。そしてきみたちが撃ち続ける限り僕が死ぬこともない。こうして戦っていれば僕らは無敵だ。さあ撃て、撃て、撃てっ！」

できていた。

根拠《こんきょ》もなにもありはしないが、それでクラスメイトたちは脇目《わきめ》もふらずに撃《う》ち続けることができていた。

だが、ここでクロアリたちがその進軍速度を上げる。それまで撃たれればいくらか足を鈍《にぶ》らせていたのを、強引に突《つ》き進み始めたのだ。

後ろから、何かに急き立《せ》てられるように。

「来たッ！」

誰かが叫《さけ》んだ。前方、渓谷《けいこく》の奥から巨大《きょだい》な蟲《むし》が姿を現す。露払《つゆはら》いの中型バグスと無数の小型バグスを先駆《さきが》けとして、そそり立つ角で陣地《じんち》ごと衝《つ》き砕《くだ》こうと進んでくる。

「来たか……イルマ、数は？」

「正面に一、その後ろから二！」

足りない。情報では五匹《ひき》の大型バグスがいたはずだ。

（一匹が遅《おく》れて来るならガンローダーの砲撃《ほうげき》で倒《たお》すチャンスがある。最低でも四匹、四匹だ）

そこが譲《ゆず》れないライン。だがその時はすぐに来る。タキオンは確信していた。

「機関砲射撃《しゃげき》用意！」

タキオンの号令で、五基設置されたオートカノンに二人一組の歩兵がとりつく。一人は射手、一人は給弾手《きゅうだんしゅ》。イルマたち支援兵《しえんへい》も給弾手としてそこに加わる。その中にアリカとGJの組み合わせもいた。

「っしゃあ！　撃《う》つぜ撃つぜ撃つぜーっ！」

「まだだよ。まだ用意だけ」

「うっせーな、わかってるっつってんだろ！」

小突《こづ》くどころではない勢いでGJのヘルメットを引っ叩《ぱた》きながらも、アリカの血走った目は正面の敵を見据《す》えている。敵先頭との距離《きより》は一〇〇メートルを切った。土嚢《どのう》と防壁《ぼうへき》があるとはいえ、これ以上近寄られれば何かひとつの間違《まち》いで一息《ひといき》に押し潰《つぶ》されかねない。

アリカやGJだけではない。震《ふる》えながら、叫《さけ》びながら、押し黙《だま》りながら、誰《だれ》もが目の前まで迫《せま》った死の恐怖《きようふ》に立ち向かっている。

雨のように飛んでくるクロアリの甲殻弾《こうかくだん》、防衛線のすぐ手前に着弾し始める砲撃型の榴弾《りゆうだん》。その後ろから、何もかもを踏《ふ》み砕《くだ》くカブトの威容《いよう》。

二〇人余りの、生徒たちばかりの歩兵小隊が相手をするにはあまりにも大きすぎる相手《サソリ》。だがしかし、彼らは果敢《かかん》に戦ったのだ。彼らを信じた少年の言葉を信じて。

……そこに勝機はもたらされる。

「四匹《ひき》目、来たよ！」

イルマの声でメリーは火器のロックを全《すべ》て解除。モニタの中には他《ほか》の三匹の後ろから、角を半分失ったカブトが猛然《もうぜん》と追い上げてくるのが見えた。猛《たけ》り狂《くる》ったその勢いに周囲のバグスたちも感化され、渓谷《けいこく》の中ほどで敵の大部分が寄り集まる。

そう、一ヶ所に集まったのだ。タキオンが待ったその時が来た。

「今だっ、小隊全力射撃《しゃげき》用意！」

全力とは、持てる全ての力。全力射撃とはすなわち、自分たちの持つ全ての火器を使った射撃と砲撃《ほうげき》による敵の撃滅《げきめつ》。

ほんの一瞬《いっしゅん》、アサルトライフルの射撃が途切《とぎ》れる。この時のために温存しておいたヘビーアサルト、ロケットランチャー、そしてオートカノンが一斉《いっせい》に敵群へと突《つ》きつけられた。

陣地の中心で全ての砲門を開く鋼鉄《こうてつ》の四本脚《あし》。そして、クラスメイトの中心でただ一人武器を持たない彼が叫ぶ。

自分の武器、クラスを率いるその腕《うで》を振《ふ》るって。

「小隊全力射撃！　撃《う》ち方、始めぇッ！」

アサルトライフルとは比べものにならない轟音《ごうおん》が一斉に鳴り響《ひび》き、陣地そのものが火を吹《ふ》いた。放たれた砲火はクロアリの群れを薙《な》ぎ払《はら》い、カブトの足を止める。

アリカが何か叫んでいるが、発砲音で聞こえない。そして彼女の頭上を、ガンローダーから放たれた砲弾《ほうだん》が飛び越《こ》えて行った。
ゴ、ゴ、ゴゴゴゴゴッッッ！
カブトの巨体《きよたい》に突《つ》き刺《さ》さる二〇〇ミリ砲弾。ランチャーから発射された榴弾が炸裂《さくれつ》すると、紅蓮《ぐれん》の炎《ほのお》は全ての蟲《むし》を引き裂《さ》いて渓谷《けいこく》に荒《あ》れ狂《くる》った。

生徒たちはただひたすらに撃つ。

既《すで》に爆炎《ばくえん》と煙《けむり》で標的は見えないが、そんなことは関係ない。敵がいるのは一ヶ所、ならばそこへ銃弾《じゅうだん》と砲弾を叩《たた》き込めばいいだけだ。

そこに迫《せま》った死を撃ち砕《くだ》く全力射撃は実に三〇秒以上に渡《わた》って続き、放たれた銃弾と砲弾は一〇〇〇〇を超《こ》える。まさしく小隊の全力だ。

「撃ち方やめ！　やめーっ！」

再びタキオンが腕《うで》を振《ふ》る。それが全員に伝わるまで何度か叫《さけ》んで、ようやく射撃は止まった。

「……」

渓谷に立ち込めた煙が晴れていくのをその場の全員が黙《だま》って見つめていた。まだ武器は構えたまま、油断なく。

動く物はない。粉々に粉砕《ふんさい》され、引き裂《さ》かれた無数のバグスの死骸《しがい》が渓谷を埋《う》め尽《つ》くしていた。天然の隘路《あいろ》へ押し寄せたバグスを、2Dクラスの全力が叩き潰《つぶ》したのである。

目に見える範囲《はんい》で全《すべ》てのバグスを殺した。だが。

「全員そのまま！　まだ、あと一匹《びき》残ってるはずだ！」

タキオンが鋭《するど》く叫ぶ。張り詰《つ》めた空気はそのままに、静けさの中で生徒たちはジッと正面を見据《す》えていた。……そんな中。

『――ちら――曹《そう》、――2D歩兵小隊、聞こえるか？　応答願う』

バグスによる通信妨害《ぼうがい》を掻《か》い潜《くぐ》るようにノイズ混じりの声が届く。その声の主は……。

「シドウ！　無事か！」

弾《はじ》かれたようにタキオンは応《こた》えた。クラスメイトたちも思わずざわめく。

『こちらアマギ軍曹《ぐんそう》。残る一匹《ぴき》のデカブツは既《すで》に始末され、基地内のバグスは撤退《てったい》した。

……メリー、今回のＭＶＰはお前だ』

あの砲撃《ほうげき》によって最後の一匹は既に撃破されていたのだ。シドウの言葉を理解した生徒たちの間に二度目のざわめきが広がる。

目の前の敵は全滅《ぜんめつ》し、基地内の敵も撤退《てったい》。ならば、自分たちは……。

高揚《こうよう》するものを抑《おさ》えつつ、タキオンはできるだけ冷静な口調で問いかける。

「そちらの状況《じょうきょう》は理解した。軍曹、きみ自身はどうだ？　陣地《じんち》に帰投《きとう》は可能か？」

『はい、隊長。いいえ、大した傷はありませんが瓦礫《がれき》の下敷《したじ》きになって動けません。

……すまんタキオン、迎《むか》えを頼《たの》む』

「了解《りょうかい》。……みんなで行くよ、シドウ」

最後には抑えきれず、笑顔《えがお》で告げる。

三度目のざわめきはもうざわめきではなく、歓声《かんせい》となってクラスを包み込んだ。

シドウの上に積み重なった瓦礫を撤去《てっきょ》するのにもガンローダーは役立った。大きな瓦礫を片付けたところでそこから先をクラスメイトに譲《ゆず》り、メリーはコクピットの中から周囲を見回す。

すぐ近くに大きな爆発跡《ばくはつあと》と、炎《ほのお》に焼かれた巨大《きょだい》バグスの死骸《しがい》。一応これはメリーの戦果というこになるのだが、とてもそんなふうには思えなかった。

「私はただ、言われた通りに撃《う》っただけね」

シドウの勇敢《ゆうかん》さとタキオンの判断力。なにより、互《たが》いを信頼《しんらい》した彼らの戦果だ。

（昨日までは考えられなかったことだわ……）

あの二人がここまでの信頼を築くと誰《だれ》が予想しただろう。タキオンはシドウを早い段階から評価していたようだが、シドウの方はタキオンを警戒《けいかい》していた。だが経験を積んだ彼が注意深く警戒していただけに、誰より早くその実力を見抜《ぬ》いていたのも事実なのだ。

（……少し、羨《うらや》ましいかも）

羨ましい？　なにが？　思わず自問したのと同時にコクピットがノックされた。イルマの軽快なリズムではない。

ハッチを開けると、そこには。

「……タキオン？」

「ちょっといいかな？」

促《うなが》されるままにハッチから出て、ガンローダーの上にタキオンと並んで座る。

ヘッドギアを取ると、渓谷《けいこく》を吹《ふ》き抜ける風が汗《あせ》を乾《かわ》かして心地《ここち》よい。硝煙《しょうえん》と油の臭《にお》いは混じっているが、今はそれも悪くなかった。

「お礼を言いたくて。きみのおかげでシドウを死なせずに済んだよ」

「それは……」

違《ちが》う、とも言い難《がた》い。役に立ったのは事実だろうから。ただメリーは、それを素直《すなお》に受け取ることもできないのだ。

「私は、必死だっただけよ……」

「みんなそうさ。でもきみの場合、その必死さが……優《やさ》しいよね」

「え……？」

思わず彼の顔を見つめる。タキオンの方は前を向いたまま。碧色《みどりいろ》の瞳《ひとみ》をあえて見ないようにしているようにも思えた。

「みんなのために、そう思って頑張《がんば》る。でも同時に、僕のことを理解してくれようとした」

「タキオン……」

その根底にはメリーのトラウマがあるから、タキオンも言葉を選ぶ。ただ、感謝だけは伝えておかねばならない。

クラスの全員から見放される覚悟《かくご》で臨《のぞ》んだ自分を、苦しみながらも理解しようとしてくれた。イルマやGJがタキオン寄りになっていったのは、メリーが傍《そば》についていたからだ。

赤い瞳《ひとみ》が、今度は真《ま》っ直《す》ぐメリーを見る。

「感謝してる。きみが僕の教育係で良かったよ」

これまでになく爽《さわ》やかで晴れやかな彼の表情。メリーは思わず言葉を失ってしまった。

「えと、その……」

頰《ほお》の温度が上がり、言葉はしどろもどろ。切れ長の目にいつもの理知的な鋭《するど》さは無く、迷った右手が髪《かみ》をいじっていた。

「あ、その……私……」

今まで感じたことのない感情の昂《たか》ぶりで、思わず何かとんでもないことを口走りかけた直前、足下《あしもと》で湧《わ》き起こるクラスメイトの歓声《かんせい》。

「あ、シドウが出てきたみたいだ。行こう」

「え、あ……ええ、そうね」

ハッと我に返って小さく咳払《せきばら》い。その胸の高鳴りは、ひとまず保留。

今はただ、仲間の無事を喜ぼう。そう思った。

マーシアン・ウォースクール
火星世界解説4

Martian Warschool
a commentary on the Mars 04

戦闘が日常となっている火星では、数多くの軍事企業がしのぎを削っている。その中でも代表的なものを紹介する。

Mars Factory社

通称ＭＦ社。元は国有企業であったことから正規軍との結びつきが強く、開拓当初から積み重ねられた膨大なノウハウと相まって現在でもトップシェアを誇る巨大軍事企業。制式採用されている装備の大部分を開発・製造しているほか、新装備のトライアルでも常に主導権を握る。

Y&Dエレクトロニクス社

「ワイアンドディー」と読む。創業者トッド・ヤンとアイン・デュランダルの名前が社名の由来。電装系、照準装置開発に定評があり、長距離の射撃・砲撃を行う兵器や通信・索敵装備にはＹ＆Ｄ社製のものが多い。特に狙撃銃は兵士からの評判がいい。

ホマレ社

人工筋肉、転じてＰＢＵ開発において実績のある企業。独自技術による人工筋肉のパッケージ化で、ＰＢＵの基本設計に革新を起こした。重装歩兵用のＰＢＵを最初に開発したのもホマレ社であり、各兵種に対応した幅広いモデルを開発している。電装系の開発に弱く、多くのＰＢＵオプションは他社との共同開発である。

ノアキス工廠

厳密には企業ではなく正規軍の開発部門。ＭＦ社民営化の後も正規軍が独自の開発力を維持するため設立されたノアキス陸軍の一部署で、首都・ノアキスⅠの他にも各地に「分室」を設置している。大規模な生産拠点は持たず、主な役目は各社装備の研究や検証。正規軍部隊から直接得られる情報や意見を元に開発方針を決定することが多く、ほとんどの正規軍トライアルはノアキス工廠が主催する。

リミットブレイク社

新興の軍事企業。通称ＬＢ社。他の主要各社がＭＦ社のライセンス契約という「下積み」を経て成長したのに対し、そういった下地を持たない若い企業。「既存の概念に囚われない革新的な装備開発」を掲げ、実践する。

第五章　やれることをやる

「あー、では、委員長就任は、その……クラスの意思ということなんだね？」

「そう考えていただいて結構です」

しれっと答えるタキオンに、校長は「そうか」としか言えなかった。

激戦から二日。放課後に校長室へ呼び出されたタキオンは2Dクラスの委員長になったことについての質問を受けていた。

「前任者が戦死したことでクラスは動揺《どうよう》していました。僕は彼らのためにできるだけのことをしたいと思い、彼らもそれを望んでくれた。それだけのことです」

「そう、まあ、そうなんだろうね……」

問い質《ただ》すというほどの迫力《はくりょく》も無く、時折タキオンの顔色すら窺《うかが》う校長。元より彼を詰問《きつもん》するほどの胆力《たんりょく》は無い。

クラス委員長とは部隊の隊長である。

名誉の戦死を遂《と》げるはずだった少年がその死地から帰還《きかん》し、僅《わず》かなものとはいえ権力を手にする。おそらくは軍内の親地球派、タキオンの兄たちと繋《つな》がりのある人間が校長に問い質《ただ》したのだろう。

「それでは、失礼します」

校長室の扉《とびら》が閉まった瞬間《しゅんかん》に少年の目つきは変わる。

校長に見せていた「留学生」の顔から、力ある光を目に宿した「小隊長」の顔へ。鋭《するど》く不敵だが、油断はない。

「お待たせ」

校長室の外で待っていたメリーに声をかけると。

「思ったより早かったわ」

などと、相変わらずそっけないクールビューティ。だがタキオンにはそのくらいがちょうどいい。少なくとも、普段《ふだん》は。

「何か言われたの？」

「多少は警戒《けいかい》されるよ。……できれば、後《うし》ろ盾《だて》になるような人を見つけたいところだね」

タキオンの敵はバグスだけではない。

地球の兄たちと繋がり、彼を亡《な》き者にせんとする軍内の親地球派。それらの動向を敏感《びんかん》に察知することがタキオンの、ひいては2Dクラスの命を守ることに繋がる。

タキオンはただの生徒でも、また小隊長でもいられない。自分を取り巻く陰謀《いんぼう》と戦うための力が必要だ。

「できれば軍属学校に影響力《えいきょうりょく》のある人物がいいけど……。あまり露骨《ろこつ》すぎると敬遠されるだろうから……中立に近い立場か、いっそ曲者《くせもの》を探すか」

「学内じゃ難しいわ。後でシドウに相談してみましょう」

廊下《ろうか》を並んで歩きながら交《か》わす会話は生徒のものとは思えない。いつまた死地に送られるかわからない彼らにとって、まさに常在戦場の学校生活が始まっていた。

●

最初の死地を乗り越《こ》えたとはいえ、タキオンに暇《ひま》は無い。

次の出動がいつになるかわからないのだ。だから、今のうちにできるかぎりの準備をしなければならなかった。

「整備班長はダスティンで決まりかな」

「クレイヴ一等兵は実家が整備工で、今までも実質的にクラスの整備兵です。ガンローダーは少々厄介《やっかい》ですがこなせるだけの技量はあるでしょう。他《ほか》に誰《だれ》を入れるかは選ばせていいと思います」

「わかった。後で希望を聞こう」

仕事中、シドウは軍人言葉を使う。タキオンも板についた隊長ぶりでそれに頷《うなず》いていた。

ハーシェルⅢ《スリー》第一歩兵学校の各小隊《クラス》にはそれぞれ格納庫と隊長室が与《あた》えられている。

格納庫は言わばそれぞれが独自に持つ縄張り《テリトリー》。火器やPBUといった装備を格納するだけでなく、トレーニング機材を持ち込んだりレクリエーション用にバスケットゴールを設置したりと、クラスによって特色が出る。今の2Dの場合、格納庫の半分以上を占《し》めるガンローダーが看板代わりだ。

そして、タキオンがシドウやメリーと額を突《つ》き合わせて話し合っているのが隊長室。格納庫の向かいに立つプレハブ長屋の一室である。

「ガンローダーの操縦士は改めて適性試験をしないと決められないか……」

投影《とうえい》表示されたクラスメイトたちのプロフィールを右から左へ捲《めく》りながら、タキオンは眉《まゆ》を寄せる。小隊を再編するためだ。

前任の委員長は2Dクラスを大事にした。その姿勢のひとつが、小隊の「特化」を抑《おさ》える部隊編成だ。最低限の支援《しえん》兵を除き、クラスの全員を「歩兵」として均一に訓練したのである。

腕《うで》を買われて狙撃手《そげきしゅ》を務めるメリーは特例。ほとんどの生徒は特定の兵科や戦術に拠《よ》ることなく、歩兵の基本戦術を教わっている。誰《だれ》もが誰かの代わりをすぐに務められるから、病欠や負傷があっても部隊の戦力は維持《いじ》されるというわけだ。

……唯一《ゆいいつ》、指揮官だけは代理できなかったのだが。

　2Dクラスは軍属学校が本来出動する戦場において無難な戦果を安定して挙げられる部隊として完成していた。派手さは無いが弱点も少ない。欲を出さなければ高い生存率を維持できるその部隊運営はタキオンも嫌《きら》いではないのだが……、今は状況《じようきよう》が違《ちが》う。

　適材適所。正規軍部隊がそうするようにそれぞれの生徒を得意分野に配置し、その能力を特化させることで部隊全体の戦力を引き上げなければこの先を生き残ることはできないだろう。

「今あるデータだけだとGJも十分な適性があるけど」

　悪くない人選だとタキオンは思った。しかし屈強《くつきよう》な軍曹《ぐんそう》は首を振《ふ》る。

「GJは歩兵班に入れるべきです。この数字には出ないところで、素質があると思います。……それも、本人だけでなく小隊全員の生存率を上げられる素質です」

「シドウが言うなら確かだな。やっぱり、できるだけ早く選抜《せんばつ》試験を行おう」

　シドウの意見に対し、タキオンは反論もなく頷《うなず》いた。

　最先任下士官は誰よりも兵を見ている。個性、素質、良い点も悪い点も客観視して、その兵が最も能力を発揮する方法を提案することができる。

　だから指揮官が部隊の編成や兵の評価の際、最先任下士官の言葉に全幅《ぜんぷく》の信頼《しんらい》を寄せるのは当然のことであり、むしろ若い指揮官が最先任下士官の言葉を無視することは兵の信頼を損《そこ》なう愚行《ぐこう》だ。

　……幾分《いくぶん》かの軍隊的な建前《たてまえ》はあるが、それでもこの2Dクラスで生徒たちを一番理解しているのがシドウであることに疑いの余地は無い。

「整備班と衛生班はほぼ決まりだな。あとはガンローダー次第《しだい》だから、今週中にもシミュレーター教室を借りて……いや、いっそ実機でも……」

「タキオン！　タキオンいるか！」

会議中の隊長室にノックも無しに入ってくるのはいかがなものか。とりあえず次から施錠《せじょう》を心掛《こころが》けようと決めて、タキオンは資料から顔を上げる。

「いるよ、ダスティン」

「ああ、いるのはわかってた！」

角刈《かくが》りの丸顔がニカッと笑った。男臭《おとこくさ》い中に妙《みょう》な愛嬌《あいきょう》がある。

身長はタキオンと大差ないのに、筋肉質のガッチリした体格で身体《からだ》の厚みは彼の倍もありそうに見える。そんな岩石のような身体に作業用のツナギを着込んだダスティン・クレイヴは手にしたスパナで外を指して。

「最終便、届いたぜ。予備グラウンドがいっぱいになっちまったもんだから、他《ほか》のクラスの連中が苦情を言いに来てるんだ」

「許可は取ってあるんだけどな……。わかった、僕が話をしよう。シドウ、来てくれ」

椅子《いす》から立ち上がり、シドウを伴《ともな》って隊長室を出るタキオン。その直前。

「そうだ……メリー、昨日までに届いた装備と弾薬《だんやく》のリストをセミプライベートフォルダに上げてあるから、確認《かくにん》しておいてくれるかな」

「わかったわ」

真面目《まじめ》な教育係は頷《うなず》くと、素早《すばや》く作業にとりかかる。そういう彼女の無駄《むだ》の少なさを好んでいる小隊長は、安心して隊長室を後にするのだった。

●

格納庫が並ぶ校舎裏からさらに外れの辺り。予備グラウンドと呼ばれる狭《せま》い運動場がある。

その名の通り場所が必要な時の予備として使われるそこは今、ちょっとした物資集積所の様相を呈《てい》していた。

「……というわけで、校長の許可は取ってあります。二ヶ月以内に全《すべ》て撤去《てっきょ》しますから」

タキオンの説明と彼の背後で仁王立《におうだ》ちするシドウの迫力《はくりょく》に、上級生を含《ふく》めた他クラスの生徒たちは渋々《しぶしぶ》引き下がった。

それを見送って、タキオンはポツリと呟《つぶや》く。

「生徒の憩《いこ》いの場、そして部活の練習場を占有《せんゆう》……嫌《きら》われるだろうね、僕たちは」

「それで生き残れるなら安いものです。隊長」

軍人言葉を使いながらも少し悪く笑う軍曹《ぐんそう》。タキオンは苦笑して振《ふ》り返る。

「さあて……一体、この中の何割が使えるか」

ちょっとした広場程度のスペースに積み上げられているのは大量の装備と弾薬《だんやく》。しかし、弾薬はともかく装備はどれも見るからに使い古されていて、壊《こわ》れているようにしか見えないものも多い。

「二ヶ月以内に、ここから使えるモンを選別すりゃいいんだな？」

スパナでポンポンと肩《かた》を叩《たた》くダスティンは楽しそうだ。まるで玩具《おもちゃ》を買い与《あた》えられた子供のような顔である。

「大半は廃棄《はいき》処分だと思うけどね。新しい部品を取り寄せる余裕《よゆう》は無いから、直らないものについてはスッパリと処分に回してくれ。あ、弾薬だけは先に運び出しておいて」

「あいよ。……しかし考えたなあ。ガンローダーなんてどこから引っ張ってきたのかと思ってたけど、こんな大荷物つきとはよ」

これらはタキオンがガンローダーを受領するのと一緒《いっしょ》についてきた「オマケ」だ。

元々、ガンローダーもこの装備品も正規軍の物資集積所で半ばガラクタとして処分を待つ身だった。それを、タキオンが大量の弾薬と共にまとめて引き取ったのだ。

正規のルートで新品を陳情《ちんじょう》したのでは時間がかかりすぎるうえ、親地球派の妨害《ぼうがい》を受ける可能性があった。しかし廃棄予定の中古品をかっさらうということであれば目は甘くなる。案の定、校長も司令部も「このくらいなら」とタキオンの陳情を認めたのである。

「モッタイナイの精神ってやつさ。使えるものは使いたいしね」

　タキオンは相変わらず平然としているが、シドウはそのやり口を知った時に舌を巻いたものだ。そういう手は正規軍の、それもベテランになってからやるものである。

（まったく、狡猾《こうかつ》というか強《したた》かというか……）

　とはいえ、「使えるものは使う」というタキオンの方針には賛成だ。

「優先順位のリストは作ってある。基本的には全部壊れてると思って、扱《あつか》いは慎重《しんちょう》に。人手については、さっきシドウと話したんだけど——」

　ダスティンと整備班の編成について話し込むタキオンを余所《よそ》に、シドウは積み上げられたガラクタを眺《なが》めていた。

　軍属学校ではなかなかお目にかかれない大型火器や各種兵科専用のPBUオプションまである。楽観はできないが、この内の半分でも使えれば小隊の戦力は劇的に向上するだろう。

「使えるものは使う……やれるだけのことは、やりたいしな」

　呟《つぶや》きながら巡《めぐ》らせた視線。それが、ガラクタの片隅《かたすみ》に埋《う》もれたそれを見つける。

「コイツは、まさか……」

　金属製の大きなフレームに、PBUとよく似た装甲《そうこう》が取りつけられていた。だが戦闘服《せんとうふく》にしてはサイズが大きすぎる。倒《たお》れているそれを起《こ》こせばゆうに三メートルは超えるだろう。

「いや、確かに……」

見覚えがある。正規軍にいた頃《ころ》に何度か同じものを、戦場で。

当時はそれほど興味を惹《ひ》かれるものではなかった。確かに歩兵の装備だが、自分には必要の無いものだと思っていたからだ。だが、今は……。

「使えるものは、使う……か」

走らせた視線の先、話を終えたダスティンが意気揚々《ようよう》とこちらへ向かってくる。

ガラクタはガラクタ。まずはこれが使えるかどうかを確かめるべきだ。タキオンへの報告と進言は、その後からでも遅《おそ》くない。

「ダスティン、ちょっといいか」

いつの間にか自分が強く拳《こぶし》を握《にぎ》っていることに、シドウはまだ気づいていなかった。

●

ちょうど同じ頃、メリーもタキオンの強《したた》かさを改めて感じていた。

「届いた弾薬《だんやく》はこれで全部……」

リストに間違《まちが》いがないことを確かめる。ガンローダーと一緒《いっしょ》に引き取って来た弾薬に後続で送られてきたものを合わせると、それまで2D小隊が保有していた最大量の五倍になった。

二日前、タキオンが「弾《たま》の一発も残さない」全力の出動を命じたのはこれがあったからだ。

あの戦闘《せんとう》で小隊の弾薬はほとんど底をついてしまったが、今これだけの量が補充《ほじゅう》されればしばらくは耐《た》えられるだろう。その間に新しく補給を申請《しんせい》するなり、どこかにコネを作って手配できる態勢を整えるなりするのだ。

「……どこまで計算して動いてるのかしら」

見事な戦略だ。力のかけどころ、全力の出しどころを正しく理解している。

今のところ、タキオンは自分が思い描《えが》いた通りに状況《じょうきょう》を動かしていた。

「でも……」

切れ長の目が軽く伏《ふ》せられる。誰《だれ》もいない隊長室で、メリーの胸にふと不安の影《かげ》が差した。

ここまではいい。だがこれからは？

タキオンの戦死を目論《もくろ》む連中にとって、先日の戦闘で彼が生き残ったのは想定外だろう。本当なら、彼は2D小隊と共に死んでいるはずだった。

だからこそ、ここから先がどうなるかはタキオンにも完全に読み切ることはできないはずだ。

……あの予備グラウンドに積み上げられたガラクタの山が、まさしくそれを示している。

出来る限りの情報を集め、可能な限りの準備をする。

確かな当てはない。だが準備はしておかねばならない。

「ダメね……私……」

一人になるとどうしても不安になってしまう。タキオンと話している間は、いつものように

「教育係」の顔をしていられるのに。

(それって、タキオンに縋《すが》ってるだけだわ。……それでは、ダメ)

眉《まゆ》を寄せ、机の上を睨《にら》む瞳《ひとみ》が僅《わず》かに潤《うる》んでいる。

仲間を守らなければ。強く自分に言い聞かせながら、メリーは深く息を吐《は》く。

その時、隊長室のドアが再び開いた。

「っ……タキオン?」

弾《はじ》かれたように立ち上がるメリー。だがそこに立っていたのは……彼よりもっと小柄《こがら》なクラスメイトだった。

「ゴメン、あたしなんだけど」

「イルマ……あ、ううん。勘違《かんちが》いしただけだから」

メガネの下でアーモンド型の瞳をパチクリさせる親友に、メリーは手を振《ふ》って苦笑した。

「そう? ならいいけど」

首を傾《かし》げながらも、イルマはそれ以上追及《ついきゅう》しなかった。気にならなかったわけではない。あまりにメリーらしくなくて、どう訊《き》けばいいのかわからなかったのだ。

勘違いを苦笑で誤魔化《ごまか》すのも、誰《だれ》かの——タキオンの登場を心待ちにしていたかのような表情も、これまでイルマが見たメリーの表情の中には無い。

「今日の帰り、うちに寄ってかない? 頑張《がんば》ってるメリーにご飯作ったげる」

予想以上にタキオンが彼女に影響《えいきょう》を与《あた》えつつあるのだろうか……なんにせよ、自分にできるのはメリーの負担を少しでも和《やわ》らげることだけだと、イルマは思っている。

●

次の命令が届いたのは最後のガラクタが届いた翌日。出動の日時はさらに二日後だった。2D小隊は少ない時間の中で出来得《う》る限りの準備を積み重ねる。

早朝に学校を出発して半日。目的地へ到着《とうちゃく》した頃《ころ》にはトラックの荷台に差し込む太陽の光もすっかり午後の明るさになっていた。

狭《せま》い荷台から下り、タキオンは身体《からだ》を伸《の》ばす。

「さて……と」

そこは赤い荒野《こうや》に広がる正規軍の宿営地。それも、今まで2Dの生徒たちが見たこともないほど大規模なものだ。

仮設の拠点《きょてん》にもかかわらず中心部はセメントで整地され、本部と思《おぼ》しき建物もテントではなく大型のプレハブ。周囲を囲むテント群だって、大きなものはそれひとつで数十人が集まれるほどの大きさ。

「すっごいとこだね……場違い感がヒシヒシだよ」

彼を追って荷台を下りたイルマだけでなく、生徒たちは誰《だれ》もがそのスケールに圧倒《あっとう》されている。そして彼らを見る正規軍の兵士たちも、イルマが言う通り場違《ばち が》いな雰囲気《ふんいき》の生徒たちに驚《おどろ》き、あるいは怪訝《けげん》そうな顔をしていた。

「場違いは承知の上さ。……悪目立ちも、仕方ないかな」

軍属学校と正規軍では空気が違いすぎる。現場に駆《か》り出されても両者が交流することは滅多《めった》にないのだ。違いすぎる空気に馴染《なじ》むためには時間と、それなりのきっかけが必要だろう。

しかし、イルマが言いたいことは別のところにあったようだ。彼女はそっとタキオンに近づき、普段《ふだん》よりもトーンを落とした声で囁《ささや》く。

「タキオン君。……メリーのこと、ちゃんと見てて」

いつも明るいイルマが聞かせる真剣《しんけん》な声音《こわね》は、他《ほか》の生徒より一層その印象を強くする。その言葉に潜《ひそ》む不安を摑《つか》んだタキオンは無言で視線を彼女に向けた。

「メリー、なんだか焦《あせ》ってるみたい。……いつも真面目《まじめ》だけど、命令が出てからは特に」

普段《ふだん》に増して口数は少なく、視線もどこか鋭《するど》い。一緒《いっしょ》に食事していても会話が続かず、並んで歩いていても歩くのが速く感じる。ここまで来るトラックの荷台でも、ずっと端末《たんまつ》と睨《にら》み合っていた。

真面目で、クールで、仲間思い。そんなメリーからすれば不自然ではないのだろうけれど。

「焦るっていうのが違うとしたら……思い詰《つ》めてる、みたいな」

それはおそらくイルマだけの実感だろう。いつもメリーのことを気に掛《か》ける親友ならではの。だからタキオンもそれは無視できない。タキオンだって、メリーのことは気になるのだ。

「タキオン君の力が必要だと思うんだ。だから、お願い」

「……わかった」

タキオンはしっかりとイルマの目を見て頷《うなず》いた。

「メリーとは後で話すよ。……ところでイルマ、きみたちに頼《たの》みたいことがあるんだけど」

「……なーんだろ。また何か企《たくら》んでる気がするよ？」

言葉の後半では何やら口元に笑《え》みを浮かべたタキオン。イルマもイルマで、根が明るい彼女はそういうタキオンの企みにできるだけ楽しんで乗ろうと思い始めていた。

戦場の不安もメリーの心配も、気持ちを落としたら悪い方向にしかいかない。それを持ち前の明るさで上向かせてやろうというのがイルマ・アウラーの強さだ。

「まっ、あたしらで役に立てることがあるんなら手伝うよ。やれることはやんないとね」

やれることはやる。いつの間にか、それは2Dクラスの合言葉になりつつあった。

生き残るために、後悔《こうかい》しないために。やれることは、やりたいのだ。

●

その線にはふたつの意味がある。

ハーシェルⅢ《スリー》を本拠《ほんきょ》とする人類軍の大部隊がバグスの大集団と睨《にら》み合う。そんな睨み合いが南北に十数ヶ所も存在し、その点を結んだ戦線は同時に両者の生息圏《けん》を決める境界線。境界線の西側《がわ》が人類、東側がバグスの土地となる。

それらの中で、ハーシェルⅢの外郭《がいかく》部から南東へ一二〇〇キロの地点にあるこの宿営地は境界線のちょうど中央に位置していた。南北に展開して互《たが》いに支え合う正規軍部隊の要《かなめ》であり、戦線司令部も置かれているのだ。

当然ながら、そこに集まるのは正規軍の中でも精鋭《せいえい》と呼ばれる部隊。特にこの時は戦線を押し上げるべく一大作戦を計画中で、戦歴華《はな》やかなエース部隊が数多く集められていた。

「し、失礼いたしマスっ！」

小隊本部代わりの小さなテントに入ってきた少女に集まる視線。それだけで彼女——イルマは三割増しに緊張《きんちょう》して背すじを伸《の》ばした。

正規軍でも名の知れた機動歩兵小隊。どう考えても軍属学校部隊の、役職もない女子生徒が来るところではない……本来なら。

（くそうっ、タキオン君が簡単に言うから甘く見てたっ）

タキオンから「ちょっと挨拶《あいさつ》に行ってきて」と言われてノコノコやってきたのが大きな間違《まちが》い。イルマは心の中で涙目《なみだめ》だ。

学業の傍《かたわ》ら戦争をしてきた自分たちと、戦争が本業の正規軍では雰囲気《ふんいき》も迫力《はくりょく》も違いすぎる。そういう「大人たち」を前に緊張するイルマだったが……。

「あら懐《なつ》かしい。軍属学校《ガッコー》仕様のPBUは久しぶりに見たわ」

視線の次にイルマを迎《むか》えたのは年上の同性が発する柔《やわ》らかな声だった。執務《しつむ》机から立ち上がった女性。アンダースーツの上から羽織った野戦服の上着には大尉《たいい》の階級章。少しクセのあるセミショートの金髪《きんぱつ》と強めに引いたアイラインが印象的な美人だ。

他《ほか》にもテントの中にいたのは全《すべ》て女性。この小隊は全員が女性兵士だった。

「ワケありの学校部隊が回されてくるって聞いたから、てっきり悪ガキが懲罰《ちょうばつ》代わりで弾除《たまよ》けにでもされるのかと思ってたけど……。そんな感じには見えないわね」

イルマの前までやってきた長身の小隊長は、小柄《こがら》な彼女を上から下まで眺《なが》めてから小さく笑った。言葉の中身は少し怖《こわ》いが、砕《くだ》けた物言いで僅《わず》かにイルマの緊張がほぐれる。

「ハーシェルⅢ陸軍第八師団、リュウザキ連隊所属第七歩兵小隊。隊長のアリシア・ベイル大尉よ。……こんなところに、どうしたの？」

「ええっと、小隊長が忙《いそが》しくて。それで——」

と、そこでイルマの言葉が途切《とぎ》れた。不意に真面目《まじめ》な……少し凄《すご》みを感じさせる目になったアリシアが、ポンと肩《かた》に手を置いたからだ。

「任務で他の人間と話をする時は、まず所属と官姓名《せいめい》を名乗りなさい。どこの誰《だれ》かわからないままじゃ、まともに話を聞いてもらえないわよ」

「ッ……し、失礼しました！　ハ、ハーシェルⅢ《スリー》第一歩兵学校、２Ｄ歩兵小隊所属、イッ、イルマ・アウラー二等兵ですっ！　あの、えと……小隊長の代理でご挨拶《あいさつ》に参りましたっ」

弛《ゆる》みかけた緊張《きんちょう》が再び最大まで引き締《し》められ、イルマはカチカチに固まった声で名乗った。

素人臭《しろうとくさ》さの抜《ぬ》けない女子生徒に、アリシアは「よろしい」と微笑《ほほえ》む。

いかにも「できる大人の女」、そんな雰囲気《ふんいき》の女隊長。

だがしかし、その様子を見ていた他《ほか》の隊員たちが大声を上げて笑った。

「あっははは、可愛《かわい》い〜。その子ガッチガチじゃん」

「隊長、怖《こわ》ッ！　子供イジメちゃダメですって」

「ヤバい。隊長が隊長っぽいこと言ってるだけで笑える……っ」

イルマよりもアリシアを面白《おもしろ》がる隊員たち。どうやら、普段《ふだん》の彼女とは随分《ずいぶん》ギャップがあるらしい。

「……悪いわね。見ての通り、うちってあんまり行儀《ぎょうぎ》よくないのよ」

「は、はあ……」

呆然《ぼうぜん》としたまま頷《うなず》くイルマ。

「ねえイルマ、隊長の代理とはいえ、わざわざ挨拶に来るくらいだから……」

アリシアは相変わらず大人の表情を崩《くず》さないが……。

「大体さあ、いくら子供相手だっつっても無理あるよね」

「ホントだよ。姐《ねえ》さんいつもは酒と男の話しかしないクセに……」

「くらいだから……」

「そういえば、こないだ街で隊長が声かけてた男、あれからどうなったの？」

「土壇場《どたんば》で逃《に》げられたっぽいよ。まあ、あれだけガッついてたら駄目《だめ》だわ」

「だから……」

「あらお気の毒。……でも、そこで上手《うま》くいっても一晩だよね」

「ねー。ホント姐さんは底なしだから。性欲っていうかアレはもう獣欲《じゅうよく》――」

「アンタらちょっと黙《だま》んなさいっ！」

溜《た》まらず振《ふ》り返って一喝《いっかつ》したアリシア。再びイルマに向き直った時、そこにはさっぱりした顔で頭を掻《か》く大尉《たいい》がいた。

「あーもう、後輩《こうはい》だと思って恰好《かっこう》つけようとしたらコレよ。誰《だれ》が獣欲かっつーの」

据《す》わった目でもう一度隊員たちをひと睨《にら》みし、アリシアはイルマを促《うなが》してテントを出た。どうやらこちらの方が素《す》らしい。さっきまでより生き生きしているように見える。

「……ベイル大尉も、軍属学校の出身なんですか？」

アリシアと隊員たちのやり取りに呆気《あっけ》にとられつつ、彼女らに感じる親近感でイルマは肩《かた》の力が抜けた。アリシアの方も変に体裁を取り繕《つくろ》わない方が好みなのか。

「アリシアでいいわよ。あたしは第四歩兵学校。いつの卒業生かは訊《き》かれても教えないけどね」

ニヤリと笑う。「できる大人の女」から「頼《たよ》りになるお姉さん」に変わったその顔は、テントにいた「あんまり行儀《ぎょうぎ》よくない」隊員たちを率いる彼女に相応《ふさわ》しい。

「在学中って委員長以外はあんまり正規軍の連中と絡《から》まないじゃない？　だからあたしも、卒業してこっち側《がわ》に来てから面食らうことが多くて」

イルマの緊張《きんちょう》もよくわかるのだろう。そんな彼女の気遣《きづか》いを、イルマは素直《すなお》に嬉《うれ》しく思う。

「挨拶《あいさつ》する相手がアリシアさんでよかったです。……ゴリゴリのマッチョマンだったら無理だったかも」

「実際そういうのもいるからねー。あたしは、挨拶に来たのがイルマみたいな女子でちょっとだけ残念だわ」

「……獣欲《じゅうよく》の相手にならないからですか？」

「そう。何度か試《ため》してみたんだけど、やっぱり男よね。じゃなきゃ今頃《いまごろ》、隊をハーレムにしてるわ。……ていうか獣欲はやめなさいって、人聞きが悪いから」

まさか正規軍の隊長にこんな話ができるとは思わなかった。

タキオンからは「挨拶してきて」と言われただけで具体的にどんな話をしろとは言われていない。いっそこのまま大尉殿《たいいどの》とちょっと深めの恋愛話《コイバナ》をしてもいいかもしれない、なんてイルマが思った時、アリシアがはたと立ち止まる。

「あら、男も連れて来てるじゃない」

その視線の先。イルマと同じライトブルーのPBUに身を包んだ男子が一人、アリシアの隊の女性たちに囲まれているところだった。

アリシアが率いる第七歩兵小隊はATVを使った機動戦闘《せんとう》を得意とする機動歩兵小隊だ。

ズラリと並ぶ正規軍仕様のバギーに興味を示したGJに興味を示した女性隊員が声をかけ、さらにそれに興味を示した他《ほか》の隊員たちが集まり……。興味の連鎖《れんさ》の中心で、大勢の年上女性に囲まれたGJはいつもの三割増しでオドオドしている。

すると、どこからかやってきたアリカが彼の尻《しり》を蹴《け》り飛ばし、何事か罵《のの》りながら蹴り転がした。それはもう、周囲の女性たちが軽く引いてしまう勢いで。

「……一応、男子ですけど」

イルマにとっては見慣れた光景だ。アリシアは「あー」と平坦《へいたん》な声を出して。

「アレはアレで楽しそうだから、放《ほう》っときましょうか」

惜《お》しい、と思いながらも流しておくことにした。

●

「お前んとこ、ガンローダーがあるんだってな?」

他《ほか》のクラスメイトより一足早く2D小隊の整備班長に任命されたダスティン・クレイヴはタキオンのお遣《つか》いとして正規軍の戦車小隊へ「挨拶《あいさつ》」に来ていた。

彼にとっては本物の整備兵からノウハウを学ぶいい機会だ。それは相手側《がわ》も察してくれたらしく、戦車の整備を間近で見学させてもらっている。

そんなとき、頭上からかけられたのが今の言葉。

見上げると、戦車のハッチから戦車兵用PBUに身を包んだ男性がこちらを見下ろしていた。コクピットで調整作業でも行っていたのか、ヘッドギアを取った額には汗《あせ》。少しキザったらしく整えた赤毛を掻《か》き上げる。

PBUの胸元《むなもと》には中尉《ちゅうい》の階級章と戦車兵徽章《きしょう》。肩《かた》には星のマークがいくつも並んでいた。歩兵が小・中型バグスの撃破《げきは》を数えたものとは違《ちが》う、大型バグスの撃破マークだ。

「は、はい中尉。……中古ですが」

相手が歴戦の戦車兵であることは一目でわかる。そして彼らが数ある兵科の中でも特に縄張《なわば》り意識の強い人種であることを知っているダスティンは、しゃがんで見上げた姿勢から立ち上がって背すじを伸《の》ばした。

赤毛の戦車兵は「フン」と鼻を鳴らして。

「当たり前だろ。ガンローダーの新品なんざ、今はもう作られてないんだ。替《か》えの部品もほとんど特注だぞ」

忌々《いまいま》しげに吐《は》き捨てるのは、ダスティンではないなにか別のものに苛立《いらだ》っているように見えた。すると、足下《あしもと》で作業を続ける整備兵が小声で囁《ささや》く。

「中尉、本当はガンローダーに乗りたいんだ。テスト配備されてた機体に乗って以来の大ファンでさ。……きみらのこと、羨《うらや》ましいんだよ」

「は、はあ」

どんな顔をしたものか迷うダスティン。赤毛の中尉は眉毛をピクリと跳《は》ね上げた。

「聞こえてるぞ！　誰が羨ましがってるんだよ」

不機嫌《ふきげん》そうに言って、ハッチから身を乗り出す。思わず強張《こわば》るダスティンの丸顔に「フン」と鼻を鳴らす。

「お前らみたいなガキには過ぎたオモチャだけどな、貰《もら》ったからにはしっかり使え。いいな」

元々、ガンローダーは戦車に代わる次世代型陸戦兵器として開発された。しかし現行型戦車とのトライアルに敗れ、ごく少数が運用されるのみに留《とど》まったという経緯がある。

この中尉にしてみれば、中古とはいえ軍属学校の子供たちにガンローダーが与《あた》えられたのを羨ましく思わないはずがない。

とはいえ、それを素直《すなお》に口にできないのは大人の兵士としての意地というものか。

「……やっぱり羨ましいんじゃないですか」

「煩《うるさ》い、口ばっか動かしてないできちっと仕事しろ」

口ぶりは乱暴でもアリカのように手は出さない。整備兵の方もそれはわかっているのか「了解了解《りようかい》」と笑いながら手を動かす。

そもそも中尉《ちゆうい》が乗っているのは現行型の主力戦車だ。ガンローダーではない。こうもあけっぴろげにガンローダー贔屓《びいき》を口にする操縦士だと整備兵の方も気を悪くしそうなものだが、二人の間にそんな気配は感じられなかった。

（操縦士と整備兵か……）

ダスティンは、二人の間にいい関係を感じる。同時に、未《いま》だ正式な操縦士が決まっていない自分の部隊のガンローダーのことを思い出した。

タキオンはできるだけ早く決めたいと言っていたが……。

「おい、お前。名前は」

「はっ、……ダスティン・クレイヴ一等兵です」

先ほどよりは棘《とげ》の減った声音《こわね》に、名乗りつつキョトンと見上げる丸顔。赤い前髪を掻《か》き上げる中尉はまたも「フン」と鼻を鳴らした。癖《くせ》のようなものかもしれない。

「ディーター・ビアホフ中尉だ。上手《うま》く生き延びたら、お前の隊の戦車兵を連れてこい。俺が戦闘機械《マシン》の乗り方を教えてやる」

ディーターの素直《すなお》ではない優《やさ》しさに、ダスティンは呆然《ぼうぜん》としながら「……はい」と頷《うなず》く。だが赤毛の戦車兵は続けて辺りを窺《うかが》うようなそぶりを見せ、ダスティンにそっと囁《ささや》いた。

「ついでにな、女子なら早めに連れてこい。背の低い女子なら可能な限り迅速《じんそく》にだ。……大女だったら、まあ適当でいい」

「中尉、子供相手に出会いの場を求めないでくださいよ。恥《は》ずかしいから」

戦車の下から聞こえてきた整備兵のぼやくようなツッコミにディーターは「うるせえよっ」と自棄《やけ》になったように叫《さけ》んだ。

●

戦線司令部は宿営地中心の大型プレハブに置かれていたが、そこに集まっているのはあくまで命令を下すためだけにいる戦線司令と参謀《さんぼう》たち。実際にバグスと戦う各部隊の指揮官は自分の部下と共に各々《おのおの》のテントに待機している。

近々計画されているという大規模作戦のために宿営地へ集められたハーシェルⅢ《スリー》陸軍の精鋭《せいえい》部隊。彼らを実質的に統括《とうかつ》する前線指揮官がローランド・ルーカス中佐だった。

士官学校を出たエリートでありながら火星数えで二〇歳になる年齢《ねんれい》まで前線にこだわり続けているという猛者《もさ》を前に、タキオンもさすがに緊張《きんちょう》しているようだ。彼の背後に立つシドウはそう感じた。

前線指揮官のテントにはタキオンとシドウ、そしてメリーの三人。小隊の中枢《ちゅうすう》として、今回の作戦で自分たちを指揮下に置く中佐に呼び出されていた。

その用件は、聞くまでもない。

「戦線司令部からの命令を伝える」

重々しい声音《こわね》と渋《しぶ》みのある表情が少しの隙《すき》もなくマッチしていて、シドウですら息を呑《の》んだ。

タキオンは黙《だま》っている。

「ハーシェルⅢ《スリー》第一歩兵学校2D小隊は明朝〇四〇〇《マルヨンマルマル》より衛星都市二七号へ出撃《しゅつげき》。同地区に展開する敵集団への奇襲《きしゅう》を実行。敵主力を同地区より排除《はいじょ》せよ」

テント内の空気が重みを増した。タキオンたち三人は勿論《もちろん》、中佐やその傍《かたわ》らに立つ彼の副官も含《ふく》め、誰《だれ》一人として言葉を発しない。

そんな沈黙《ちんもく》を数秒待って、中佐は短く「復唱」と促《うなが》した。タキオンは特に狼狽《うろた》えた様子もなく命令を復唱する。

「はっ。第一歩兵学校2D小隊、明朝〇四〇〇より衛星都市二七号へ進出し、敵集団への奇襲を実行。敵主力を同地区より排除します」

そしてタキオンは指揮官に支給される軍務用の端末《たんまつ》を中佐のそれと突《つ》き合わせ、直接通信により命令書を受け取る。自分たちの命運を左右する、紙切れですらない小さなデータを。

「……」

シドウは隣《となり》に立つメリーの様子を窺《うかが》った。中佐の副官が彼女に視線を向けたからだ。

（……無理も無いか）

横顔でもわかるほど、メリーの顔は蒼白《そうはく》だ。

衛星都市二七号、通称《つうしょう》「グレーサークル」はこの近隣《きんりん》でも危険度の高い区域。多数の大型・中型バグスが駐留《ちゆうりゆう》する敵の拠点《きよてん》である。

そこへの奇襲など、どう考えても軍属学校部隊が任される仕事ではない。

「質問してもよろしいでしょうか、中佐」

「なにか」

シドウからはタキオンの背中しか見えない。彼がどんな顔をしているかはともかく、その声だけは普段《ふだん》通りの平然としたものだ。

「この作戦に、自分たち以外の部隊の参加は？」

「ない」

「正規軍による支援《しえん》は？」

「ない」

「弾薬《だんやく》の補給以外、作戦中特例として新たに装備を受領することは可能でしょうか？」

「不可だ、准尉《じゆんい》。戦線司令部は小隊が保有する戦力のみで作戦が可能であると判断してこの命令を出している。作戦中特例は適用されない」

中佐の表情は変わることがない。その声も、ただ事実のみを伝える。

そして、タキオンは最後の質問を口にした。

「では……我々が出撃《しゅつげき》している間、正規軍の部隊は平常通りということでしょうか？」

あくまで淡々《たんたん》として感情を交えないタキオン。

それに対し、ルーカス中佐も少しも声音《こわね》を揺《ゆ》るがすことなく告げる。

「その通りだ、准尉《じゅんい》。我々は平常通りの軍務を行う。一部が哨戒《しょうかい》任務に就《つ》くほかは、大部分が待機を命じられるだろう」

●

少年たちが去ってもしばらく、テント内の空気は重かった。

元よりここの空気はそんなものである。主であるルーカス中佐が発する威厳《いげん》で、軽口を叩《たた》ける人間はほとんどいない。

気安く口を開けるのは彼の副官くらいのものだろう。それでも、内容は気を遣《つか》うが。

「……可哀想《かわいそう》ですね、あの子たち」

正直な感想だった。

２Ｄ小隊に関する噂《うわさ》は正規軍兵士たちの間にも伝わっている。親地球派による陰謀《いんぼう》で死地へ送られる地球人の少年と、巻《ま》き添《ぞ》えを食ったクラスメイトたち。大体はそんな噂だ。

彼らが大型バグスを含《ふく》む敵集団を倒《たお》して基地を奪還《だっかん》したことや地球人を小隊長に据《す》えたことは驚《おどろ》きと共に様々な憶測《おくそく》を呼んでいたが、やはり第一に出るのは憐憫《れんびん》である。

「……」

中佐は黙《だま》ったまま、手元の命令書を見ている。タキオンに渡《わた》したデータのログだ。

まともな神経で出された命令とは思えなかった。

グレーサークルは奪《うば》われて日の浅い拠点《きょてん》ではない。バグスの攻勢《こうせい》によって一〇周期も前に放棄《ほうき》された都市で、人類とバグスの境界線上で奪い奪われが繰《く》り返されている。そして最近二周期はバグスの拠点だ。

夜明け前の奇襲《きしゅう》。一個小隊で敵の排除《はいじょ》などどう考えても無謀《むぼう》だ。

あからさまな、陰謀《いんぼう》であった。

「司令部からは、平常通りにせよとのことだ。余計なことをすればすぐに監察《かんさつ》を入れると、はっきり言ってきた」

副官が渋《しぶ》い顔をしているのが見なくてもわかる。表情こそ変えないが、中佐も同じ気分だ。

この命令書を受け取った時、あまりに無謀であると中佐は戦線司令部に具申した。仮に彼らが地区内のバグスを排除できたとしても、後詰《ごづめ》に関する作戦は全く立てられていない。すぐにバグスが戦力を補充《ほじゅう》して同じ状態に戻《もど》るだけだ。

そんな中佐に対する司令部の返答は、今しがた彼自身が述べた通りである。具申に対する説明もなにもなく、淡々《たんたん》とその命令だけが伝えられた。

戦場を政争の具にする。ルーカス中佐が、そして彼のように前線で血と汗《あせ》を流す兵士たちが最も嫌《きら》うやり方。だが彼らにそれを妨《さまた》げる手立ては無かった。正規軍の軍人であればこそ、命令は絶対のものとして振《ふ》る舞《ま》わねばならないのだ。そして、あんな子供たちを見殺しにせねばならない。

（だが……あの少年は）

滅多《めった》なことで表情を変えない中佐の目に、陰鬱《いんうつ》なものがよぎった。

思い出す。先ほどまで自分の正面に立ち、こんな命令も平然と受け取ってみせた、あの地球から来た少年を。

彼の、タキオン・シュガの目は……決して諦《あきら》めてなどいなかった。自棄《やけ》になっているわけでもない。強く、強く何かを求めていた。

決して折れない覚悟《かくご》と希望を秘《ひ》めた目。ああいう目を、ルーカス中佐は何度か見たことがある。それはいずれも、戦場で強い輝《かがや》きを放つ兵士たちのものだった。

（それだけで生き残れるわけではないが、それが無ければできないこともある……か）

不満と諦念《ていねん》に満たされかけた頭を振る。

命令は命令。しかし大人が先に諦めてはいけないはずだ。

「ところで中佐……明日の哨戒《しょうかい》任務についてですが」

こちらは同情から一旦《いったん》頭を切り替《か》えたらしい副官。端末《たんまつ》に表示した任務予定を示している。

「平常通りということは……特に変更《へんこう》なしでよろしいですか？」

「ん……」

構わない、と返事をしかけて留《とど》まる。

本当に何もしないままでいるのは、やはり気分が悪い。

●

「……明日は夜明け前の出撃《しゆつげき》となる。各自、装備の点検を終えたら早めに休むように」

タキオンの言葉に２Ｄの生徒たちは一様に押し黙《だま》った。不安や不満を訴《うつた》える者こそ出なかったが、それは自分たちの直面した危機の大きさを明確に理解できていないだけだ。

しかしタキオンの両横に立つ二人、シドウとメリーの表情の硬《かた》さが否応《いやおう》なく厳しい現状を教えている。

「以上、解散！」

シドウの号令で自分たちに割り当てられたテントへ戻《もど》っていく生徒たち。その中で、ＧＪはゆっくりとタキオンの所まで進み出た。

「隊長、ひとつ質問があります」

「なにかな」

軍人言葉で質問したGJだが、数秒タキオンを見たあと、いつものボソボソした口調で。

「……逃《に》げ道《みち》は、無いんだよね」

自虐《じぎゃく》的な笑《え》みすら浮かべてみせる。危機に敏感《びんかん》な彼は既《すで》にそれをわかりきっているのだ。

だからタキオンも気休めを交えずに言い切った。

「無い。……戦って生き延びるほかに、僕たちに道は無いよ」

その言葉にGJは何度か頷《うなず》く。前髪《まえがみ》の奥で少しだけ目が潤《うる》んでいるようだ。

「わかったよ、わかった。なら、逃げずに戦うしかないね。……ありがとう」

そう言って、彼もまたテントへ戻っていく。最後の「ありがとう」の意味はよくわからなかったが、おそらく彼なりに覚悟《かくご》したのだろう。

「テントを回って来るわ。みんな不安だと思うから」

「頼《たの》むよ。……多少の気休めなら、言ってもいい」

タキオンの言葉に少し迷うように頷いて、メリーもテントへ向かった。そして残るのは、小隊長と最先任下士官。

「アシュクロフト伍長《ごちょう》も、あまり良い状態とは思えませんが」

命令を受け取った時からシドウの顔は強張《こわば》ったままだ。眉《まゆ》が寄っているのは、隠《かく》す気すらない陰謀《いんぼう》の臭《にお》いを嗅《か》ぎとっているからだろう。

それはメリーも同じで、彼女はシドウ以上に深刻な思いを抱《いだ》いている。彼が言う「状態」とはそういうことだ。するとタキオンは。

「メリーは強いよ。勿論《もちろん》、それにも限度があることはわかってる。後で彼女が戻《もど》ったら話すさ」

シドウは納得《なっとく》した心地《ここち》で息を吐《は》く。厳しく寄っていた眉《まゆ》が弛《ゆる》んだ。

(指揮官ってのも、大変だ)

きっとタキオンは今すぐにでもメリーと話をしたいに違《ちが》いない。その視線がテントへ向かう彼女の後ろ姿を追っているのだ。だが今は、部隊のために優先順位をわきまえている。

「明日は機動戦闘《せんとう》になる。……僕も撃《う》たないといけないな」

すぐ近くのテントに置いてあった自分のアサルトライフルを手に取るタキオン。

「作戦会議はメリーが戻ってからだけど、意見があれば今のうちに聞いておきたい。なにかあるかな? 軍曹《ぐんそう》」

すると、シドウは一度小さく息を吸った。

「……個人的な意見として」

「聞こうか、シドウ」

一旦《いったん》、二人は隊長と下士官からクラスメイトに戻る。その方が話しやすいこともあるのだ。

シドウはタキオンに歩み寄ると、彼が手にしていたライフルを取り上げた。そして。

「タキオン……いざという時、本当に生きるか死ぬかの瀬戸際《せとぎわ》までお前は走るな。そして銃《じゅう》を撃つな。

走るのは足の仕事で、撃つのは手の仕事だ。頭の仕事じゃない。指揮官が血相変えて走り回ったり必死に銃を撃ってたりすると、兵士は理屈《りくつ》抜きで焦《あせ》る」

前回と同じ。しっかり構えて、最後まで揺《ゆ》らぐな。シドウの言葉にタキオンは大きく頷《うなず》いた。

「なるほど。……僕も地球で似たようなことを教わったけど、言葉が随分《ずいぶん》違うな」

「というと？」

「地球では『指揮官は走るな、銃を撃つな。指揮官が走るのは脱走兵《だっそう》を捕《つか》まえる時だけ、撃つのは自決する時だけ』……ってね。そういう事態を起こすな、という戒《いまし》めのつもりだったんだろうけどさ」

シドウの顔が渋《しぶ》い。反吐《へど》が出そう、と言わんばかりの顔だ。

「地球人って、趣味《しゅみ》悪いな」

「僕も、心底そう思うよ」

●

日没《にちぼつ》後に行われた作戦会議は滞《とどこお》りなく終わった。

今はまだ小隊内の役割分担が決まっていないため歩兵の代表としてシドウが、整備班長としてダスティンが、そして実質的にタキオンの副官に近い立場になっている教育係のメリーが参加して、タキオンの立てた作戦についての確認《かくにん》と打ち合わせを行ったのみだ。

小隊の再編は間に合わなかった。だがタキオンはそれに対する不満を少しも見せることなく作戦会議を終え、しばらくしてからそこへやってくる。

「やっぱりここか」

下から聞こえた彼の声に、メリーはチラリと振《ふ》り返る。タキオンは彼女を見上げると、ガンローダーの脚部《きやくぶ》をよじ登った。

先日のようにガンローダーの上。メリーは空を見上げたまま、呟《つぶや》くように口を開いた。

「みんな、思ったより落ち着いてた」

テントを回った時の報告だ。黙《だま》って続きを促《うなが》すタキオンを横目に見ながら。

「……昼間、挨拶《あいさつ》に行った部隊のことを話してたの。楽しそうだったわ」

顔馴染《かおなじ》みのクラスメイト同士でも新しい話題には新鮮味《しんせんみ》があって、暗い気分も紛《まぎ》れる。タキオンが彼らを挨拶に行かせたのはこれを狙《ねら》っていたのかと、メリーは納得《なっとく》した。

「ああやって、みんなとの相性がいい部隊を選んだんでしょう?」

「少なくとも、喧嘩《けんか》にならない相手を選んだつもりだよ。……GJはアリカに蹴《け》飛ばされてたらしいけど」

タキオンやシドウ、メリーを除き、ほとんどの生徒は正規軍部隊と顔合わせしている。それぞれの印象や感想をタキオンは聞いていた。概《おおむ》ね悪くない。おそらくはお互《たが》いに。

尤《もっと》も、正規軍部隊が2Dの生徒たちに抱《いだ》く「悪くない」印象のほとんどが同情心からのものであることもタキオンは理解していた。凄惨《せいさん》な戦場に送り出される子供を前に、大人げない顔をする大人もあまりいないものだ。

少し、夜風が出てきた。メリーは髪《かみ》をそっと掻《か》き上げる。

「……でも、あなたほど落ち着いている生徒はいないでしょうね」

お世辞や嫌味《いやみ》ではない。メリーは純粋《じゅんすい》に感心しているのだ。だが同時に、タキオンがここまで平然としていられることに驚《おどろ》いてもいる。その平常心が自分に無いことを自覚していた。

「メリーは、落ち着かない？」

「……大丈夫《だいじょうぶ》よ、緊張《きんちょう》は自覚してるから」

端的《たんてき》な自己分析《ぶんせき》。相変わらずクールな彼女が振り返って自分を見つめると、タキオンは思わず息を呑《の》む。星のちりばめられた夜空を背景にして風に揺《ゆ》れるアッシュグレー。深い光を湛《たた》えた碧《みどり》色の瞳《ひとみ》に、吸い込まれそうだ。

（吸い込まれそう、か……わかる気がする）

何世紀も前から使い古されたその表現を実感してしまう。

「イルマが心配してくれてるのも、あなたが気にかけてくれてることも、わかる。……でも、私はみんなを守るために全力を尽《つ》くす。そこだけは揺《ゆ》らがないわ」

目の前の危機、それは仲間の命の危機。メリーが必ずしも冷静でいられないことをイルマやシドウは危惧《きぐ》し、タキオンも気にしている。

だがメリー自身がこうしてそれを自覚しているのだ。自分の心に今も残る過去の絶望と向き合って、必死に足掻《あが》いている。

「メリー……」

彼女の言葉に疑問や反論の余地は無い。タキオンは一度ゆっくりと呼吸をして、言った。

「信じるよ。……目的を共有できる相手がいるのは、頼《たの》もしいしね」

二人の目的は同じ。仲間を守る。みんなを守る。

「そろそろ休んだ方がいい。明日は、いつ休めるかわからない」

「ええ、そうね。……おやすみなさい」

ガンローダーから降り、女子のテントへ歩いて行くメリーを見送る。その後ろ姿が見えなくなってから、タキオンはふと傍《かたわ》らの機体を見上げた。

「……今、僕はなにかおかしなことを言ったか？」

そこには誰《だれ》もいない。鋼鉄《こうてつ》の四本脚《あし》が鎮座《ちんざ》しているのみである。

自問だった。メリーが去っていく間、自分の胸に去来した小さな違和《いわ》感。その正体がタキオンには見極《きわ》められない。

そして、自答する。

「言ったな。……『信じるよ』なんて」

本当に信じているなら、わざわざ口に出さなくてもよかったのではないか。少なくとも、先ほどタキオンが口にしたその言葉にはどこか空々しい響《ひび》きがあった。

「信じて……いるさ」

自分に言い聞かせるように繰《く》り返した。

出会ってまだそれほどの時間は経《た》っていない。それでもメレディス・アシュクロフトに感じる親近感や信頼《しんらい》感は、今までの人生で出会ったどんな相手よりも深い。

運命なんて言葉は陳腐《ちんぷ》だろうか。だがタキオンは、それすら頷《うなず》けるほど深く繋《つな》がるものを彼女に感じている。共感でも、好感でも……なんなら恋愛感情でもいい。それを「信じる」という言葉にすることに間違《まちが》いなどないはず。

なら、この違和感はなんなのか。わざわざ「信じる」なんて言葉を使ってしまった自分は、無意識のうちにそれを確かめようとしていたのではないか。

メリーの持つ危《あや》うさ？　思い詰《つ》めた様子？　過去のトラウマ？　違う、もっと根本的なところで何かが食い違っている気がする。自分たちすら気づいていない何かが。

（僕たちの目的は同じ。……同じ、はずだ）

結論づけて空を見上げる。メリーが去ると、星はさっきよりも輝《かがや》いて見えた。

第六章　グレーサークル

夜の闇《やみ》が最も濃《こ》くなるその時間に2D小隊は出撃《しゅつげき》する。

「これで作業完了《かんりょう》。……メリー、どうだ？」

『コネクタ問題なし。砲塔《ほうとう》、少し動かしてみるわ』

整備用端末《たんまつ》からダスティンが見上げた先、ガンローダーに設置された大型のガトリング砲が方向を探《さぐ》るように小さく旋回《せんかい》する。次《つ》いで、甲高《かんだか》い音と共に実弾の装填《そうてん》されていないガトリング機構が回転した。

振《ふ》り返ってサムアップしたダスティンにタキオンも頷《うなず》く。

「ありがとう、ダスティン。ここまで装備をピックアップできたのはきみのおかげだ」

ガンローダーの主兵装は二〇〇ミリロングバレルカノンから三〇ミリガトリングカノンに換《かん》装《そう》されていた。毎分五〇〇〇発という速度で強化徹甲弾《てっこうだん》を発射する対中型バグス用の装備。タキオンが引っ張ってきたあのガラクタからダスティンが使えるように修復したものだ。

さらには後部に大型のカーゴユニットを装着。そこへ大型の火器や大量の弾薬と一緒《いっしょ》に、重々しいコンテナが積み込まれていた。

軍用のフォークリフトで持ち上げなければならないほどの大荷物。コンテナの側面に即席《そくせき》で書かれた「G1」の文字を、厳しい視線でシドウが見つめている。

「……」

それは、先日シドウがガラクタの中から見つけた装備《もの》だった。あちこちが損傷していたが、ダスティンの手によって稼働《かどう》可能な状態にまで修復されている。

「本当に使えるのかい？　シドウ」

「昨日説明した通りだ。巡航《クルージング》モードまでは試運転《テスト》した。……使えるものは、使いたいだろ」

隣《となり》に立ったタキオンの方を見ずに答えるシドウ。いつの間にか、二人の間には「名前で呼ぶ時はクラスメイトとして」という不文律ができつつある。

だがタキオンの表情は険しい。

「シドウ、僕はきみを頼《たよ》りにしている。今回の作戦では、歩兵の中心にきみがいてくれることが大きな強みになるんだ。だからこそ、これを使うことには賛成できない」

積み込まれた「G1」は歩兵用に開発された強力な装備だ。しかしこの隊ではシドウくらいしか扱《あつか》うことのできる人間はおらず、そうなるとシドウ・アマギ軍曹《ぐんそう》という最先任下士官を装備ひとつの運用に割《さ》かなければならない。

タキオンとしては、ひとつきりの強力な装備よりもクラスメイト全体の士気を高く維持《いじ》できる優秀《ゆうしゅう》な最先任下士官を優先したかった。

未《いま》だにクラスで一人だけ白いPBUのタキオン。塗装《とそう》する時間すら無かったのだ。それほどに2D小隊は切迫《せっぱく》している。

「……これで、ダスティンが僕のリストをないがしろにしてG1を修理したとかだったら、叱《しか》れるんだけどさ」

「優秀な整備兵だろ」

その言葉には頷《うなず》くほかない。ダスティンはほとんど休まずに小隊の装備を整え、修復し、タキオンの要求以上の成果を出した。それがガトリングカノンであり、「G1」だ。

彼もまた「やれることはやる」を実践《じっせん》したのである。

コンテナがカーゴに飲み込まれ、ガンローダーは出撃準備を完了《かんりょう》する。

ただ、タキオンはシドウやダスティンの努力だけで自分を曲げるわけにもいかなかった。

「使えるものは使う。ただし、あれは奥の手だ。

昨日きみが僕に言ったことと同じだよ、シドウ。最先任下士官として、生きるか死ぬかの瀬《せ》戸《と》際《ぎわ》まであれを使おうとは思わないでくれ」

「わかった……肝《きも》に銘《めい》じておく」

シドウの表情や言葉には、タキオンの言葉への素直《すなお》な同意が見てとれた。考えは同じだ。

生きるか死ぬかの瀬戸際。できることなら、そんなところまで追い詰《つ》められずに済ませたい。

やれることをやるのと、全《すべ》てを悲観することとは全く別なのだから。

グレーサークルは宿営地から北東約二〇〇キロの場所にある放棄《ほうき》都市。元は火星の大地を開《かい》拓《たく》するための足掛《あしが》かりとするべく建設された開拓都市のひとつで、広さこそ五キロ四方程度だが多数のビルが建設され、一時は沢山《たくさん》の一般《いっぱん》市民が住んでいた。

タキオンたちは夜明け前の宿営地を発《た》ってから東北東へ進み、グレーサークルのほぼ真南までやってくる。二キロ先にある街は深い闇《やみ》の中に沈《しず》んだままぼんやりとしか見えない。

「よし、……後続隊はここで待機。カーゴからビークルを下ろしてくれ」

ガンローダーのカーゴから小型のバイクを何台か下ろすと、バギーと併《あわ》せて小隊の約半分がそれらに分乗する。その中にはタキオンとシドウも含《ふく》まれていた。

彼らはこれから先行して敵に攻撃《こうげき》を仕掛ける攻撃隊。後に残るのがガンローダーを軸《じく》とした後続隊。タキオンは小隊を二つに分ける作戦に出た。

「予定通り、後続隊の指揮はメリーに任せる。補佐としてGJ。いいね？」

『了解』

「わかったよ……」

冷静なメリーと、ドンヨリしつつも腹を括《くく》ったらしいGJ。

攻撃隊《こうげき》はタキオンとシドウが率いる。その面子《めんつ》も、アリカを始めとして特に戦闘《せんとう》技能に優《すぐ》れた歩兵たち。

タキオンの作戦は次のようなものだ。

グレーサークルはその名の通り円形をしていて、外郭《がいかく》には防護用の高い壁《かべ》。その壁に開いた東西南北のゲートから中心部に向けて幅広《はばびろ》の大通りが走っている。広大な平野部に建設されたため、地形の制約を受けることなく造られたデザイン都市なのだ。

全域がバグスの拠点《きょてん》だが、特に敵が集中しているのは街の北東側《がわ》。巨大《きょだい》なドーム施設《しせつ》がある一帯であることがわかっている。

そこで、攻撃隊はまず街の西側から突入《とつにゅう》。大通りを一気に中央まで進み、そこから長距離《きょり》の砲撃《ほうげき》で北東部の敵集団に先制攻撃をかけた後、今度は通りを南へ進む。

砲撃の終了《しゅうりょう》を合図に後続隊は南側から街へ侵入《しんにゅう》。中心部から移動してくる攻撃隊と合流し、追ってくる敵を迎《むか》え撃《う》つ。

最初の砲撃でどれだけの敵を減らせるか。そしていかにスムーズに合流することができるか。

それが勝負の、そしてタキオンたちの命運の分かれ目だ。

奇襲《きしゅう》を迅速《じんそく》かつ確実に成功させるため、機動力を重視して編成されたのが攻撃隊。そしてガンローダーという火力とカーゴに満載《まんさい》した火器で迫《せま》りくる敵を迎え撃つために後続隊がいる。

（メリー……）

攻撃隊が出発する直前、タキオンはメリーに一言かけるかどうか迷って、やめた。殊更《ことさら》に何か言うのは、やはり彼女に対する自分自身の信頼《しんらい》を疑うような気がしたのだ。

（大丈夫《だいじょうぶ》だ。メリーなら）

言い聞かせ、タキオンはシドウが運転するバギーの後ろに乗る。その横に、観測兵として攻撃隊に加えられたイルマがくっつくように乗り込んだ。

「タキオン君……メリー、大丈夫だよね？」

昨日から続くイルマの心配はまだ弛《ゆる》まない。親友として当たり前のことだとタキオンは思った。だから、「ああ」と小さく笑顔《えがお》を作り。

「大丈夫だよ。メリーなら、大丈夫」

声に出すと、自分にも染《し》み込むような気がする。小さな違和《いわ》感など些事《さじ》、気のせいだと。

「……うん」

それでもまだ少し不安そうなイルマが頷《うなず》くのと同時に、シドウがバギーのエンジンをスタートさせた。

メガネを外した彼女の見上げる先。ガンローダーは、闇《やみ》の中で静かに蹲《うずくま》っている。

そこはまさに、死んだ街そのものだった。

ハーシェルⅢ《スリー》にも廃墟《はいきょ》はある。どんな区画でも人の住まなくなった建物のひとつやふたつはあって、それは見慣れた光景の一部分にすぎない。

だがそこは、彼らの目の前に広がるその光景は、既《すで》に死んでいた。

ひび割れた道路、傾《かたむ》いたビル、ガラスは残らず割れていて、どこを見回しても色褪《あ》せている。

人の営みが消え、バグスによって蹂躙《じゅうりん》された街。文字通りのゴーストタウンを前に何人かの生徒は息を呑《の》んだ。

「……行こう。太陽が昇《のぼ》るとバグスも動き出す」

タキオンに促《うなが》され、攻撃《こうげき》隊は西側《がわ》のゲートから都市二七号へと突入《とつにゅう》した。目の前には遥《はる》か先まで続く八車線の大通り。左右に大型のビルが立ち並ぶそこは、人の手によって作り出された渓谷《けいこく》のようでもある。

「このまま通りを中央広場まで突《つ》っ走る。敵に発見されることはある程度織り込んで、主力が動き出すより先に攻撃を仕《し》掛けるんだ。行くぞ！」

「了解《りょうかい》！」

タキオンの命令に頷《うなず》くと、ここまで速度と騒音《そうおん》を落として走行してきたバギーとビークルが一斉《いっせい》にスロットルを開放した。

中央広場までの約三キロ、無人の大通りを駆《か》け抜《ぬ》けていく。途中《とちゅう》、ひび割れた路面を飛び跳《は》ねるように乗り越《こ》えるとサスペンションが悲鳴を上げた。ついでに、イルマも。

「おぉおおぉぉおっ……も、もちょっとソフトにお願いできませんでしょうか軍曹《ぐんそう》ドノっ！」

「黙《だま》ってろ！　舌噛《か》むぞ！」

シドウはにべもないが、タキオンは真っ青な顔をしながらも軽口を忘れないこの小柄《こがら》な女子生徒を頼《たの》もしく感じた。

そんな中、車列の先頭を走っていたビークルが転倒《てんとう》する。

「ヘルマン！　一回試《ため》してダメなら捨てろ！」

追い抜きざまに叫《さけ》ぶシドウはバギーの速度を落とさない。徹底《てってい》してコストと重量を削《けず》ったビークルが簡単に故障する使い捨てバイクであることをよく知っているからだ。

案の定、起こされたビークルはもうエンジンがかからなかった。ヘルマンはひとつ舌打ちするとすぐに仲間を追って走り、最後尾のビークルに便乗する。

ここで立ち止まっている暇《ひま》はない。既にビルとビルの隙間《すきま》からギチギチと耳障《みみざわ》りな音が聞こえている。小型のバグスが彼らに気づいて動き始めたのだ。

「あと少し……見えた！」

大通りの先に開けた中央広場が見えてくる。かつては街の中心としてタワー型のモニュメントが建てられていたのだが、今は瓦礫《がれき》の山だけだ。

叩《たた》き折られたモニュメントの残骸《ざんがい》に擦《こす》りつけるように停車したバギーから飛び降りると、タキオンは素早《すばや》く周囲の地形を確認《かくにん》する。

瓦礫だらけの広場を見渡《わた》すこと僅《わず》か三秒。地上にいながら俯瞰《ふかん》に近い感覚で中央広場の全体像を把握《はあく》した彼は、端末《たんまつ》に表示された地図にポイントを打ち込んでシドウに示す。シドウがその位置を覚えるまでには一秒とかからない。

「ドローン打ち上げ！　軍曹《ぐんそう》、このポイントに迫撃砲《はくげきほう》を設置させろ！」

「了解《りようかい》！　各自、迫撃砲設置！　ヘルマン、途中《とちゆう》で落としてないだろうな！」

シドウの号令で、歩兵たちは分解して持ってきた迫撃砲の設置にかかる。総重量が一五〇キロを超《こ》える迫撃砲三門をそれぞれ三つに分解し、九人が分担して運んできた。

携行《けいこう》式迫撃砲は砲兵ではなく歩兵の装備。その扱《あつか》いはシドウから叩き込まれているし、実戦で使うのも初めてではないから組み上げは速い。

一方、イルマは観測用のドローンを打ち上げ、素早く作業に入った。

大気中に環境《かんきよう》改造用の特殊粒子《とくしゆりゆうし》が滞留《たいりゆう》する火星では衛星に頼《たよ》る電子機器が使えない。そしてバグスの密集地ではレーダーもその効果を大きく削《けず》られてしまう。そんな中で最も頼りになるドローンのリアルタイムデータを、イルマは真剣《しんけん》な面持《おもも》ちで計測する。

「できた……計測完了！」

「迫撃砲、全門設置完了！」

準備の完了は同時。イルマから送られるデータを基に、タキオンは素早く敵陣《てきじん》へ打撃を与《あた》えるために必要な計算を行う。すなわち、迫撃砲の最終調整だ。

「一番、方位マイナス一四、仰角《ぎょうかく》プラス二！　二番、方位――」

彼が指示する数値でクラスメイトたちが微《び》調整を行い、最後に一二〇ミリ砲弾《ほうだん》を手にした生徒が砲口に半分ほど差し込んだところで止めてタキオンの方を見る。

これで、準備は整った。

「発射準備よし！」

シドウの声に頷《うなず》き、タキオンは一度小さく息を吸った。

自分に向けられる視線、どれも鋭《するど》く、熱い。生への渇望《かつぼう》、諦《あきら》めることなく前へ進む意志。

彼らをここまで連れて来てしまったのは自分だ。それでも、２Ｄの生徒たちは信じてくれた。

ならばタキオンは彼らに約束した通り、持てる全力を尽《つ》くすのみ。

生き残る、なんとしても。もう一度その思いを固め、タキオンは叫《さけ》んだ。

「全門発射……てぇっ！」

戦いの幕開け、それを告げる砲撃音が高らかに響《ひび》き渡《わた》った。

ようやく白《しら》み始めた空へと放たれた砲弾は大きな放物線を描《えが》いて飛んでいく。

目標とされた地点は約一五〇〇メートル先のドーム型施設《しせつ》。既《すで》に屋根は破壊《はかい》され、空からの攻撃《こうげき》を遮《さえぎ》るものは何も無い。

数秒の時間。そしてゆるやかに落下していた砲弾《ほうだん》が、ちょうどドームの屋根があったであろうという辺りで破裂《はれつ》した。

パァンッ！　……バババババババババッッッッ！

空中で破裂した砲弾は無数の子弾を撒《ま》き散らす。その小さなひとつひとつが、地面に届くと同時にオレンジ色の炎《ほのお》を撒き散らしながら爆発《ばくはつ》した。

対地攻撃用収束砲弾。一発の砲弾による「点」の攻撃ではなく、砲弾ひとつにつき数百発の子弾による「面」の攻撃を行うためのそれらは、三発でドーム施設の全域を火の海へと変えた。

「よし、いける。……全門、そのまま連射開始！」

迫撃砲《はくげきほう》は発射した直後に次の砲弾を撃《う》つことが可能で、その速射性の高さは下手な大砲よりも時間あたりの打撃力が高くなるほどだ。地球で生まれて数世紀、歩兵装備として最高火力の座を守っている要因もそこにある。

最初の砲撃で自分がつけた狙《ねら》いの正しさを確かめたタキオンの号令で一二〇ミリ砲弾が次々と砲口へ投じられ、発射される。立て続けに空へ描《えが》かれる放物線。三つの迫撃砲から放たれた二〇発余りの収束砲弾により、ドーム施設の中は紅蓮《ぐれん》の坩堝《るつぼ》と化した。

「……砲撃終わり！」

タキオンは手元で時間を計り、連射開始からきっちり三〇秒で砲撃をやめさせた。それはちょうど、持ち込んだ砲弾を全《すべ》て撃ち尽《つ》くしたのと同時。少しの無駄《むだ》もない砲撃はタキオンが来る以前から2Dの生徒たちを鍛《きた》え上げたシドウと前委員長の成果だ。

「よし、合流地点へ移動する！」

敵にどれだけのダメージを与《あた》えたか、ここから確認《かくにん》することはできない。それより一刻も早くこの場から離《はな》れなければならなかった。

火蓋《ひぶた》は切られたのだ。北東に密集していた主力の他《ほか》にも、街の中に散らばるバグスたちが動き出している。奴《やつ》らに包囲されるより早くメリーたち後続隊と合流しなければ。砲撃に割《さ》いた三〇秒とは、タキオンが設定したギリギリのリミットなのだ。

「手筈《てはず》通り、迫撃砲はこの場に破棄《はき》！　軍曹《ぐんそう》、ビークルはどうか？」

「全車の破棄を進言いたします、隊長。車体がもちません」

手元のデータでは、南側《がわ》の大通りは西側よりも損壊《そんかい》が激しい。ビークルで乗り込めば事故や負傷の原因になりかねない。

「わかった。ビークルも全て破棄する。移動開始だ」

タキオンの指示で、二台のバギーと歩兵たちは南へ向かって進み始めた。

まだひとつ目の関門をクリアしたにすぎず、その成果すら確認《かくにん》する術《すべ》はない。

空と同じ、まだ薄《うす》ぼんやりとした光を探《さぐ》るように……その先は見えない。

『見えた、あれ！』

マイクが拾ったクラスメイトの声に、メリーはモニタを凝視《ぎょうし》した。

遠く、北の方角で地面から立ち上る明るい光。間違《まちが》いない、タキオンたちの迫撃砲《はくげきほう》だ。

「ッ……！」

狭《せま》いコクピットで思わず身体《からだ》を起こし、食い入るようにその光景を見つめる。遠くから遠雷《えんらい》のように響《ひび》く爆音《ばくおん》。だがそこは、彼女の手が届かない彼方《かなた》。

その距離《きょり》の先に彼が、彼らがいる。敵の真《ま》っ只中《ただなか》に、自分が助けに行けない場所に……。

「タキオン……」

呟《つぶや》いたメリーの脳裏に、再び暗く冷たい光景がフラッシュバックした。ジワリと汗《あせ》が滲《にじ》み出し、瞳《ひとみ》が揺《ゆ》れる。

「……」

黙《だま》って操縦桿《そうじゅうかん》を握《にぎ》り締《し》めると、唸《うな》りを上げてガンローダーがその巨体《きょたい》を持ち上げた。

それに慌《あわ》てたのはGJだ。

『ちょ、ちょっとメリー。動くのは砲撃が終わった後でしょ！』

確かにその通りだ。本来の手筈《てはず》では、三〇秒間の砲撃が終わるのを確認《かくにん》してから後続隊は動き出すことになっている。

……だが、メリーはそれに反論した。

「行動の目安として、時間的には大差ないわ。なら、少しでも早い方がいい」

声音《こわね》はいつものように冷静。その表情も、あくまでクールなまま。

●

メリーの言葉に他《ほか》のクラスメイトの中からも賛同する意見が出る。しかしガンローダーを見上げるGJは冷静なまま、前髪《まえがみ》に隠《かく》れた眉《まゆ》を寄せた。

「それは……矛盾《むじゅん》しているよ」

時間的に「大差ない」と言いながら、今動いた方が「少しでも早い」と言う。論理が破綻《はたん》している。

（メリーが焦《あせ》ってる……？）

無理も無い、と考えるのが自然だろう。しかしGJは、それだけではないものを感じ取っていた。彼特有の嗅覚《きゅうかく》。相手が理解不能な脳筋《アリカみたいなの》でなければ、それは鋭《するど》く働く。

立て続けに始まる迫撃砲攻撃《こうげき》。ドロドロと低い爆音が地面を伝うように聞こえてくる。どうやら、砲撃《ほうげき》そのものは予定通りに行われているようだ。

「始まったか……」

ひとまずその場に踏《ふ》み留《とど》まったガンローダー。ここから見えないコクピットの中で、メリーに何が起こっているというのか。

（マズい、気がする）

不吉な予感がした。タキオンの彼女に対する信頼《しんらい》は、何か重要なものを見落としているのではないか。直感にすぎないが、ＧＪのそれは鋭敏《えいびん》だ。

『ここからは時間との勝負よ。できるだけのことをした方がいいと思うの』

「作戦中にそんなことを言い出したら軍隊はまともに機能しなくなるよ。わかってるはずだろ」

放《ほう》っておけば本当に飛び出しかねないメリーをＧＪはなんとか制止する。

冷静な声音《こわね》の裏に潜《ひそ》む、何か思い詰《つ》めたような響《ひび》き。

（タキオン……彼女は危《あや》ういよ）

もしかすると、こういう事態を見越《こ》してブレーキになれるＧＪを「保険」として残したのかもしれない。だとしたらさすがの慧眼《けいがん》だと言わざるを得ないが、生き残ったら一発くらい殴《なぐ》らせてもらわないと割が合わないと思った。

（いや、むしろタキオンは……）

その危うさを感じ取ってなお、彼女を信じようとしているのかもしれない。それは打算ではなく、彼の純粋《じゅんすい》さだ。

（タキオンの境遇《きょうぐう》からすれば、一人くらい盲目的《もうもく》に信じてみたくもなる、か）

なら自分はどうするか。早々に「タキオンの仲間」になってしまった自分にできることは。

「待つんだメリー。砲撃が終わってからの移動は、敵の注意を攻撃隊《こうげき》に引きつけるという意味でも重要だ。無駄《むだ》じゃない」

猫背《ねこぜ》を半分ほど伸《の》ばし、コクピットを見上げてできるだけはっきりと告げる。GJの言葉にメリーの返事はない。

そして三〇秒という時間が経《た》つ。砲撃がやみ、尾を引く爆音《ばくおん》が空の向こうへ遠ざかると、生徒たちの中に「いよいよ」というざわめきが起き始めた。

（ほら、こんなちょっとした時間じゃないか）

内心では相変わらずボソボソと呟《つぶや》きつつ、GJはアサルトライフルを担《かつ》いだ。

「……よし、予定通りだ。行こう」

『後続隊、移動を開始するわ』

少しも声のトーンを変えないまま、ガンローダーを前進させるメリー。彼女を中心に進み始める生徒たちの中、GJはもう一度チラリとガンローダーを見上げる。

（なんとかなった。でも、ここから先は……）

●

夜明けも間近の宿営地。その一角で奇妙《きみよう》な鉢合《はちあ》わせが起こっていた。

「……ん？」

「あら……」

ディーター・ビアホフ中尉《ちゆうい》は、彼女の顔を見た途端《とたん》に不機嫌《ふきげん》そうに眉《まゆ》を寄せた。

アリシア・ベイル大尉も、彼の顔を見た途端に不機嫌そうに目を据《す》わらせた。

「これはこれはベイル大尉、随分《ずいぶん》とお早い御目《お》覚めで。昨夜は独《ひと》り寝《ね》ですか？　それとも、まさか一晩中お楽しみだったとか？」

口火《くちび》を切ったのはディーター。軽薄《けいはく》に嘲笑《あざわら》いながら慇懃《いんぎん》な口調で暴言を吐《は》く。一方のアリシアも、顎《あご》を反《そ》らすようにしてディーターを見下ろしながら。

「ああ、どこかから声がすると思ったら、そんなところにいたのねビアホフ中尉。小さくて見えなかったわ」

赤毛の眉がピクリと跳《は》ね上がった。

戦車兵はその性質上、身体《からだ》の大きすぎる者は選ばれない。だからといって戦車兵全《すべ》てが小柄《こがら》な者ばかりというわけではないのだが、平均値で見れば身長は総じて低めであり、それが他《ほか》の兵科に対するコンプレックスのひとつとまで言われる。

ディーターもその例に漏《も》れない。本人からすれば全く遺憾《いかん》なことではあるが、一般《いっぱん》的な成人男性の平均からするとその身長は低い。一方、女性としては長身なアリシアは彼より頭半分も背が高いのだ。

そしてディーターは「自分より背の高い女がこの世のなにより嫌《きら》いだ」と公言する男だった。

「大尉は相変わらずご冗談《じょうだん》がお好きなようで。小さくて見えなかった？　まさか、いつもいつも年下ばかり探している男児趣味《ショタコン》の大尉が、自分より背の低い男を見落とすはずはないでしょう」

ディーターの痛烈《つうれつ》な皮肉にアリシアの頬《ほお》が引きつった。ショタコンはさすがに言いすぎだが、年下好みは本当のことだ。

バギーを駆使《くし》する機動歩兵と戦車兵の相性は良くない。機動歩兵は戦車を「鈍亀《どんがめ》」と罵《ののし》り、戦車兵はバギーを「独楽鼠《こまねずみ》」と馬鹿《ばか》にする。

その言葉の元になった生き物を見たことがない彼らがそんな蔑称《べっしょう》を用いるのは、地球から来た移民の時代より延々受け継《つ》がれているからだ。これだけで、二つの兵科の因縁《いんねん》がいかに根深いものかが察せられる。いがみ合う歴史は既《すで》に一世紀だ。

そして互《たが》いに精鋭《せいえい》であればこそ彼ら二人は顔を合わせる機会が多く、その不仲は同僚《どうりょう》の間でも有名だった。

「相変わらず口の減らない男ね……何しに来たのよ」

突《つ》き刺《さ》すような口調は暗に「階級無視上等」を示している。ディーターも慣れたもので、彼女から目を逸《そ》らしつつ「フン」と鼻を鳴らす。

「別に……哨戒《しょうかい》に志願しに来たんだよ」

こんな夜明け前から哨戒任務。その言葉にアリシアは閃《ひらめ》くものがあった。なにしろ、彼女もまた哨戒任務に志願するつもりだったのだから。

（……なるほど、考えてることは同じか）

気に食わない赤毛男に憎《にく》めないいものを感じつつ、しかし彼女はあえてそれを表には出さない。相手とは犬猿《けんえん》の仲。メンツは歩兵が命と仲間の次に大事にするものだ。

「ハァ？　あんた戦車乗りじゃない。戦車で哨戒するつもり？」

「足回りを丸ごと取り替《か》えたもんで、慣らし運転に丁度いいんだよ」

「バカじゃないの？　それとも寝《ね》ぼけてんの？」

「万年色ボケのあんたに言われたくないな」

「なんですって？」

「なんだよ」

次第《しだい》に声が大きくなる二人。それに比例して内容は幼稚《ようち》になっていく言い合いを、横から重みのある声が遮《さえぎ》った。

「貴様ら、なにをやっている」

顔を突《つ》き合わせて睨《にら》み合っていた二人が反射的に背すじを伸《の》ばして「気をつけ」する。

起き抜けの早朝だろうと働き詰《づ》めの真夜中だろうとおそらく変わらないのではないかと思われる厳粛《げんしゅく》な表情。古参の兵士たちからは親愛と畏敬《いけい》を込めて「オヤジ」とか「オジキ」の愛《あい》称《しょう》で呼ばれる前線指揮官。

ローランド・ルーカス中佐は、自分のテントの前で朝っぱらから騒《さわ》ぐ若い将校二人に「答えろ、なにをやっている」と繰《く》り返した。その顔も声もいつもと全く変わらないのだ。不機嫌《ふきげん》や怒《いか》りといった感情すら容易には覗《のぞ》かせない。それがまた、怖《こわ》い。

「はっ、哨戒任務に志願したく参りました」

上位階級者であるアリシアが先に答える。次《つ》いで中佐から視線を向けられたディーターも同じであることを告げると、前線指揮官は「ふぅ」と短く息を吐《は》いて。

「却下《きゃっか》だ。私は忙《いそが》しい、帰れ」

けんもほろろに斬《き》り捨ててテントへと戻《もど》っていく。彼の姿が完全に見えなくなってから、アリシアがジロリとディーターを睨んだ。

「ちょっと、なんで黙《だま》ってんのよ。食い下がりなさいよ」

「バカ言え。中佐に却下喰《く》らって食い下がるくらいなら拳銃《けんじゅう》一丁でクロアリの群れに突っ込む方がまだマシだ」

二人はお互《たが》いに横目で睨《にら》み合った。彼らは軍上層部など恐《おそ》れないが、前線で戦う猛者《もさ》をなにより畏《おそ》れる。中佐にはそれほどの軍歴と実力、そして兵からの信頼《しんらい》があるのだ。

しかし、ディーターはここであることに気づいた。

「なあ、中佐は『忙《いそが》しい』って言ってたよな？

……待機命令が出てるこんな朝早くから、なにが忙しいんだと思う？」

聞くまでもなく答えはわかっている。それはアリシアも理解しているから「そうね……」と口元に小さく笑《え》みを浮かべた。

「大方、哨戒《しょうかい》に出る支度《したく》でもしてんじゃないの？　……さて、あたしも戻《もど》るわ」

「ああ、じゃあな」

そのまま踵《きびす》を返し、二人は真反対の方向へ急ぐ。さっきまで苦い顔だったのが嘘《うそ》のように、楽しげな笑みすら浮かべて。

——急いで部下を叩《たた》き起こさなければ。

——急いで戦車のエンジンを温めなければ。

彼らの頭によぎるのは小柄《こがら》な女子生徒やプロ一歩手前の整備兵。

昨日会ったばかりで、それほど多くの言葉を交《か》わしたわけでもない。

しかし顔見知りになってしまったのだ。自分たちよりもずっと若い彼らと。

自分たちが知る沢山《たくさん》の世界、沢山の喜び、沢山の時間をまだ知らないまま死地へ送られた子供たちを知ってしまったのだ。

それを見過ごせるかどうかは、兵士の理屈《りくつ》ではない。

夜明けの宿営地で、大人たちが動き出そうとしている。

●

南側《がわ》大通りの損壊《そんかい》は予想以上だった。

所々で地面が大きく陥没《かんぼつ》していて、タキオンたちは移動に予想以上の時間を奪《うば》われる。

「タキオン君、広場のドローンがやられた！」

「了解《りょうかい》だ。……タイミングは予想通りか」

敵主力が動いたにしては速すぎる。西側から街に入り込んだタキオンたちに気づいて動き出したバグスだ。

「じきに追いつかれる……。軍曹《ぐんそう》、合流地点までの時間は？」

「……その前に敵です、隊長」

シドウの返事に緊張《きんちょう》が走る。ほどなく、通りの右側に立つ背の低いビルの屋上から数匹《ひき》のクロアリが姿を現した。そのまま道路へと飛び降り、進路を塞《ふさ》ごうとする。

「出たな蟲《むし》ども、邪魔《じゃま》すんじゃねえっ！」

叫《さけ》んで飛び出したのはアリカだった。姿勢を低くして地面を滑《すべ》るように突撃《とつげき》し、相手が反応するより早くアサルトライフルで頭を吹《ふ》き飛ばす。そのまま横へ回り込み、さらに連射してクロアリを一掃《いっそう》してしまった。

「上出来だ、アリカ。……隊長、合流まで予定より五分遅《おく》れます」

「……わかった」

速度を落としながらもバギーを停車させないままクロアリの死骸《しがい》を踏《ふ》み越《こ》えるシドウ。タキオンはバイザーの下で得意気な顔をしているであろう彼女に「さすがだね」と声をかけた。

ツリ目の少女はわざわざバイザーを押し上げてニヤリと笑い。

「ったりめーだ。誰《だれ》に鍛《きた》えられたと思ってんだよ」

「……上官に対する口の利《き》き方《かた》は教え損《そこ》なったがな」

溜息《ためいき》と共に呟《つぶや》くシドウの顔も満更《まんざら》ではなさそうだ。

アリカ・サイオンジという兵士は機動戦闘《せんとう》——移動しながらの臨機応変な交戦においてその真価を発揮する。敵を察知した次の瞬間《しゅんかん》には動き出してその死角へ回り込み、仕留めるのだ。彼女の本領を生かすためにも、タキオンは小隊の再編を急がねばならなかった。

(それもこれも、生き残ってからだ……)

生き残るための努力、実力を発揮できないまま死なせたくない。そう願うタキオンの背後から「敵襲《てきしゅう》!」の声。

「ちっ、もう追いついてきやがったのか！」

バイザーを下げるアリカ。バギーの上から振り返ったタキオンは背後から迫《せま》るクロアリの群れを見た。まだ小さな集団だが、その後ろにはもっと多くの敵が続いているはず。

「振り切れるか？　軍曹《ぐんそう》」

「はい、隊長。いいえ、これ以上は速度を上げられません」

タキオンは素早《すばや》く端末《たんまつ》の地図に視線を走らせた。ここから南下した先には大通りと交差する高架橋《こうかきょう》があり、そこが合流地点となっている。合流した後で高架橋を爆破《ばくは》し、瓦礫《がれき》を遮蔽物《しゃへいぶつ》として追撃のバグスを迎《むか》え撃《う》つ算段だ。

だが、タキオンたち攻撃《こうげき》隊の行軍は予定より五分遅《おく》れ。今頃《いまごろ》後続隊は合流地点で待機しているはずだが、このままでは攻撃隊がバグスに追いつかれる。

「仕方ないか。軍曹、グレネードで敵の頭を——」

と、言いかけたタキオンの言葉は頭上を通り抜《ぬ》ける砲弾の音に掻《か》き消された。正面から飛んで来たそれは攻撃隊を飛び越すと、バグスの群れに突《つ》っ込んで爆発する。

「今のは……っ！」

後ろを振り返り、再び前を見たタキオンは思わず目を見張る。大通りの先、砂埃《すなぼこり》の向こうから現れたガンローダーがマルチランチャーから次の砲弾《ほうだん》を発射した。

ゴッ……ゴウンッ！

タキオンが使用を命じようとしていた歩兵用グレネードの何倍もの爆発《ばくはつ》を巻き起こす榴弾《りゅうだん》で、追撃《ついげき》してきたバグスの群れは消し飛ばされる。

「ナイスタイミングだぜ、メリー！」

アリカたち歩兵は声を上げて重厚な援護《えんご》射撃を歓迎《かんげい》する。だが、タキオンとシドウ、そしてイルマの表情はお世辞にも明るいものとは言えなかった。

「ね、ねえメリー。合流地点ってもっと向こうだよね？　どうしたの？　なにかあったの？」

素早《すばや》くガンローダーに通信を繋《つな》いだイルマの問いに、返ってきたのはいつも通り……。

『予定の時間になっても到着《とうちゃく》しなかったから、何かトラブルが起きたと思って助けに来たの』

冷静だ。いつものメリーと同じ。……声だけは。

すると、別の声が通信に割り込む。

『ごめん、タキオン……僕らはガンローダーの後ろにいる』

GJの言う「ごめん」の意味をタキオンはすぐに察した。

きっとGJはタキオンたちを助けに行こうとしたメリーを制止したのだ。だが、止められなかった。それは単にガンローダーの巨体《きょたい》が進むのを止める術《すべ》がなかったというだけでなく、メリーや他《ほか》のクラスメイトたちを押し留《とど》めておけなかったのである。

仲間を助けるために。確かにガンローダーのおかげでタキオンたちは助けられたし、予定とは違《ちが》う形で無事に合流できた。だが、この「予定とは違う形」が問題だ。

作戦とは、余裕《よゆう》のない状態であればあるほど綿密に組み立てられねばならず、綿密な作戦であればあるほど僅《わず》かな狂《くる》いが重大な問題を生み出しかねない。

「気にしないでいいよ、GJ。……途《と》中《ちゅう》、交戦は？」

『してないわ。ここまで問題なし』

タキオンの問いに答えたのはGJではなくメリーだった。あくまで淡々《たんたん》と事実のみを述べる彼女の声。タキオンはそこに昨夜感じたあの小さな違和《いわ》感と、そして僅かな苛立《いらだ》ちを覚えた。

「メリー、問題ならある。……どうしてガンローダーをここまで進めたんだ」

タキオンの強い口調に、メリーはしばらく沈黙《ちんもく》してから。

『さっき言った通り。何かトラブルが起きたのではないかと思ったからよ』

「それは……」

言いかけて、タキオンはシドウの視線に気づいた。今は追及《ついきゅう》している時ではない。最先任下士官が無言で示す意見に、軽く頷《うなず》く。

「ここは遮蔽《しゃへい》物が少ない。合流地点まで移動する。ガンローダーはそのまま後退！」

号令一下《いっか》、2D小隊の生徒たちは後ろ向きに進むガンローダーを中心に大通りを南下していく。だが合流地点にしていた高架橋《こうかきょう》が見えてきたその時、メリーが声を上げた。

『レーダーに反応！　六時方向、中型が接近！』

この場合、六時とは小隊が向かう南の反対側《がわ》、つまりタキオンたちが進んできた北方向だ。

「中型！　グレネードで牽制《けんせい》しつつ、急いで高架下《こうか》に――」

　タキオンの声はまたも同じ人間によって遮《さえぎ》られる。すなわち、ガンローダーに乗ったメリーによって。

　接敵を察知したメリーは、迷わずガンローダーを前進……つまり、小隊の背後へ向けて押し出した。四本の脚《あし》でクラスメイトたちを避《さ》けながら、盾《たて》になるように進み出る。

　血相を変えたのはタキオンだ。

「メリー、なにをやってる！　ガンローダーは早く高架を潜《くぐ》るんだ！」

『移動速度から見て、相手は長距離砲《ちょうきょりほう》を持ってないわ。先手を打っ！』

　ガガガガッ！　ガガガガガガガガガッツッツ！

　重心を下げたガンローダー。三〇ミリガトリングカノンが唸《うな》りを上げて弾丸《だんがん》を発射した。砂埃《すなぼこり》を吹《ふ》き散らしながら放たれたそれらはちょうど姿を現した中型のバグスに命中、粉砕《ふんさい》する。

「メリー！　命令に従え！　早く後退するんだ！」

『まだ、まだ向かって来てる！』

　次第《しだい》にメリーの声から冷静さが失われつつあった。ガンローダーの足下《あしもと》で叫《さけ》ぶタキオンの上へ雨のように降り注ぐ薬莢《やっきょう》。

　三〇ミリ強化徹甲弾《てっこうだん》により、大通りを追って来る中型バグスは次々に撃《う》ち倒《たお》されている。しかしその脇《わき》をすり抜《ぬ》けるように、今度は多数のクロアリが2D小隊へと迫《せま》った。

『……くっ』

メリーは歩兵支援《しえん》用の機関砲を掃射《そうしゃ》してそれらを蹴《け》散らす。だが、二門しかない機関砲では大通りを埋《うず》めるほどのクロアリをとても捌《さば》ききれない。

そして、それが冷静だった彼女の隙《すき》となる。

「ギ、ギギギギ……ギッ」

メリーが足下に気を取られ、ガトリングカノンの射線が僅《わず》かに鈍《にぶ》った。そこへ、あと一足というところまで踏み込んでいた中型バグス――近距離戦を得意とする「カマキリ」と呼ばれるタイプだ――が一気に跳躍《ちょうやく》して襲《おそ》い掛《か》かったのだ。

『っ！』

メリーは咄嗟《とっさ》にガトリングカノンで迎《むか》え撃つ。だが強化徹甲弾に脚を撃ち砕《くだ》かれながらも、カマキリは最大の特徴《とくちょう》である巨大《きょだい》な両腕《うで》をガンローダー目掛けて振《ふ》り下ろした。

『きゃあああっ！』

悲鳴と共に大きく揺《ゆ》らぐガンローダー。同時に、イルマがメリーを呼ぶ叫び声も聞こえた。

「メリーーッッ！」

「ガンローダーを援護《えんご》しろ！　中型はグレネードで牽制！　近づけさせるな！」

シドウの怒号《どごう》が飛ぶ。バランスを崩《くず》して片膝《かたひざ》をついたガンローダーの周囲に素早《すばや》く展開するアリカたち突撃《とつげき》歩兵。ガンローダーとの相討《あいう》ちで文字通り虫の息となったカマキリにトドメを刺《さ》すと、近寄ってくるクロアリの群れへ一斉射撃《いっせいしゃげき》を開始する。

一方、立ち尽《つ》くすタキオンの横でイルマが懸命《けんめい》にメリーを呼んでいた。

「メリー！　メリー！　返事して！　メリー！」

愕然《がくぜん》とするタキオンの耳にもそれは聞こえている。聞こえているが、それがなにを意味する言葉なのかも判断できない。

(僕は、何を……)

一番の理解者だと思っていた。クラスで、否《いな》、この火星《ほし》で。

ひとつの目的を共有し、考え方を理解して、共に戦っているのだと思っていた。

(僕は、何を見ていたんだ……彼女の、メリーの、何を……)

そんな、誰《だれ》よりも自分に近いはずのメリーがタキオンの言葉に耳も貸さなかった。

それが自分たちの目的を達するためならばそれでもいい。だが違《ちが》うのだ。決定的に違う。その事実をタキオンは今この時になって気づいた。

メリーと自分の、同じだと思っていた目的の、決定的で致命的《ちめい》な違いを。

今まで気づかなかった、気づけなかった……どちらでもいい。原因は同じ。タキオンは知らず知らずのうちにメリーを自分の拠《よ》り所《どころ》にしていたのだ。互《たが》いに理解し合っていると信じ込んで。そうすることで、自分が感じていた孤独《こどく》や不安を抑《おさ》え込んでいた。

故郷から遠く離《はな》れた火星。死ぬために送り込まれたこの星で感じる、深くて暗い孤独《こどく》と不安。

あるいは恐怖《きょうふ》。それを、メリーという理解者の存在でねじ伏《ふ》せようとしていた。

地球数えで一六歳の少年が無意識のうちに行ったその自己防衛を誰が責められるだろう。おそらく誰も責めることはできない。……唯一《ゆいいつ》、彼女を除いて。

「タキオン君のバカァ！　ちゃんと見てなきゃダメじゃん！」

応答しない親友に混乱し、涙声《なみだごえ》のイルマ。彼女に怒鳴《どな》られ、ようやくタキオンは我に返った。

「ああ、そうだ……ちゃんと見てなかったよ、ごめん」

イルマから「見てて」って言われたんだった。あれはイルマが自分を信頼《しんらい》してくれたからこそだったのに、安請《やすう》け合《あ》いしてこのザマだ。

思わず自嘲《じちょう》する。しかし、いつまでもそんな時間を続けているわけにはいかない。

「一〇秒です。……隊長がお戻りになるまで」

シドウはそれだけ言って、タキオンの横でクラスメイトたちに指示を飛ばす。一〇秒。タキオンが愕然として何も聞こえなくなっていた時間。貴重すぎる時間を浪費《ろうひ》してしまった。

「ありがとう、軍曹《ぐんそう》。ガンローダーの損傷をダスティンに確認《かくにん》させ――」

「勝手ながら独断にて指示いたしました」

「そうか、では予定を変更《へんこう》してここにバリケードを――」

「それも、勝手ながら独断にて指示いたしました」

「……そうか、ならカーゴを切り離して弾薬《だんやく》の補充《ほじゅう》を――」

「それも、勝手ながら独断にて指示いたしました」

タキオンの片腕《かたうで》は本当に優秀《ゆうしゅう》だ。

そして、本当は言いたいことも沢山《たくさん》あるだろう最先任下士官は、それら全《すべ》てを「生き残った後」に投げておいて、今最も必要なことだけを口にする。

「アシュクロフト伍長《ごちょう》のバイタルサインは健在ですが、応答がありません。誰《だれ》を確認《かくにん》に向かわせるか……これは、自分には判断いたしかねます」

「そうか……」

タキオンはチラリと彼を見上げた。同じようにこちらを見下ろした軍曹《ぐんそう》の目が語る。「お前以外に誰が行くんだよ」と。

シドウを味方にできて本当によかった。タキオンは心から彼の存在に感謝して、しかしそれを全く顔に出すことなく言い放つ。

「わかった、僕が行こう。軍曹、しばらく指揮を任せる。カーゴからオートカノンを出して弾幕《だんまく》を強化。敵に邪魔《じゃま》をさせるな」

「了解《りょうかい》。……お邪魔虫は寄せつけません。ごゆっくりどうぞ」

彼にしては洒落《しゃれ》の利《き》いた冗談《じょうだん》に小さく笑って、タキオンはガンローダーの足下《あしもと》へ。シドウは僅《わず》かに弛《ゆる》めていた頬《ほお》を再び強く引き締《し》めた。

「GJ、カーゴからオートカノンを出せ！　ダスティン、ガンローダーの損傷状況《じょうきょう》はどうだ？」

「足回りは問題ないが、ガトリングの基部をやられてる。このままじゃ旋回《せんかい》できない！」

応急修理でどうにかなるダメージでもなさそうだ。旋回できなくなったガトリングカノンではガンローダーに載《の》せていても使い物にならない。

（だったら……）

シドウの視線がカーゴへ向けられる。その奥に搭載《とうさい》されたコンテナ、さらにその中身へ。

（奥の手……か）

●

ピタピタと、何かが頬に触《ふ》れる。遠くから誰かが自分のことを呼んでいる気がする。その声は耳に入ってからあちこちに反響《はんきょう》しているようで、なかなか頭の中にまで届いてこない。

目蓋《まぶた》の向こうに感じる薄《うす》ぼんやりとした光。まどろみに似た感覚から意識が抜《ぬ》け出すと、メリーはハッと目を覚ます。

「ッ！　私……」

「おはよう」

開いた目蓋の向こう、すぐ目の前にタキオンがいて、メリーは再び声を詰《つ》まらせて驚《おどろ》いた。

一方のタキオンは相変わらず平然としたもので、メインコンソールを操作してシステム面での異常が起きていないか確認《かくにん》している。

狭《せま》いコクピット。二人の間に距離《きょり》はなく、肩《かた》を寄せ合った相手の顔がすぐそこにある。

「あの、タキオン……？」

自分がどのくらい気を失っていたのかはわからないが、そう長い時間ではなさそうだ。どうやら自分を起こしてくれたらしいタキオンに何か訊《き》こうとするが、咄嗟《とっさ》に言葉が出てこない。

そしてタキオンはまず目の前のシステムチェックを終えて。

「内部的には異常なし。となると、あとは……」

クルリとメリーに振《ふ》り返る。そして、ただでも近かったその距離をさらにグッと詰《つ》め、彼女の顔に触《ふ》れた。

「え、あっ……あの……」

経験のない距離感にメリーは目を泳がせる。その目尻《めじり》から頬《ほお》のあたりへの輪郭《りんかく》を軽くなぞるタキオンの指。目を細めると、あと少しでメリーに触れそうな唇《くちびる》が動いた。

「おかしいな、昨日までと比べて不自然なくらい顔色が悪い。……今日一日の変化とは思えないほどだ」

口調は少し柔《やわ》らかい。だが視線は真《ま》っ直《す》ぐにメリーだけを見つめている。

「その、タキオン……今は……」

「ああ、そうか」

メリーが何か言おうとしてもお構いなしで遮《さえぎ》る。微動《びどう》だにしない視線と表情で。

「メイクで隠《かく》してたのか。僕としたことが、女子にとって当たり前の戦略をすっかり忘れていた。まんまと騙《だま》されたよ」

次《つ》いで「はっはっは」と笑う。全く表情を変えないまま。

そこで、メリーにも気づくことができた。もしかすると、彼は……。

「タキオン……怒《おこ》ってるの？」

「ああ、そうだよ」

柔らかかった口調が少しだけ強く、きっぱりと答える。だがそれはメリーに対するものではなかった。

「僕は、自分に対して怒っている。自分の不安を自覚していながら、きみへの信頼《しんらい》という形で見ないフリをしていた自分に怒っているんだ。

……そしてメリー、きみには呆《あき》れてる」

「え……？」

「だってそうだろう。クラスできみだけだ、僕の目的をちゃんと理解していないのは」

そう言ったタキオンはやはり怒っているようだ。

「僕ときみの目的は同じだと思ってた。でも違《ちが》ったんだ。一番大事なところが違っていたんだ。仲間を守り、みんなで生き残るために戦う……。

メリー……きみの場合、その『みんな』の中に自分自身が入ってないんだよ」

苦しげに吐《は》き出されたタキオンの言葉にメリーは言葉を失った。碧《みどり》色の瞳《ひとみ》が呆然《ぼうぜん》と彼を見ている。怒《いか》りから一転、痛みを感じているかのようなタキオンの顔を。

「あの時、僕は教室で言った。クラスのみんなを道連れにしたくないという前に、まず自分が死にたくないと。死にたくないし、死なせるのも嫌《いや》だって。

ああ、そういえばあの時、メリーは僕の頼《たの》みのせいで教室にいなかったんだっけ。その前の晩、きみだけ先に打ち明けた時に今のを言ったかな？　どうだった？

……いや、いい。言ったかどうかは関係ない。だから、つまり——」

捲《まく》し立てるように呟《つぶや》いた彼が、言葉を切って息を吸う。そして次に吐き出されたのは。

「——お願いだ、メリー。自分が生きることを諦《あきら》めないでくれ」

切実な願いだった。

「きみが抱《かか》える辛《つら》さとか、苦しさとか、僕にまだその全《すべ》てを理解することはできない。

それでも、自分の命を犠牲《ぎせい》にするようなやり方を僕は認めない。

前の仲間、今の仲間、僕が知らないきみがどれほどのものを抱えていたとしても、僕は今ここで目の前にいるきみを死なせたくないんだ！」

生き残ること。それは仲間だけでなく自分自身が生きて初めて意味を持つ。自分もまた誰《だれ》かの仲間なのだから。誰かにとっての仲間である自分が死んでしまったら、その誰かは仲間を死なせて生き残ってしまう。自分の願いは叶《かな》っても、同じ願いを持った仲間のそれは叶わない。

それでは、そんなものは、ただの自己満足だ。

「生きてくれ、メリー。……生きていて欲しいんだ」

タキオンの声が揺《ゆ》れている。苦しさと哀《かな》しさで。

「……ごめん、なさい」

いつからそうだったのか、メリー自身にもわからない。

仲間を守るためなら自分はどうなってもいいと思っていた。自分一人の命で仲間を守れるなら、それでいいと。

……取り残されるより、ずっといいと。

「ごめんなさい……タキオン」

かつての仲間は、もういない。今の仲間も、彼女の過去に踏《ふ》み込むことをよしとはしなかった。だがここに、それらを全て乗り越《こ》えてメリーに「生きろ」と願う少年がいる。

無性に嬉《うれ》しかった。生きて欲しいと願われることが。自分自身すら諦《あきら》めかけた命を、優《やさ》しく包むその温かさが。

タキオンは、露《あら》わにした自分の思いを仕舞《しま》い込むように深呼吸する。そして、メリーに向けていた視線を少しだけ逸《そ》らしながら言った。

「一応、聞いておくんだけどさ。……今のクラスより、前のクラスの方がよかった？」

「そんなこと、ないわ。とても比べられないけれど……」

「今のクラス……2Dのみんなは好きかい？」

「ええ……好きよ」

さすがにメリーの声も少し落とし気味になる。切れ長の目を軽く伏《ふ》せ、視線が迷う。

こんなこと、誰《だれ》かに聞かれたら恥《は》ずかしくて堪《たま》らない。タキオンなら……まあ、いいか。

タキオンになら、少しくらい本音を見せても——。

『あーあー、隊長殿《どの》。さっきから通信で全部ダダ漏《も》れになっているでアリマス』

「っ!?」

イルマの声にメリーが硬直《こうちょく》する。見る見るうちに顔が真っ赤になり、口をパクパクさせながら、言葉にならない声が漏れる。

そして、タキオンはといえば。

「うん、知ってた」

実にいい笑顔《えがお》でしれっと言い放ったのだ。

「タ……タキオンッ！」

狭《せま》いコクピットの中、今度はメリーの方からタキオンに迫《せま》る。迫ったものの、恥ずかしさが衝撃《しょうげき》となって何を言えばいいのかわからない。

「……その顔が見たかったんだ」

半ば圧《の》し掛《か》かられた形になっているタキオンは、彼女の顔を見上げて言った。恥《は》じらいに染まった頬《ほお》、慌《あわ》てふためいて潤《うる》む瞳《ひとみ》、それらひとつひとつが……。

「やっぱり、堪《たま》らないな」

堪らなく、可愛《かわい》く思える。口に出すと、切り替《か》えたつもりの表情が熱を持つ。

全力でぶつけた本心を性質の悪い冗談《じょうだん》で覆《おお》ったつもりだったが、これだけは隠《かく》せない。

『すごいなー。タキオン君も相当恥ずかしいこと言ってんのにさ。メリーと一緒《いっしょ》なら怖《こわ》くないってこと？』

『おい、いつまでもイチャついてんじゃねー。とっとと戻《もど》って来いタキオン野郎《やろう》！』

『アリカ、こういう時くらい黙《だま》って痛たたたたたっ』

回線の向こうから、やいのやいのと聞こえてくるクラスメイトたちの声。

みんな生きている。誰《だれ》もが生き残るために、戦っている。

「というわけで、僕は行くよ。……ここからが正念場《しょうねんば》だ」

それを乗り切るための気力は得た。彼女には悪いけれど、僕の士気《テンション》は最高潮。

「戦おう、メリー。みんなで生き残るために。きみも、僕も生き残るために」

「……ええ」

大きく息を吐《は》いて顔の火照《ほて》りを冷まし、メリーの瞳に力が戻《もど》る。そして力が戻った彼女にはやらなければならないことがあるのだ。

「タキオン……」

「なにかな？」

「今のこと、覚えておいてね。……この作戦が終わったら、叱《しか》ってあげるんだから」

この悪巧《わるだく》みが大好きな小隊長の教育係として、きちんと言い聞かせなければ。こんな恥ずかしい目に遭《あ》わされたままではいられない。

「ああ……覚悟《かくご》しとくよ！」

その言葉が本当に嬉《うれ》しかったから、タキオンは笑顔《えがお》で答えてコクピットを出る。

ガンローダーから地面に降り立つと、そこには直立不動で待ち構える最先任下士官。

「状況《じょうきょう》はどうか、軍曹《ぐんそう》」

声の張りも視線の強さも、先ほどよりずっと良くなったタキオン。シドウは目を見張る。

戦場では考えられない、冗談のような事態だったが……それだけの意味はあったようだ。

「背後からの敵はひとまず片付きました。しかしすぐに次が来るものと思われます」

「だろうな……」

ここまでは、攻撃《こうげき》隊の追撃として背後から追って来る敵しかいなかった。だが、タキオンたちがここに踏《ふ》み止《とど》まっていることを察知すれば敵は全方向から迫《せま》ってくるはずだ。

元々の作戦では高架橋《こうかきょう》の下で攻撃隊への追手《おって》を迎《むか》え撃《う》ち、そのままさらに南下。街の南端《はし》にある広場で残った敵と戦うつもりだった。あそこは左右を高層ビルに挟《はさ》まれているため、敵からの攻撃《こうげき》を限定できる。

「こうなったら、一気に広場まで南下するしかないか。だが……」

見上げた先、ガンローダーの上に設置されたガトリングカノンはその基部が破損して旋回《せんかい》不能。これだけで小隊の戦闘力《せんとうりょく》は大幅《おおはば》に落ちてしまう。

その時、シドウは踵《かかと》を合わせて直立不動の礼をとり。

「進言いたします、隊長。自分は――」

「待った」

その頼《たよ》りになる最先任下士官の言葉を、タキオンは手を突《つ》き出して制した。そして。

「軍曹《ぐんそう》、先ほど僕は小隊の指揮をきみに預け、メリーを起こしに行った。それどころか、貴重な時間を浪費《ろうひ》して彼女と随分《ずいぶん》イチャついた。……指揮官としてあるまじき行為《こうい》だ」

「……」

イチャついた、などと。シドウは黙《だま》って彼の言葉に集中する。

「……シドウ、言ってみれば僕は自分が指揮官であることを忘れ、一人の生徒として振《ふ》る舞《ま》った。これはある意味、きみからの信頼《しんらい》に反する行為だよ」

「タキオン……」

「それを許してくれたきみに、僕は借りができた。そして早速《さっそく》その借りを返そうと思うんだ」

そこまで言って、タキオンはシドウに真《ま》っ直《す》ぐ向かい合う。背すじを伸ばし、胸を張り、腹の底に気合を溜《た》めて。歴戦の古参兵を片腕《かたうで》として使う指揮官に相応《ふさわ》しい佇《たたず》まいで。

「軍曹、『G1』の使用を許可する。次の敵襲《てきしゅう》に備え、速《すみ》やかに起動せよ。

……今この時だけ、一人の歩兵に戻《もど》れ」

タキオンの命令はシドウの胸を打った。信頼する指揮官から下される命令。彼の歩兵として
の誇《ほこ》りを尊重し、その全力をただ歩兵としての戦いに注ぐことを許された。

血が、沸《わ》き立つ思いだ。

「了解《りょうかい》。アマギ軍曹、速やかに『G1』を起動いたします！」

敬礼し、復唱。それ以上の言葉は要《い》らない。タキオンが一人の生徒としてメリーの下《もと》へ向か
ったのと同じだ。シドウは今、小隊の最先任下士官から一人の歩兵となって走る。

彼の姿がカーゴへ消えるのを見送り、タキオンは叫《さけ》んだ。

「各員、弾薬《だんやく》の補充《ほじゅう》を急げ！　G1が起動次第《しだい》、南の広場へ向けて移動する。ダスティン、シ
ドウを補佐して起動を急がせろ！」

僅《わず》かな休息の終わりと共にガンローダーが機体を立て直し、生徒たちは慌《あわ》ただしく走り回る。

●

結局、哨戒《しょうかい》任務を志願してきた部隊は七つにも上った。様子窺《うかが》いだけならその数はさらに

増える。

「どいつもこいつも……」

相変わらず微動《びどう》だにしない表情で呟《つぶや》いて、ルーカス中佐はテントを出た。

指揮官用に通信能力を強化したPBU。ダークグレーのカラーリングは、士官学校を卒業して最初に配属された小隊で使っていた色。それを今でも使い続けている。

「本当に、護衛をお連れにならないので？」

傍《かたわ》らを歩く副官の言葉も「構わん」と短く切り捨てる。

歩兵支援《しえん》用の車両を改造した戦闘《せんとう》指揮車に乗り込み、中佐は発進を告げた。

「行くぞ。目的は宿営地周辺区域の哨戒《しょうかい》。……北東、衛星都市二七号方面へ向かえ」

低いエンジン音と共に動き出す指揮車。お世辞にも座り心地《ごこち》が良いとは言えない車長席に背中を預け、中佐は息を吐《は》く。

（睨《にら》まれるのは私だけでいい……）

哨戒任務を志願した連中の考えていることくらい、お見通しである。

だがそれは２Ｄ小隊に命令を出した戦線司令部の、特に親地球派の軍高官たちからの反感を買う行動だ。若い将兵を政治屋どもの忌諱《きき》に触《ふ》れさせることはない。

幸い、と言うべきか。現場主義、前線主義を徹底《てってい》しているうちに、軍内で政治をやろうという連中からは嫌《きら》われている。出世への興味も失《う》せたルーカス中佐に、怖《こわ》いものなど無い。

（これの装備でも、いくらか支援はできるか。

いざとなれば撤退命令《てったいめいれい》を出してやればいい。前線指揮官から無理矢理に命じられた撤退だ、上手《うま》く言い逃《のが》れもするだろう……あの少年ならな）

宿営地を出る指揮車。既《すで》に太陽が顔を出し始めているが、明るくなるまでにはもうしばらくの時間があった。

すると、早朝の薄闇《うすやみ》に潜《ひそ》みながら出発する戦闘《せんとう》指揮車を突如《とつじょ》として強烈《きょうれつ》な光が襲《おそ》う。往《ゆ》く手《て》からいくつものヘッドライトが一斉《いっせい》に照らしたのだ。

「なに……っ」

まさか、司令部に気取《けど》られた？　防護フィルムつきのガラスを突《つ》き抜《ぬ》ける強光に目を慣らしながら、相手を見極《きわ》めようとする。

その光の中からこちらへ歩いてくる者。指揮車の前まで来て彼女は言った。

「こんな朝早く、哨戒とはいえ単独行動は危険でしょう。……お供いたしますよ、中佐」

●

追撃《ついげき》してきたバグスを迎《むか》え撃《う》つため、小隊後方に急造したバリケード。その陰《かげ》で次の敵に備えるアリカはふと手を止めて、すぐ隣《となり》でライフルの点検に余念のないＧＪに訊《き》いた。

ろうか。

「……なあGJ、タキオンがさっき言ってたジーワン、ってなんだ？」

「え……。昨日、歩兵班の打ち合わせ《ブリーフィング》でも出たじゃないか。

それに、命令の中に知らない言葉があったらすぐに確認《かくにん》しないと……痛い」

当然のように殴《なぐ》られた。ここ最近の回数を考えると、これはもう訴《うった》えてもいいのではないだ

ろうか。

「いいから、教えろよ」

「もう。あのね、G1っていうのは……ッ！」

「痛ぇっ！」

今度はGJがアリカを突《つ》き飛ばした。意表を突かれたアリカは情けなく尻餅《しりもち》をつく。

「ってぇーな、なにすんだよこのGJ野郎《やろう》ッ！」

「敵だっ！」

GJが叫《さけ》ぶのと同時に、さっきまでアリカが隠《かく》れていたバリケードに真っ黒な甲殻弾《こうかくだん》がめり込んだ。太陽が姿を現し、空が明るくなるにつれて温められた大地で空気が揺《ゆ》らめく。その向こうから、多数のクロアリがこちらへ向かって来ている。

「歩兵班、斉射《せいしゃ》開始！　オートカノンは弾幕《だんまく》を維持《いじ》、弾《たま》を切らすな！」

素早《すばや》く飛ぶのはタキオンの指示。シドウはカーゴの中に入ったままだ。

しかし2Dクラスにはタキオンの指揮で戦い、そして勝利した経験が既《すで》にある。強固とは言

えないバリケードに拠《よ》りながら、アサルトライフルとオートカノンが一斉《いっせい》に火を吹《ふ》いた。

「おらおらおら、いくらでも来やがれっ」

「……いくらでもは困るよ」

さっきの質問など既に忘れたアリカと、注意深く周囲の気配に気を配るGJ。今度は後方からだけとは限らないのだ。指揮するタキオンも神経を研《と》ぎ澄《す》ます。

「イルマ、ドローンの索敵《さくてき》は？」

「やっぱり範囲《はんい》が狭《せば》められてる。半径一〇〇メートルまでなら見えるけど、その外側《がわ》は全然」

「一〇〇メートル……」

タキオンの予測は確信に変わりつつあった。後方から派手に攻《せ》め寄せてくるのはこちらの注意を引くためだ。建物に挟《はさ》まれた左右、そして南へ開けた前方。そのどこか、あるいは全《すべ》てからこちらの隙《すき》を突く攻撃《こうげき》が用意されているはず。

「メリー、こっちは任せてくれていい。特に前方からの接近を警戒《けいかい》してくれ」

『……了解《りょうかい》』

先ほどまで小隊の最後方に押し出ていたガンローダーは前方へ下がり、ドローンに加え機体に搭載《とうさい》されたレーダーで索敵を行っている。

旋回《せんかい》不能なガトリングカノンはともかく、マルチランチャーと二門の機関砲は健在だ。

（一〇〇メートルの範囲があれば、先手を奪《うば》われることだけは避《さ》けられる……はずだ）

小型バグス群を撃《う》つ歩兵班のすぐ後ろで、息詰《づ》まる警戒《けいかい》を続けるタキオン。その視線がカーゴへと向けられた。

（間に合ってくれ……）

時間だけが問題だ。敵が動くのが先か、シドウが再びカーゴから出るのが先か……。

その勝負の結果は……、イルマの叫《さ》び声《ごえ》によって告げられた。

「レーダーに反応！　東から一、西から二、距離《きより》は……ダメ、速すぎる！」

「なんだって!?」

振り返った瞬間《しゅんかん》、タキオンに大きな影《かげ》が被《かぶ》る。首の後ろを伝う冷たい感覚。反射的にイルマの手を摑《つか》み、そのまま身体《からだ》を投げ出した。

ゴッ、ガスッツッ！

頭上から降って来た何者かが、さっきまで二人のいた場所にその両腕《うで》を叩《たた》きつける。

中型バグスの中でも特に機動力の高い、格闘《かくとう》戦に特化した種類。先ほどガンローダーに痛打を与《あた》えたカマキリだ。

●

「敵襲《てきしゅう》ッ！」

味方全員へ知らせるように叫《さけ》んだメリー。ガンローダーの機関砲が、続けてバリケードの内側《がわ》へ着地した二匹の片方へ向けて二〇ミリ弾《だん》を発射する。胸と頭を的確に撃《う》ち砕《くだ》かれてカマキリは絶命した。

しかし、まだ二匹《ひき》いる。一〇〇メートル程度の距離《きょり》なら備える間も与《あた》えず詰《つ》めてくるその運動能力で一匹がガンローダーへ迫《せま》った。この距離ではランチャーも使えない。激しく動きながら機関砲を撃てば、味方へ当たってしまう可能性がある。

「……だったら！」

本来の冷静さを取り戻《もど》したメリーの頭脳は、素早《すばや》く最善の方法を導き出した。

すなわち……突撃《とつげき》だ。

「このっ！」

目前まで迫ったカマキリ。持ち上げた大きな両腕《うで》が振《ふ》り下ろされる直前、黄色く濁《にご》った眼球状水晶体《すいしょうたい》は驚《おどろ》くべき——という感情がバグスにあるかは不明だが——光景を映す。

「ええいっっっ！」

それまで四本脚《あし》で地面を這《は》っていたガンローダーが、前脚を持ち上げて立ち上がったのだ。

カマキリの体高は約五メートル。対して、後ろ脚で立ち上がったガンローダーは猫背《ねこぜ》ながらその高さを上回る。

「こっちの勝ちよ……！」

メリーはそのまま、カマキリ目掛《めが》けて前脚を振り下ろす。振り下ろすというよりは自由落下で、振り上げられた鉄の両腕を鋼鉄《こうてつ》の前脚が踏《ふ》み潰《つぶ》した。

「ギ、ギィイイッツッ！」

「くうっっっ！」

突《つ》き上げる衝撃《しょうげき》に歯を食いしばって耐《た》えるメリー。コクピットのモニタで各部の異常を知らせるシグナルが点滅《てんめつ》し、耳障《みみざわ》りなビープ音が鳴り響《ひび》く。しかしカマキリの方は、正面から圧《の》し掛《か》かったガンローダーに両肩《かた》を潰されてガクガクと身体《からだ》を震《ふる》わせていた。

もがくカマキリの頭は下正面。四足動物に例えるならガンローダーの頭のあたり。

……丁度、機関砲があるところだ。

「これなら……っ」

迷わずトリガーを引いた。一秒ほどの連射で、頭を砕かれたカマキリは動かなくなる。

●

ガンローダーがカマキリと組み合っている頃《ころ》。残ったもう一匹のカマキリはバリケードを内側《がわ》から崩《くず》しにかかっていた。

歩兵にとって中型バグスは脅威《きょうい》以外の何物でもない。距離があれば火力で制圧することも可能だが、クロアリの倍以上あるその巨体《きょたい》で接近されるとそれだけで死を覚悟《かくご》する必要すらある。

「散開！　建物の陰《かげ》へ逃《に》げ込め！」

後方から迫《せま》るクロアリに構う余裕《よゆう》もなく、タキオンの指示で生徒たちは散らばる。それを追って振《ふ》り下ろされたカマキリの腕《うで》がオートカノンを叩《たた》き潰《つぶ》し、爆発《ばくはつ》させた。

「ンの野郎《やろう》……ッ！」

逃げろ隠《かく》れろと言われて素直《すなお》に従うアリカではない。カマキリの注意がこちらから逸《そ》れると見るや、すぐさま飛び出して背後からアサルトライフルを連射する。

「くたばれカマキリ野郎がぁっ」

山猫《やまねこ》の如《ごと》き素早さとしなやかさで、カマキリの頭を狙《ねら》って銃弾《じゅうだん》を叩《たた》き込む。だが中型バグスの厚い甲殻《こうかく》にアサルトライフルでは効き目がなく、無傷のカマキリはゆっくりと振り返った。

「ヘッ、誰《だれ》がテメーに捕《つか》まるか――」

だが次の瞬間《しゅんかん》、アリカは目の前に仁《に》王立《おうだ》ちするカマキリの姿を見上げることになる。ついさっきまでこちらに背中を向けていたとは思えない素早さで彼女の眼前へ迫った中型バグスは、一転してゆっくりとその両腕《うで》を持ち上げた。そして……。

「うわぁあああああっっっっ！」

叫《さけ》んだのはアリカではない。真横から飛び込んだＧＪが彼女の身体《からだ》を抱《かか》えて転がった。カマキリの腕が振り下ろされる、まさに寸前だ。

「ってぇ……くそっ、あの野郎」

自分が絶体絶命の危機であったことなど、アドレナリンで目を血走らせたアリカにとっては些細《ささい》なことだ。しかし、そんな彼女の顔色はすぐに変わった。

「おいテメ、いい加減に……っ、お、おい、GJ！」

自分を突《つ》き飛ばし、そのまま覆《おお》いかぶさるようにして物陰へと押し倒《たお》したGJ。彼の右肩《かた》が後ろからザックリと斬《き》り割られていたのだ。

引き裂《さ》かれたPBUの隙間《すきま》から血が噴《ふ》き出し、アリカのバイザーにも赤い飛沫《しぶき》が飛び散る。

「痛い……痛いっ、う、ぁあああっっ」

青ざめた顔で呻《うめ》くGJ。敵の素早さを見誤ったアリカの危機を察知して咄嗟《とっさ》に助けたものの、その代償《だいしょう》は小さくない。

「待ってろGJ。今、ロッテを……ッ！」

クラスの衛生兵を探そうとしたアリカの身体が強張《こわば》る。物陰へ転がり込んだ二人を追ったカマキリが目の前で悠然《ゆうぜん》と見下ろしていたからだ。

ライフルは落としてしまった。飛び込んだ物陰は袋小路《ふくろこうじ》で、出口にはカマキリが立ちはだかっている。痛みに悶《もだ》えるGJを連れて逃《のが》れる術《すべ》が、アリカにはない。

「っ……くそぉっ」

悔《くや》しさに歯噛《はが》みしながら、それでも相手を睨《にら》みつけるアリカ。

逃《に》げ場《ば》の無い獲物《えもの》を追い詰《つ》めた狩人《かりうど》は、またもゆっくりとその腕《うで》を持ち上げる。

アリカの闘志《とうし》は萎《な》えない。だが情けなさで泣きたくなる。仲間を巻き込んだ自分が許せない。

「こんなところで……っ」

こんなところで死ぬのか。こんなところでGJと一緒《いっしょ》に。こんな狭《せま》い、カ、カーゴの陰《かげ》で。

『――伏《ふ》せてろ、アリカ』

どこからともなく聞こえたその声。アリカは反射的にGJへ覆《おお》いかぶさった。

その声に鍛《きた》えられてきた。その声にしごかれてきた。その声に従うように身体《からだ》が覚えている。

その声こそ、彼女が最も尊敬する歩兵《おとこ》の声だ。

ゴッツ、ガァアアアアアンッ！

金属がへし折れ、吹《ふ》き飛ぶ音。カーゴが内側《がわ》から打ち壊《こわ》されて、中から飛び出した何かにカマキリがブン殴られた。

「ギギィイッツッ!?」

予期せぬ攻撃《こうげき》にたたらを踏《ふ》むカマキリ。そして、遂《つい》にそれが姿を現す。

ギギ、ゴゴゴゴ……。

打ち割ったカーゴの隙間《すきま》を力任せに開くのは巨大《きょだい》な手。ゆっくりと踏み出す巨大な足がボロボロの路面を踏み砕《くだ》き、窮屈《きゅうくつ》なカーゴから抜《ぬ》け出た巨大な身体が立ち上がる。

「あ……」

アリカは顔を上げ、それを見上げた。鋼鉄《こうてつ》の四肢《しし》を持つ巨人を。

体高は三メートルをゆうに超《こ》える。カマキリに比べると小柄《こがら》だが、重厚さがその存在感を増していた。

人型のシルエットではあるものの、普通《ふつう》の人間より手足が長く、大きく見える。分厚い装甲《そうこう》に覆われた胸。そこに半分埋《う》まるように鎮座《ちんざ》する頭部は、アリカたちが使うバイザー型ヘルメットと違《ちが》ってゴーグル状のセンサーと牙《きば》に似た意匠《いしょう》のマスクで覆《おお》われている。遥《はる》か昔に中世の騎士《きし》が被《かぶ》った鉄兜《てつかぶと》にも見えた。

巨人は黙《もく》したまま、アリカの方へ顔を向ける。アリカは迷わずその名を呼んだ。

「シドウさんッ！」

『アリカ、ＧＪの手当てを急げ。……アイツは、俺が殺《や》る』

顔が見えずとも、スピーカーから響《ひび》き渡《わた》った声が歩兵たちを奮《ふる》い立たせる。シドウ・アマギの戦線復帰に、２Ｄの生徒たちは声を上げた。

そしてその声が、また彼の背中を押す。

『うちのモンが世話になったな。……死ね、カマキリ野郎《やろう》』

ようやく起き上がったカマキリへ向けて突進《とっしん》する巨人。カマキリはすぐさま真横へスライドしてそれを躱《かわ》し……。

ゴスッッ！

そこへ待っていた鋼鉄《こうてつ》の拳《こぶし》を叩《たた》きつけられた。カマキリの動きに匹敵《ひってき》する素早《すばや》さで、シドウが突進《とっしん》を直角に曲げたのだ。

カマキリは堪《たま》らず飛び下がり、距離《きょり》をとろうとするのだが。

『逃《に》がすかッ』

追って地面を蹴《け》ったシドウ、その両腕《うで》がカマキリの脚《あし》を摑《つか》んで地面へ引きずり倒《たお》す。不安定な姿勢で地面に叩きつけられてもがく蟲《むし》へ目掛《めが》け、拳を大きく振《ふ》り上げた。

『おおおおっっっ！』

ガスッ！

繰《く》り出されるパンチ。しかし鋼鉄の拳とはいえ、カマキリの甲殻《こうかく》を砕《くだ》くには至らない。

……ならば結構。砕けるまで叩くだけのことだ。

ガッッ！　ゴスッッ！

『オラァッ、オオッ、アァアァッ』

獣《けもの》のように咆哮《ほうこう》しながら、繰り返し拳を叩きつける。怒《いか》りを燃料にして燃え上がる闘志《とうし》が目的とするものはただひとつ。敵を殺すことだけだ。

「ギッ、ギギッ……ギッ……」

二発、三発……そして五発目。

ゴッ……バキッッッッ！

シドウの拳が、ついにカマキリの甲殻を叩き割ってその胸を潰《つぶ》す。高圧ガスを噴《ふ》き出しながら動かなくなったカマキリ。拳を引き抜《ぬ》き、鋼鉄の巨人《きょじん》はゆっくりと立ち上がった。

「やったか、シドウ！」

下からの声。壊《こわ》れたカーゴから這《は》い出たダスティンがこちらを見上げていた。

「ちゃんと動いてホッとしたぞ。……ライフルとＰＢＵの修理くらいしか仕事のない整備兵も続けとくもんだな。コイツもＰＢＵには違《ちが》いないんだから」

角刈《かくが》りの丸顔が無邪気《むじゃき》に笑う。戦闘中であることを忘れさせる笑顔《えがお》だ。

そう、シドウが装着したこの巨人……「Ｇ１」は大別するとＰＢＵの一種なのである。

単体で中型以上のバグスと渡《わた》り合うことのできる戦闘力を追求して開発されたもので、超高密度の人工筋肉と戦車並みの複合装甲はその要求を満たす機動力・防御力《ぼうぎょ》を実現した。

手足が長いのは、関節から先が格闘用のマニピュレーターになっているからだ。シドウの手足はそれぞれ肘《ひじ》と膝《ひざ》のあたりまでしか入っておらず、戦闘服というよりは小型の機動兵器と呼んだ方が正しい。

それが対バグス用強襲《きょうしゅう》型ＰＢＵ、Gladiator-Type01……通称《つうしょう》Ｇ１だ。

「ギリギリでも間に合ってよかった。……身体《からだ》は、大丈夫《だいじょうぶ》か？」

『……ああ』

頷《うなず》いたものの、実は全身が痛む。歩兵最強のＰＢＵ……噂《うわさ》以上にキツい。

G1のような強襲《きょうしゅう》型PBUは正規軍の歩兵部隊に配備されたものの、装着者への負担《ふたん》が余りに大きいためほとんど使われなかった。扱《あつか》えるのは徹底《てってい》的に心身を鍛《きた》えた兵士だけというピーキーさで、現存する数はガンローダー以上に少ない。

それでも、2D小隊には必要だ。規格外の性能を発揮するPBUから与《あた》えられる規格外の負担も、今だけは知らないフリをするしかない。

『フゥ……』

カーゴを飛び出してからここまで、勢いのままに煮《に》え立っていた頭がようやく冷える。振《ふ》り返ると、小隊はタキオンを中心に再度バリケードでクロアリを迎撃《げいげき》していた。

「シドウ！」

こちらに振り返るタキオン。シドウは頷《うなず》くと、こちらもカマキリを倒《たお》したメリーのガンローダーに駆《か》け寄る。

『メリー、コイツを借りるぞ』

言って、ガトリングカノンを壊《こわ》れた基部から引き抜《ぬ》いた。ガンローダーの主兵装だけあって、身長三メートルの巨人《きょじん》が両手で抱《かか》えるほどの大きさだ。

『本当に使えるんだな？　ダスティン』

「ああ、管制用のコネクタは同一規格のはずだ。開発元《おやもと》が同じなんだよ」

その言葉を信じ、右手首にあるコネクタをガトリングカノンのそれに合わせる。二度、三度角度を調節すると、双方《そうほう》のコネクタはピッタリと嚙《か》み合った。

『……大したもんだ』

感嘆《かんたん》の意味はふたつ。ひとつはダスティンの博識に。もうひとつは、こんな兵器をいくつも生み出している開発元に。

ガンローダーにＧ１。これだけ大々的に使っていれば、広告塔《とう》としての２Ｄ小隊を応援《おうえん》してくれるかもしれない。

『それも、面白《おもしろ》いな……ッ』

ガトリングカノンを担《かつ》ぎ上げてバリケードの前へと躍《おど》り出る。カマキリの襲撃で弾幕《だんまく》が途切《とぎ》れ、クロアリの群れはすぐ目の前に迫《せま》っていた。

『ワラワラと目障《めざわ》りだ、このクロアリ野郎《やろう》ッ！』

シドウと共にガトリングカノンも吼《ほ》える。猛然《もうぜん》と連射される三〇ミリ強化徹甲弾《てっこうだん》が、押し寄せるクロアリを瞬《また》く間に死体の山へと変えた。

『ヘッ……ザコどもが。俺の仲間を殺《や》ろうなんざ一〇〇周期早ぇんだよ、蟲《むし》野郎』

吐《は》き捨てるシドウ。訓練と共にアリカに伝染してしまったその言い草に、クラスメイトたちは沸《わ》いた。

２Ｄクラスの生徒は誰《だれ》一人として、生き残ることを諦《あきら》めていない。

タキオンには、ここまでずっと抱《かか》えている懸念《けねん》がある。

攻撃《こうげき》隊を追って来たバグスの群れ、そして先ほど急襲《きゅうしゅう》してきたカマキリ。あれらはおそらく街の各所を警戒《けいかい》していたバグスだ。小型の個体や機動性の高い個体だけで構成されていたのがその証拠《しょうこ》。もし敵の主力から送られた集団ならば、あそこに砲撃《ほうげき》バグスを加えていたはず。そうなっていたらシドウのG1があっても危なかったかもしれない。

(敵主力がどこまで残っているか、それが問題だ)

最初の迫撃砲《はくげきほう》攻撃、あれがどれほどの成果を挙げているか。北東のドーム施設《しせつ》に集まっていたはずの大型バグスを全《すべ》て倒《たお》せているなら……。

(いや、それはない)

大型バグスが全滅《ぜんめつ》した場合、それを中心にして行動している中型・小型のバグスはこの街を捨てて撤退《てったい》する。追撃を二度も行っているからには、まだ中核となる大型が残っているのだ。

(この間と同じだ。大型を仕留めるしか、僕らの活路を開く手はない)

前回はメリーの砲撃がクリティカルヒットになる幸運に恵《めぐ》まれた。だが運に頼《たよ》った戦いなどしていられない。運に頼るのは、自分の力を全て出し尽《つ》くしたその後だ。

　２Ｄ小隊はガンローダーを中心とした陣形《じんけい》で高架橋《こうかきょう》を越《こ》えてさらに南進。そして遂《つい》に、街の南端《なんたん》に造られた広場が見えてきた。その向こうには街の出口である南側《がわ》ゲートも見える。左右に立つ高層ビル。この地形ならば敵の進路を絞《しぼ》って迎《むか》え撃《う》つことができる。仮に大型が出てきたとしても――。

「待って！　十時方向、何か来る！」

　索敵《さくてき》を続けていたイルマの声で小隊が停止する。すると。

　ドドドッ、ゴゴッ！

　正面やや左、高層ビルの向こう側に突然爆発音《とつぜんばくはつおん》が響《ひび》いた。否《いな》、爆発ではない。何か大きなものが建物ごと地面を砕《くだ》く音だ。吹《ふ》き上がる土埃《つちぼこり》が、音に合わせて広場へ向けて移動していく。

「あれは……っ」

　タキオンは戦慄《せんりつ》した。視線の先、高層ビルの足下《あしもと》から巨大《きょだい》な角が起き上がったのだ。

『カブトか！』

　Ｇ１のカメラでそれを確認《かくにん》したシドウが叫《さけ》ぶ。体長三〇メートル超《ちょう》。大型バグス、カブトの中でも特に巨大な個体が高層ビルを根本から粉砕《ふんさい》して広場へ押し出ようとしている。

「野郎《やろう》、オレたちを待《ま》ち伏《ぶ》せてやがったのか！」

　八重歯《やえば》を剝《む》いたアリカがライフルを構える。大型とはいえカブト一匹《びき》なら、ガンローダーとＧ１で対処できるはずだ。

だが、これを見ていたタキオンはその危険に気づいた。

「まずいっ……全員、伏《ふ》せろっ！」

鋭《するど》く放った彼の命令でクラスメイトたちは一斉《いっせい》に伏せる。その直後。

ゴゴゴゴ……ゴゴッッ、ドドドドドドドドドドッッッ！

老朽化《ろうきゅう》していた高層ビルが基礎《きそ》を破壊《はかい》され、根本から倒《たお》れる。それも、広場の方へ向けて。

『……ヤバいっ』

その倒れ方にハッとしたシドウは小隊の前へ出て、G1で壁《かべ》となった。

折れたビルは広場を挟《はさ》んだ反対側《がわ》に建つビルの低層へ直撃《ちょくげき》した。

二つの高層建築は折り重なるように崩壊《ほうかい》していく。その真下にいたカブトは頭上から襲《おそ》い掛《か》かる巨大《きょだい》な質量から逃《のが》れる間もなく押し潰《つぶ》された。折れ残った柱がバグスの巨体を貫《つらぬ》いて地面に突《つ》き立ち、雪崩《なだれ》のように押し寄せる瓦礫《がれき》。

崩壊の衝撃《しょうげき》で発生した猛烈《もうれつ》な震動《しんどう》と土埃《つちぼこり》混じりの突風《とっぷう》が2Dクラスを襲う。横殴《よこなぐ》りに叩《たた》きつける土砂《どしゃ》や小石。目の前が灰色一色に染まり、ヘルメット越《ご》しにも息が詰《つ》まる感覚。

やがて音と震動が収まり、顔を上げた彼らが目にしたものは……。

「……なんてことだ」

誰《だれ》にも聞こえないほど小さく呟《つぶや》くタキオン。目の前にあった広場は完全にビルの残骸《ざんがい》で埋《う》まってしまった。それどころか、大型バグスの死体を土台にしていくつもの柱と大量の瓦礫が積み重なり、数メートルという高さの壁となって彼らの前を完全に塞《ふさ》いでいる。

呆然《ぼうぜん》とする生徒たち。タキオンは唇《くちびる》を噛《か》んだ。

（これで、僕たちは勝つしかなくなった……っ）

彼はこの作戦の結果をふたつ考えていた。そのどちらにも「小隊の全滅《ぜんめつ》」は入れていない。

ひとつは、バグスの集団を撃滅して作戦を成功させること。迫撃砲攻撃《はくげきほうこうげき》で敵主力に致命傷《ちめいしょう》を負わせれば、それも不可能ではないと思っていた。

そしてもうひとつ、それはバグスに打撃を加えつつこの街から撤退《てったい》することだ。作戦は失敗するかもしれないが、一定の成果は挙げられる。司令部から作戦失敗の責を問われた場合にも、バグスにダメージを与えたという点で完全な後手《ごて》に回ることは防げる。

最良ではない。だがそれでも仲間を死なせるよりはいい。そういう結果だ。

だが、これで撤退することはできなくなった。この瓦礫、歩兵は勿論《もちろん》ガンローダーやバギーでは到底《とうてい》乗り越《こ》えられない。

逃《に》げ道《みち》は無い。タキオンたちは背後から迫《せま》っているバグスの主力を全《すべ》て倒《たお》さなければ生き残れなくなってしまったのだ。

その足音はもうすぐそこまで……そう、聞こえてきた！

「敵襲《てきしゅう》！　後方、距離《きょり》八〇〇！」

懸命《けんめい》に報告するイルマの声も、この状況《じょうきょう》に対する戸惑《とまど》いを隠《かく》せない。それはクラスのほとんどがそうだ。突然《とつぜん》目の前に現れた壁《かべ》に、どうすればいいのかわかっていない。

それを指示するのは、タキオンしかいないのだ。

「総員、迎撃《げいげき》準備！　この壁を背にして敵を迎《むか》え撃《う》つ！　バリケードの形成急げ！」

選択肢《せんたくし》は無かった。あとはただ、残存する敵がこちらの弾薬《だんやく》と体力を上回っていないことを祈《いの》るのみ。

(祈る……か)

運頼《うんだの》みになってしまった。全《すべ》ての力を出し尽《つ》くした後の運頼み。

タキオンの力では、もうこの状況《じょうきょう》を打開するための方法が見つからないのだ。徹底抗戦《てっていこうせん》という、最もシンプルなもの以外は。

打てる手を打ち、使えるものを使い、やれることはやった。タキオン・シュガという少年の性格からすれば甚《はなは》だ不本意なのだが、ここから先は自分ではない誰《だれ》かの、それこそこの世のどこかにいるという神様とかいう人にでも任せる他《ほか》はない。

『タキオン……』

メリーにもそれはわかっているのだろう。声が硬《かた》い。

しかしタキオンはしっかりした口調で「大丈夫《だいじょうぶ》だ」と言い放った。

「ガンローダーは最奥《さいおう》で待機。歩兵の支援《しえん》は小型が距離《きょり》二〇〇へ近づくまで待って、それまでは中型以上の対応に専念してくれ」

『……了解《りようかい》』

指揮官が不安な顔をしては兵の士気にかかわる。タキオンが指揮官に徹《てつ》するということは、決して諦《あきら》めない彼の意思表示。メリーはそれを信じた。

そして、遂《つい》に敵が来る。

「……来やがったぞ」

動物的な勘《かん》だろうか、アリカもここが本当の正念場であることを感じ取っているようだ。腹を据《す》えた度胸が声に滲《にじ》み出る。

三白眼《さんぱくがん》が見つめる先。完全に明けた夜の向こうから運命が姿を現した。

その全容をレーダーが捉《とら》える。イルマは、震《ふる》える声で告げた。

「敵……大型一四、中型三〇〇、小型は……数えきれないよ！」

『くっ……』

マスクの下で嚙《か》み締《し》めたシドウの奥歯が軋《きし》む。とても倒《たお》しきれる数ではない。

幸運は何度も続かない。迫撃砲《はくげきほう》による攻撃《こうげき》は、密集していた敵主力の僅《わず》かな数を仕留めたにすぎなかったのだ。

「行くぞ、総員……攻撃開始！」

タキオンが腕《うで》を振《ふ》り、ライフルの斉射《せいしゃ》が始まる。横列をなして迫《せま》るクロアリが薙《な》ぎ倒されると、その後ろから長距離砲を持ったバグスが姿を現す。

「砲撃型《サソリ》だッ！　撃《う》たせんなっ！」

叫《さけ》びながら、アリカはライフルに装着したグレネードを発射する。

シドウはバリケードのすぐ後ろからガトリングカノンを構えた。

『やるしかねえ……まだ、終わってねえからな！』

仲間たちと共に生き残ること。それを掲《かか》げた戦友は去り、今また同じ思いを掲げてくれる戦友に出会った。諦《あきら》めることだけは、できない。

鋼鉄《こうてつ》の巨人《きょじん》はガトリングカノンでサソリを狙《ねら》い撃ちにしていく。だがその後ろから一気に突《とっ》出《しゅつ》してきたカマキリを迎撃《げいげき》するために、シドウとメリーの狙いがサソリから逸《そ》れた。

弾幕《だんまく》が僅《わず》かに弛《ゆる》み、その隙《すき》を突《つ》いてバグスの戦列から放たれた何発もの榴弾《りゅうだん》がバリケードの手前へ着弾する。

ドゴッ、ドゴッ、ドゴゴッッ！

地面を揺《ゆ》らし、割れた路面の破片が飛んでくる。遮《さえぎ》られた視界の向こうには無数の敵。

「くっそおぉおっ！」

それでも歯を食いしばり、生徒たちは撃つのを止《や》めない。

彼らの中心、ただ一人銃《じゅう》を手にしないまま立っていたタキオンは、グッと拳《こぶし》を握《にぎ》りしめた。

(ここからは、死《し》にもの狂《ぐる》いだ)

祈《いの》りは通じなかった。幸運にも頼《たよ》れない。結局、自分たちのしてきたことしか結果には現れないのだ。ならば……。

「不恰好《ぶかっこう》な指揮官でも、弾幕の足しくらいにはなれるさ」

その手が、傍《かたわ》らに置いたアサルトライフルに伸《の》びる。シドウから言われた言葉を思い出しつつも、せめて懸命《けんめい》に戦う彼らの勇気に報《むく》いたいと思ったのだ。

だが、タキオンの手が銃を取ることはなかった。何故《なぜ》なら、その直前。

『軍属学校の生徒《ガツコーガキ》ども！　聞こえてたらとりあえず伏《ふ》せろ！』

回線越《ご》しに飛び込んできた声。それを聞いたタキオンの頭の中でカチリと何かが切り替《か》わる。

薄闇《うすやみ》の中に見失いかけた道に走る一筋の光、それを摑《つか》むように。

「全員、伏せろっ！」

高層ビルが崩《くず》れ落ちた時と同じ命令。しかし今回は危機を告げるものではない。

ドドンッッ！

どこか遠く、自分たちの後ろの方から聞こえた音、そして。

ゴウンッッッ！

後ろ頭を殴《なぐ》られたのではないかと思える轟音《ごうおん》と、足下《あしもと》からビリビリと伝わる震動《しんどう》。それらに2Dの生徒たちが振《ふ》り返ると……。

「マジかよ……」

ツリ目を真ん丸に見開いたアリカが呟《つぶや》く。彼らの背後で道を塞《ふさ》いでいた瓦礫《がれき》の山が音を立てて崩《くず》れ、真ん中に大きな穴が開いたのだ。

しかしアリカを呆然《ぼうぜん》とさせたのはその穴ではない。開いた穴の向こうで、砲身《ほうしん》から白い煙《けむり》を立ち上らせる一両の戦車。そう、瓦礫《がれき》の山を反対側《がわ》から砲撃《ほうげき》した戦車の姿だ。

仮にも味方がすぐ向こう側にいる瓦礫を戦車の砲で撃《う》つだろうか。悪い冗談《じょうだん》のようだが、彼にはそれが可能なのだ。

『おう、無事か？　だったらさっさとこっち来い！　次は本気で撃つ！』

ディーター・ビアホフ中尉《ちゅうい》なら。何故《なぜ》なら彼は、ハーシェルⅢ《スリー》陸軍の誇《ほこ》る精鋭《せいえい》戦車兵なのだから。

「２Ｄ小隊、進め！　この都市から離脱《りだつ》する！」

生徒たちが呆気《あっけ》にとられたのは一瞬《いっしゅん》のこと。攻《せ》め寄せるバグスとタキオンの命令で、２Ｄ小隊の生徒たちは一斉《いっせい》にグレーサークルの外へ向かって走り出した。

殿《しんがり》を務めるのはガンローダーとＧ１。メリーとシドウが追い縋《すが》るバグスに銃弾《じゅうだん》を浴びせる。するとバギーに乗って少し先を進むタキオンは彼らの背中へ命令した。

「叩《たた》くのは小型だけでいい。……メリー、ランチャーで大型の鼻先を煽《あお》ってくれ」

『了解《りょうかい》』

『……なるほど』

小隊長の意図を素早《すばや》く理解し、二人は見事なまでの殿を演じる。敵の射程ギリギリで立ち止まってシドウはクロアリを撃ち、メリーは敵中の大型バグスへ向けて榴弾《りゅうだん》を発射する。それは敵陣《てきじん》で次々に爆発《ばくはつ》し、バグスは勢いを増して彼らを追いかけた。

一方、自慢《じまん》の一六〇ミリ砲で瓦礫の山を粉砕《ふんさい》したディーターの戦車。その脇《わき》を軽快に走り抜《ぬ》けて、２Ｄの離脱《りだつ》を援護《えんご》するバギーの群れが現れた。

「おやあ？　軍属学校の男子なんてみんなジャリっぽいのばっかだと思ってたけど、意外と悪くない子もいるじゃない。昔とは違《ちが》うのね」

「姐《ねえ》さん、こんなとこで男漁《あさ》るのはやめてよ？　恥《は》ずかしいから」

「年下趣味《しゅみ》もほどほどにしとかないと、引かれますよー？」

豪快《ごうかい》な隊長に率いられ、女性ばかりの歩兵を乗せたバギーが駆《か》ける。彼女らはガンローダーの足下《あしもと》まで来ると、突出《とっしゅつ》しようとするカマキリの脚《あし》を高出力のレーザーライフルで焼き切った。

「アリシアさん！」

すれ違うイルマの声に、アリシア・ベイル大尉はバイザーを上げて手を振《ふ》った。

「イルマ、ちゃんと生きてた？　あたしに早起きさせたんだから、今度可愛《かわい》い男子を紹介《しょうかい》しなさいよね！」

「早起きとか言って、朝帰りの間違いじゃないんですか？　ああもう、あたしもお姉さまって呼んじゃう！」

後半は笑いながら泣きそうになって、イルマは素敵《すてき》すぎるお姉さまに全力で叫《さけ》んだ。

ダスティンはディーターの戦車を見上げ、しっかりと背すじを伸《の》ばしている。

「ビアホフ中尉《ちゅうい》！」

「ん、おう、お前か」

ハッチから顔を出した赤毛の戦車兵。戦車兵用のヘッドギアの上からゴーグルをかけるのが彼の流儀《りゅうぎ》らしい。それを上へずらし、片手を挙げて応《こた》える。

「ありがとうございます。中尉のおかげで、俺たち……」

感極《きわ》まるダスティンだったが、返ってきたのはあっけらかんとした戦車乗りの声。

「あーあー、勘違《かんちが》いすんなって。俺は新しいクローラーの具合を確かめに来ただけだ」

「は？　……あ、はいっ」

それでも、絶望が迫《せま》る戦場から救われたダスティンの目には涙《なみだ》が光っていた。

そんな光景はイルマやダスティンだけではない。他《ほか》にも駆《か》けつけた正規軍の部隊と2Dの生徒の間で交《か》わされる言葉と、笑顔《えがお》と、涙がある。

突然《とつぜん》現れた正規軍。それらは全《すべ》て、タキオンが2Dの生徒たちを「挨拶《あいさつ》」に向かわせた部隊だった。

「……シュガ准尉《じゅんい》、聞こえるか」

タキオンがシドウたちと共に南側《がわ》ゲートまで辿《たど》り着いたところで、彼はゆっくりと口を開いた。相変わらず微動《びどう》だにしない表情。刻んだ戦歴に相応《ふさわ》しい重みのある声。

『はっ、聞こえます。ルーカス中佐』

駆けつけた正規軍部隊の中心。戦闘《せんとう》指揮車の中でルーカス中佐はタキオンの無事に安堵《あんど》した。勿論《もちろん》、顔には出さないが。

「我々は哨戒《しょうかい》任務中、偶然《ぐうぜん》にも貴官らの戦闘に遭遇《そうぐう》した。司令部への連絡《れんらく》は通信妨害《ぼうがい》により不可である。よって前線指揮官として判断し、劣勢《れっせい》にある友軍の援護《えんご》を行うことに決めた」

全ては偶然だ。彼らは偶然哨戒任務でこの区域を通り、偶然2D小隊と遭遇《そうぐう》し、そして彼らの窮地《きゅうち》を救ったにすぎない。友軍を救うことは、当然のことなのだから。

「このまま貴官らの撤退《てったい》を支援《しえん》することも可能だが、どうか？」

中佐はタキオンがこれを受けるだろうと思っていた。だが次にタキオンから返された言葉は。

『はい、中佐。いいえ、我々は撤退しているのではありません』

「……なに？」

傍《かたわ》らで成り行きを見守っていた彼の副官が驚《おどろ》いた。珍《めずら》しく中佐が表情を変えたのだ。

眉《まゆ》を寄せ、僅《わず》かな困惑《こんわく》を浮かべるルーカス中佐。するとタキオンは続けて。

『……中佐。我が隊は現在、与《あた》えられた任務を継続中であります』

声しか聞こえない。だが回線の向こうで、あの少年が堂々とそれを口にしている姿がルーカス中佐の目に浮かぶ。

「なるほど、そうか……ならばよろしい。准尉《じゅんい》、任務を継続《けいぞく》せよ」

『了解《りょうかい》』

そして再び、副官は驚《おどろ》かされることになる。指揮車の車長席で中佐が笑った。声はなく、だが確かに。

●

遂《つい》に2D小隊は全員がグレーサークルから離脱《りだつ》した。殿《しんがり》のメリーやシドウ、そしてアリシアたち機動歩兵と共に、タキオンは街の南側《がわ》に広がる平原地帯へ出る。

そこには、ズラリと並んだ正規軍部隊。歩兵、砲兵《ほうへい》、戦車、一〇を超《こ》える精鋭《せいえい》が彼らの離脱を待っていた。

「ありがたいな……」

その言葉は心から。タキオンは彼らに感謝しつつ、再びルーカス中佐に通信を送る。

「中佐、我が隊の任務は敵主力を都市から排除することです」

『その通りだ、准尉』

「これより、それを実行いたします」

言って、タキオンはバギーを一気に加速させる。それに合わせ、申し合わせたように殿の二人も一気にバグスとの距離《きょり》を開けた。

当然、獲物《えもの》を追いかける蟲《むし》の大群はそれを追う……街の外、へ、まで。

小型のクロアリから大型のカブトまで、無数のバグスが一斉《いっせい》にゲートから飛び出した。

「いかがでしょう、中佐」

タキオンは臆面《おくめん》もなく言い放った。確かに今、街の中に敵の主力はいない。

詭弁《きべん》も詭弁、屁理屈《へりくつ》も屁理屈。だが確かに敵の主力はタキオンたちによって街の外へと排除《はいじょ》されたのだ。しいて言えば、奇襲《きしゅう》からの陽動による敵の誘引《ゆういん》作戦である。

『十分だ、准尉。貴官らにより、衛星都市二七号より敵主力は排除された。貴官らは与《あた》えられた任務を完了したものと判断する』

そして今、敵主力が飛び出した平原には正規軍の精鋭《せいえい》部隊。無防備に群れたまま一斉《いっせい》に出てきた蟲どもは、彼らにとって恰好の獲物《えもの》だ。

ここで彼らが敵主力を叩《たた》こうと、それは司令部からの命令に違反《いはん》しない。彼らは哨戒《しょうかい》任務中、偶然《ぐうぜん》にも敵と遭遇《そうぐう》したのだ。叩き潰《つぶ》しても、文句を言われる筋合いはない。

すると指揮官用の回線を通じ、向こうから「コンコン」と軽くマイクをノックする音が聞こえる。ここでひと区切り、オフレコで聞けという意味だ。

『……ここでこちらの戦列に加わればお前たちの戦果も拡大《かくだい》できるぞ。どうする？』

分厚い戦歴を感じさせる提案は魅力《みりょく》的だ。だがタキオンは、その誘惑《ゆうわく》に打ち勝った。

「はい、中佐。いいえ、我が隊は消耗《しょうもう》が激しく負傷者もおります。任務完了《かんりょう》につき、このまま宿営地へ帰投《きとう》いたします」

そして返礼するように自分のマイクを軽くノックし、かの星から来た少年は言う。

「地球には『早起きは三文《さんもん》の得《とく》』という言葉があります。せっかく朝早くから出張《でば》っていただいたのです。そっくりそのままお譲《ゆず》りいたしますよ、中佐」

譲るなどと、よくもまあ言ったものだ。タキオンに並走するシドウは思わず笑ってしまった。

それは単純な貸し借りではない。彼ら正規軍の大人たちがここへ来たのは、顔見知りになってしまった子供たちを見捨てておけなかったからだ。

それでも、である。恩には報《むく》いる。この人として当然の原理を守れるかどうか。守ろうとするかどうか。それは軍において、目に見えない確かな価値となって存在している。

既《すで》に任務は果たし、十分すぎる戦果を挙げた。バギーが戦闘《せんとう》指揮車の横を通り過ぎる瞬間《しゅんかん》、タキオンはサッと敬礼する。

『フフ……いいだろう』

通信回線の向こうから、満足そうな声が聞こえた。

どうやら、彼の態度は中佐のお気に召《め》したようだ。

宿営地へ向けて去っていく子供たち。彼らを追って来たバグスの群れを大人たちが出迎《むか》える。

それを率いる戦闘指揮車から、力強く命令が放たれた。

『各隊、蟲《むし》どもを駆逐《くちく》せよ！　子供の前で無様を晒《さら》すなよ！』

そして始まる、本来戦うべき者たちの戦い。

歴戦の精鋭《せいえい》部隊によってバグスの主力が殲滅《せんめつ》されるまで、さしたる時間はかからなかった。

●

2D小隊が宿営地に帰投した頃《ころ》には、すっかり太陽が昇《のぼ》りきっていた。

「痛いっ！　痛い痛い痛いってば！」

「っせーな、ジタバタすんじゃねえよ！」

痛がるGJとそれを押さえつけるアリカ。いつもなら彼が彼女から理不尽《りふじん》な暴力を受けている時のやり取りだが、今は違《ちが》う。

「きちっと包帯巻いとかねーと、傷の治りが遅《おそ》くなんだよ！　ジッとしてろ」

肩《かた》の傷の縫合《ほうごう》が終わったGJにアリカが包帯を巻いているのだった。

アリカは脳筋《のうきん》だが義理人情を知っている。作戦を終えて頭にのぼっていた血が下がれば、自分を助けてくれたこのドンヨリ男子にも少しは恩返しをしてやろうと思うのだ。

とはいえ、荒《あら》っぽいのはいつも通り。逃《に》げようとするＧＪを大人しくさせようとするうちに関節技《かんせつわざ》を極《き》めている。

「ＧＪ、諦《あきら》めて大人しく巻かれた方が痛くないぞ。ここの仕事をこれ以上増やすなよ」

通りかかったダスティンが生温《なまあたた》かく笑っている。その丸顔にも絆創膏《ばんそうこう》。

宿営地に設けられた救護テントでは、帰投《きとう》した２Ｄ小隊の生徒たちが手当てを受けている最中だった。

あれだけの激戦にもかかわらず、死者はおろか重傷者もゼロ。ＧＪの傷も幸い重大事に至っておらず、怪我人《けがにん》は多いがそのほとんどは簡単な手当てで済む軽傷だ。

「ったくよぉ。包帯くらいでピーピー喚《わめ》きやがって。ちったあシドウさんを見倣《なら》えってんだ」

「おっ、噂《うわさ》をすればそのシドウだ」

救護テントがざわめく。ガトリングカノンと外部装甲《そうこう》を外したＧ１がテントの傍《そば》で片膝《ひざ》をつき、内側《がわ》からパックリと割れる。その中から、アンダースーツ姿のシドウが降り立った。

「……」

その表情、さすがに疲労《ひろう》の色が濃《こ》い。だが一人の歩兵から最先任下士官へと戻《もど》ったシドウ・アマギ軍曹《ぐんそう》はいつものように厳粛《げんしゅく》な面持《おもも》ちで、手当てを受けるクラスメイトたちを見渡《わた》した。

「さっすがシドウさん、あれだけの作戦の後なのに全然負けてねぇ」

「その勝ち負けの基準、なんなの？」

ゲンナリするGJ。だがダスティンは顎《あご》を撫《な》でつつニヤリと笑った。

「いや……どうだろうな」

アリカとGJは揃《そろ》って「?」を浮かべる。すると、G1を降りたその場で直立したまま視線を巡《めぐ》らせていたシドウの動きが止まった。

厚みのある長身がプルプルと震《ふる》えている。そして……きっかり五秒後。

「……うぇぷっ」

真っ青な顔で口元を押さえ、テントの陰《かげ》へ駆《か》け込んで行った。その直後、今まで聞いたことのない彼の声が聞こえてくる。……盛大に吐《は》いているようだ。

顔を見合わせるGJとアリカ。ダスティンはさもありなんと頷《うなず》く。

「あー、やっぱりな。内臓が散々シェイクされるから、降りた後は胃が裏返るらしいぜ。……さすがのシドウでも、G1の負荷はキツいか」

苦笑いしつつ、整備したよしみで彼を助けに行くダスティン。

激戦のダメージを思わぬ形で晒《さら》した軍曹殿《どの》の姿に、手当てを受ける生徒たちの間から失笑が漏《も》れ、やがてそれは大きな笑い声へと変わっていった。この時ばかりは、アリカも釣《つ》られて笑ってしまう。

笑っている。笑いたいのだ。あのどうしようもない窮地《きゆうち》を生き残った今、彼らの心がそれを求めていた。

「……それ、大丈夫《だいじょうぶ》なのかい？」

小隊のテントに戻《もど》ってきたメリーを見て、タキオンは思わず訊《たず》ねてしまう。

ガンローダーの中で気を失ったこともあり、メリーも救護テントに行っていた。どうやらヘッドギア越《ご》しで失神するほど強《したた》かに頭をぶつけていたようなのだが……アッシュグレーの髪《かみ》にグルグルと包帯が巻かれている。見た目だけなら重傷患者《かんじゃ》だ。

「少しコブになっただけよ。なのに、ロッテが大袈裟《おおげさ》に巻いたの。……後で一応、精密検査は受けるから」

「そうか。なら、なるべく早い方がいい」

あの前後のことを思い出すと、心配と共にあまり連想されたくないのだろう。少し恥《は》ずかしそうにするメリーを、タキオンは温かい笑顔で迎《むか》えた。

「帰投《きとう》報告は済ませたよ。詳細《しょうさい》は報告書をまとめてからだけど。中佐にも会って来ないとね」

「ええ……。ルーカス中佐には、感謝するほかないわ」

作戦会議用のテーブルで向かい合い、端末《たんまつ》で細かな処理を行う。

そして中佐の名を口にしたメリーにはタキオンに訊《き》いておきたいことがあった。

「……中佐たちが来ること、あなたは見越《こ》していたの？」

タキオンの手が止まる。訊かれるだろうと予想はしていたとみえ、返答はすぐだった。

「いや……。全然想像もしなかったと言ったら嘘《うそ》になるけど、少なくとも頼《たよ》りにはしてなかった。確信なんて、とてもじゃないけど持ってなかったよ」

本当のことだ。その証明のように、タキオンは真《ま》っ直《す》ぐメリーを見ながら言う。

「僕がクラスのみんなを正規軍へ挨拶《あいさつ》に行かせたのは、彼らとの繋《つな》がりを持たせるためだった。彼らが僕たちに同情的なのは知ってたからね。……できるだけ相性のいい部隊に行けるように、相手のことを調べもした」

結果だけ見れば、タキオンのその「策略」が彼らを招き寄せたと言える。大人たちが自分たちに対して抱《いだ》く同情。それを利用して、タキオン・シュガと2Dクラスは窮地を脱《だっ》した。

だがそれは事実を述べただけのことであり、タキオン自身にとっては……。

「でも彼らを利用しようなんて、そんなことまでは考えられなかったよ。みんなには、正規軍が自分たちと違《ちが》う世界の人間だと思って欲しくなかった。……気後《きおく》れさせたままにしておきたくなかったんだ。

相性を考えたのは、できるだけ緊張《きんちょう》せずに済むようにさ。戦う前に、なんとかリラックスできるきっかけが欲しかった」

それが、最終的にあれだけの結果を生んだ。タキオンの策略などではない。２Ｄの生徒たちは、自分たちが作った繋《つな》がりによって彼ら大人たちを引き寄せたのだ。

タキオンは「ふう」と息を吐《は》き、小さく苦笑した。

「確かに僕たちは助けられた。ありがたいよ。……でも本音を言うと僕は少し悔《くや》しいんだ。結局のところ、僕はクラスのみんなに助けられたようなものなんだから」

そう言ったタキオンの手。戦場で強く握《にぎ》りしめていた左手が、今は小さく震《ふる》えている。右手で撫《な》でてみるが、止まらないようだ。

「ははは……今頃《いまごろ》になって震えてるんだ。……あの時、彼らが来てくれなければ僕らはきっと死んでいた。そう思うと、怖《こわ》くなる」

今のタキオンは小隊長ではない。クラスの委員長でもない。地球から火星へやってきた一人の少年だ。

メリーはそんな彼の不安を知っている。隠《かく》された弱さを知っている。小さな孤独《こどく》を、知っている。

だからメレディス・アシュクロフトはタキオン・シュガの手を取った。震える左手も、震えない右手も、一緒《いっしょ》にそっと包み込む。

「あ……」

メリーが自分の傍《かたわ》らに立ったことにも気づいていなかったタキオンは思わず言葉に詰《つ》まる。

温かい手。そこから流れ込む何かが、彼の手の震えを止めた。

心が、安らいでいる。

「ありがとう、メリー」

素直《すなお》な感謝の言葉に、メリーはそっと頭を振《ふ》る。

「お互《たが》い様よ、タキオン。でも、ひとつ直してあげる。

……あなたは『クラスのみんなに助けられた』と言ったけど、私たちもタキオンのおかげで生き残ることができたの。

もしあなたがいなかったら、委員長を失った私たちがどこまで戦えたかわからない」

タキオンはハッとした。

自分がクラスにやってきたせいでクラスメイトたちは巻き込まれることになった。自分さえいなかったら……。それはタキオンが心の奥底に感じていたこと。彼の必死さの源にある罪悪感だ。

「自分さえいなければ私たちが死地に送られることもなかったなんて、そんなふうに考えないでね。前にも言ったわ。委員長のことはあなたのせいじゃない。そして、あなたは自分だけでなく……私を含《ふく》めた仲間全《すべ》てが生き残るために戦ってくれた。

だったら、こうして私たちが生き残れたことを、あなたに感謝したっていいでしょう？」

「そうか……うん。そう、思ってくれるなら」

どう答えたらいいのか、タキオンは言葉と表情に迷った。ただ一人の少年に戻《もど》った時、彼は本当に繊細《せんさい》で、不器用で、そして優《やさ》しいのだ。目の前の少女と同じように。

開き直ることは、まだ難しい。でも感謝することは間違《まちが》っていないはず。

だからタキオンは、もう一度「ありがとう」という言葉で答えた。その声は小さくて弱かったが、確かにメリーには伝わる。

「……」

「……」

しばらく、無言のままで二人は見つめ合っていた。互《たが》いの手に感じる温度が、心地《ここち》よいものから次第《しだい》に熱くなっていくのを感じる。だがそれが、不快ではない。

とても、良い雰囲気《ふんいき》だった。

そして、どちらともなく口を開きかけた……その時。

「タキオンく－ん、メリーこっちに来てな……い……?」

テントに入ってきたイルマがそのままのポーズで固まる。ヘルメットを脱《ぬ》いでかけた伊達《だて》メガネが、真ん丸に見開かれた瞳《ひとみ》の上でスルッとずれた。

「あ……」

「イルマ！　あ、あの、これは……っ」

タキオンとメリーは慌《あわ》てて離《はな》れる。だがしかし、「手を取り合って熱く見つめ合う二人」を目撃《もくげき》してしまったイルマは妙《みょう》にカクカクとした動きで手を振《ふ》った。

「ダイジョウブダイジョウブ。アタシ、ナニモミテナイヨ？」

そのままテントの外へ一歩、二歩。そして振り返り、彼女は走り出した。

「みんな聞いてーっ！　大ニュース大ニュース！」

この面白素晴《おもしろすば》らしい出来事を、早く誰《だれ》かに話したい。早く誰かと盛り上がりたい。女子高生に備わった噂《うわさ》本能の赴《おもむ》くままに駆《か》けていくイルマを、メリーは慌《あわ》てて追った。

「待ちなさいイルマ！　今のは……っ、タキオンも、早く追いかけないと！」

「え？　僕も？」

「当たり前でしょうっ！」

急《せ》かされるまま、タキオンもイルマを追って走り出す。正規軍の兵士たちが何事かと振り返る中、その賑《にぎ》やかな追いかけっこは始まった。

残念ながら二人はイルマの救護テント突入《とつにゅう》を阻止《そし》するに至らず、クラスメイトたちから散々冷やかされることになったのだが。

マーシアン・ウォースクール
火星世界解説5

Martian Warschool
a commentary on the Mars 05

指揮と統制を効率化するため、人類は古来より軍における部隊編成と命令系統を明確化してきた。ここでは今回登場した軍における階級を紹介する。

佐官　大佐／中佐／少佐

軍属学校の生徒から見ると雲の上の存在。前線の指揮官として、多くの部隊を統率する階級。ルーカス中佐がこれにあたる。

尉官　大尉／中尉／少尉

軍属学校の生徒からすると、わかりやすい憧れの存在。生徒の中にも時々いる。また正規軍から出向してくる委員長はほとんどが少尉か中尉。タキオンは小隊長に正式任命されると同時に少尉へ昇進している。

准尉

特例的な階級。転校当初のタキオンがこれだった。元は士官教育を受けていない下士官が少尉へ昇進する前の「準備期間」としてなる形式的な階級。現在も曹長は准尉に昇進した後で（早い場合は翌日に）少尉へ昇進する。扱いは少尉と大差ない。

特務曹長

特例的な階級。通常は曹長から少尉（あるいは形式的に准尉）へ昇進する。指揮官の補佐や兵の監督役としてキャリアを積んだ曹長が特務曹長となる。補佐に徹するため、慣例的に彼らは尉官へ昇進しない。特務曹長は全ての下士官にとって憧れの存在。シドウにとってはこれが目標。

下士官　曹長／軍曹／伍長

シドウは軍曹、メリーは伍長。軍属学校の生徒は委員長を除いてほとんどが兵卒のまま卒業するので、クラスに複数の下士官がいるのは珍しい。メリーは前のクラスで兵長まで昇進し、部隊壊滅時に伍長へ昇進して２Ｄへ来た。

兵（兵卒）　兵長／上等兵／一等兵／二等兵

一部の特例を除き、軍属学校へ入学した生徒は全て二等兵から開始する。兵長までの昇進はクラス内人事として委員長に権限が与えられている。２Ｄの生徒のほとんどは兵卒。軍属学校部隊で分隊長や班長になるのは大体が兵長か上等兵の生徒である。

終章　赤い星の二人

またしてもタキオン・シュガは生き残った。

衛星都市二七号での戦いは彼と彼が率いた2D小隊の名を正規軍にまで知らしめ、あの宿営地に集まっていた精鋭《せいえい》部隊の兵士は彼らを同情すべき子供たちではなく、一端《いっぱし》の兵士として記《き》憶《おく》することになる。

「それでは、失礼します」

宿営地から戻《もど》って二日。またしても校長に呼び出されたタキオンは、相変わらずの退屈《たいくつ》な時間からようやく解放されて校長室を出る。

立場上、今後もこうして呼ばれるに違《ちが》いない。あるいは、これが無くなった時こそ警戒《けいかい》すべきなのかもしれない。

校長室の前には、いつぞやと同じようにメリーが待っていた。

「……どうだった？」

「前とほとんど変わらない、かな。特に気にするほどのこともなかったよ」

タキオンを巡《めぐ》る陰謀《いんぼう》に校長が果たす役割など皆無《かいむ》である。軍内の親地球派に突《つ》っつかれてひとまずタキオンと面会した、その体面が保てればいいだけ。話の内容など無いに等しかった。

二人は並んで歩き出す。ここまでは前回と同じ。だが今は、状況《じょうきょう》が少しずつ変わってきている。

「また、すぐに前線へ呼ばれるのかしら……」

心配そうなメリーにタキオンは「いいや」と即答《そくとう》した。

「すぐにはないと思う。少なくとも、他《ほか》の軍属学校部隊が送られる程度の……二線級の任務以外ではね」

メリーの視線が、その根拠《こんきょ》を求めるようにタキオンに向けられる。タキオンは自分の手のひらに目を落とし、指折りに似た仕草と共に続けた。

「グレーサークルでの報告書が正式に受理された。つまり、僕たちが任務を完遂《かんすい》したという事実を戦線司令部が認めたんだ。僕たちの挙げた戦果が正当に評価されたということだね」

任務の成果について難癖《なんくせ》をつけられることはない。……尤《もっと》も、タキオンたちが敵主力を排除《はいじょ》したグレーサークルは、既《すで》に新たな敵集団が入り込んで再び占領《せんりょう》されてしまっている。戦線司令部はやはり後詰《ごづめ》を行わず、放置したのだ。

「勿論《もちろん》、小隊の評価が上がったことを理由にしてまた前線へ呼ばれる可能性はある……」

功績を挙げた部隊はさらに名誉な戦場へ送られる。それをねじ伏《ふ》せるほど、つまり功績を挙げすぎて大事にされるほどの戦果となると……今回のような任務を独力で五回や十回成功させてもまだ足りないだろう。

そこだけ考えると、今回の任務成功で彼らの状況はさらに悪くなりそうに思える。だがタキオンは自信ありげに。

「でも今回僕たちは、あの宿営地で戦果以上の成果を得た。……沢山《たくさん》の親切な大人と、知り合いになれたじゃないか」

その言葉で、メリーにもなんとなくわかった。自分たちの窮地《きゆうち》を救ってくれた正規軍の精《せい》鋭《えい》部隊と、前線指揮官のルーカス中佐。それ以外にも沢山の正規軍部隊が2D小隊と知り合い、そして注目しているのだ。

「彼らの善意に頼《たよ》ろうとは思わないよ。でも、僕たちが彼らと繋《つな》がりを持ったことは、間《ま》違《ちが》いなく上層部にいる親地球派にとっての懸《け》念《ねん》材料になる」

なにしろ、現場で戦うのは前線の兵士たちなのだ。命令する者とされる者の差があるとはいえ、彼らを敵に回すようなことをし続ければろくなことにならない。

例えば、顔見知りの子供たちを何度も無茶な作戦に従事させるなどというような真似《まね》は、前線の兵士に対してすこぶる悪印象である。

「つまり、今までのような無茶を言いにくくなるということ？」

「かな？　まあ、強引《ごういん》に書類一枚で済ませていた手続きを、正式に書類三枚揃《そろ》えなくちゃならなくなった……というくらいの違《ちが》いだけどね」

それでも、陰謀《いんぼう》を巡《めぐ》らす親地球派に対するプレッシャーにはなる。

なにより知ったはず。タキオンがそう簡単には死なないと。彼自身のしぶとさもまた警戒《けいかい》させるための武器になる。

無論、相手は軍内に権力を持った連中だ。より狡猾《こうかつ》に、より悪辣《あくらつ》な方法を選ばれるようになれば、今以上に油断できない。

(特に、僕ではなく僕たちが標的になったら……)

タキオンにとって目下《もつか》の懸念《けねん》はそこだ。タキオンが生き残った要因が彼自身のバイタリティであると認識《にんしき》されているうちはともかく、それが彼と2Dクラスの結びつきによるものだと知られれば、親地球派が小隊そのものを標的にする可能性もある。

シドウやGJ、イルマ、……そして、メリーを。

(守ってみせるさ。それは小隊長としての役目だ)

そして今、タキオンは時間を得た。ひとまずこちらの態勢を整えるための時間である。

「やっぱり、後《うし》ろ盾《だて》になってくれる人が欲しいね。小隊の再編と併《あわ》せて急がないと」

話しながら、二人は階段に差し掛《か》かる。それを半分ほど下りたところでメリーはふと立ち止まり、静かに問いかけた。

「ねえ、タキオン」

三段ほど下で振《ふ》り返ったタキオンは、次に彼女の口から出る言葉を予想しながら黙《だま》ってそれを待った。メリーが数秒、迷っていたからだ。

「副委員長、本当に私で良かったの？　シドウじゃなく、私で」

その人事《じんじ》をタキオンが発表したのは昨日のこと。メリーを副委員長、つまり2D小隊の副長に任命し、シドウには隊長補佐という役職を与《あた》えた。

副長は軍規によって定められた正式な役職。それに対して補佐はあくまで小隊内のみの肩書《かたが》き。肩書きひとつにこだわるクラスでもないのだが、今後また正規軍と関係する際には明確な違いとなって表れることもあるだろう。

メリーが気にしているのはそこだ。軍歴も実戦の経験も、そして兵士としての実力もシドウの方が勝《まさ》っているのだから。

タキオンとて、二人を客観視した時の力量差は理解している。その上で決めた。

「シドウの力は僕以外のみんなにも必要だ。隊長補佐は、同時に監督《かんとく》役として下から支える仕事さ。シドウにしか頼《たの》めない。

副長は指揮官を補うと同時に、いざとなれば代行してもらう。その時もまた、シドウが補佐する立場である方がいい」

「そう……」

小さく頷《うなず》いたメリーの表情は少し硬《かた》い。不服があるというより、その責任感を痛切に感じているのだ。小隊長であるタキオンと同じく、仲間の命を預かる役目として。

「……」

だが、メリーが本当に言いたいことがその先にあるのだとタキオンは思っていた。でも自分からそれを言うことはしない。彼女の気持ちを、確かめたかったから。

「……私、まだ怖《こわ》い」

放課後の喧騒《けんそう》は遠く、階段には静けさが満ちている。その中で、彼女はそれを吐露《とろ》した。

ガンローダーの中で感じた、その怖さを。

「あの時、あなたに目を覚まされるまで……私は自分がどんな無茶をしているのかわかっていなかった。冷静でいるつもりで、思い詰《つ》めて……あなたやクラスのみんなを危険に晒《さら》してしまった。

今でもまだ怖いの。もしかすると、また気づかないうちにあんなふうに……って」

率直《そっちょく》な不安だった。だがタキオンはそれを黙《だま》って最後まで聞き、一度小さく頷《うなず》くと。

「……僕たちの願いは、馬鹿《ばか》げているのかもしれない」

笑うでも、拗《す》ねるでもなく、至って真剣《しんけん》にそう言った。

「クラスの誰《だれ》も死なせたくない……命懸けで戦うのに、命だけは守りたい。矛盾《むじゅん》しているのかもしれない」

戦争という名の世界、その条理に抗《あらが》う。タキオンとメリーの共通した目的、共に抱《いだ》く願いとは、そういうものである。

「それでも僕は、どれだけ馬鹿げていてもそのための努力を忘れたくないんだ。これはたぶん、元々みんなが願っていることなんだしさ」

あえてそれを掲《かか》げる、そんな青臭《あおくさ》さが許されるのも軍属学校だからかもしれない。青臭くて結構。彼らは本来、青春の日々を生きる年頃《としごろ》なのだ。

ただ、タキオンはそれだけでメリーを支えられるとも思っていなかった。

「……メリーは僕よりもずっと優《やさ》しくて正直だ。だから、心のどこかでこの矛盾と向き合って、戦ってしまう。

きみにそうさせる不安や心配があるからだ。……僕にはまだ、その全《すべ》てを拭《ぬぐ》ってあげることができない」

かつての仲間の記憶《きおく》が、メリーを冷静でいられなくする。

それは彼女の過去であり、傷であり、陰《かげ》であり、つまり彼女自身だ。それを癒《いや》すには時間がかかる。今のタキオンでは……悔《くや》しいが、できない。

「でも、それに縛《しば》られていてはメリーの心が擦《す》り切れる。……だからさ」

タキオンは一歩、階段を上る。少し、メリーに近づいた。

「決めたよ。これからメリーが抱《いだ》くその不安とか、心配とか、そういうきみ自身を追い詰《つ》めるものを、僕が振《ふ》り払《はら》おうって」

また一歩。これで、二人の距離《きょり》は階段ひとつ分になる。

「明日も、明後日《あさって》も、きみが不安になる度《たび》、僕がそれを振《ふ》り払《はら》う。方法は簡単だ。僕がクラス委員長として、小隊長としてみんなを率いて戦うんだ。そしてみんなで生き残る。僕やきみが間違《まちが》っていないと証明する。

……そうすれば、メリーも安心できるだろ？」

「タキオン……」

最後の一段を、彼は笑顔《えがお》で上った。自分を見つめる碧《みどり》色の瞳《ひとみ》に微笑《ほほえ》んで。

「メリーが副長なら、それをいつも一番近くで見せられるしさ。丁度いいよね」

強引《ごういん》といえば強引な理屈《りくつ》だ。しかし、正しい。この二人に関していえば最善の答え。

そうして戦い続け、生き残り続けるしか彼らに道はないのである。だったら、その過酷《かこく》な道をもっと明るく彩《いろど》っていくために、こんな理由も悪くない。

メリーはしばしタキオンを見つめ、やがて「ふっ」と小さく笑った。

信じよう、彼を。自分に生きることを願ってくれたタキオンを。

だから、彼女もまた彼女らしく。

「……あなたにできる？　タキオン」

いつものように、切れ長の目にクールな光を湛《たた》えて訊《き》いた。それに対する彼の答えも、いつもの通りに。

「もちろん、やってみせるさ」

平然と、堂々と、少しも動じることなく。自信たっぷりに言い放って、タキオンはメリーと共に階段を下りた。

やがて昇降口《しょうこうぐち》が見えてくると、外から生徒たちの声が聞こえる。一世紀も続く生存戦争の只中《ただなか》にあってなお、青春を謳歌《おうか》することを諦《あきら》めない彼らの声。

タキオンも、そこに混ざりたくなる時がある。いや、混ざってもいいのだ。彼だってまだ火星数えで八歳の少年なのだから。

だから……少しだけ。

「まあ、メリーを副長に選んだ理由は他《ほか》にもいろいろとあるけど……一番は、さ」

あまり大きな声にならないように呟《つぶや》いたその言葉に、メリーは耳を傾《かたむ》ける。

すると、タキオンは視線を明後日の方へ逸《そ》らしながら。

「いざという時、叱《しか》ってくれる人がいいんだよね」

「え……？」

キョトンとした目で彼を見て、しばらくしてそれがタキオンなりの照《て》れ隠《かく》しなのだということに気づいた。

彼の、どことなく照れ臭《くさ》い感情を汲《く》み取ったメリーは。

「……仕方ないわね」

と苦笑した。

「タキオン、あなたのその自信たっぷりなところ、頼《たの》もしいけれど時々心配になるわ。……だから、私が叱《しか》ってあげる」

そう言った彼女の顔はどこかお姉さんぶっていて、そうするのが楽しくて仕方ないようだ。

ひとつひとつ、ついさっき自分が言われた言葉を反芻《はんすう》しながらメリーは続けた。

「明日も、明後日《あさって》も、あなたが調子に乗る度《たび》に、私がそれを叱ってあげる。方法は簡単よ。私がクラスの副委員長として、小隊の副長としてあなたを一番近くで見守るの。あなたが間違《まちが》ったことをしたらすぐに叱れるようにね。

……そうすれば、タキオンも安心でしょ？」

「それは……、堪《たま》らないいな」

言ってから思わず吹《ふ》き出したタキオン。釣《つ》られてメリーも笑う。

二人は笑いながら、並んで歩いて行った。

あとがき

　はじめましての人が多いかもしれないのではじめまして。そうでない人はよくぞ電撃文庫《でんげきぶんこ》まで追ってきてくれましたね。エドワード・スミスですよ。

　僕のあとがきは本編と無関係なことをつらつらと書くのが仕様なので、本編に関する補足やオマケ的な要素はございません。何卒《なにとぞ》ご理解いただきたく。何事も双方向《そうほうこう》の時代ですから、書き手と読み手の間にも相互《そうご》理解というものが必要です。お約束って、大事。

　そうですね、電撃文庫では初《はつ》のお目見《めみ》えですから、僕の好きなものの話でもしましょうか。柔《やわ》らかくてふわふわしていてにゃーと鳴く生き物が好きです。具体的にはそう、ネコですね。彼らの愛くるしさたるや。この世のあらゆる哀《かな》しみや苦しみを癒《いや》すのではないかと思います。困りごとや争いごとが起きた時に文字通りネコの手を借りれば心癒されて大抵《たいてい》は解決するのではないか……などと思ったりもするのですが、生憎《あいにく》と彼らは人間の勝手に振《ふ》り回されるような性格ではありませんし、無理強《じ》いをして嫌《きら》われでもしたら二度と立ち直れない気がします。

　やはり彼らは自由気ままに縄張《なわば》りを歩き回り、時に丸くなって昼寝《ひるね》をし、気が向いたら人間と遊び、適当なところで「にゃー」と鳴く生活が一番似合う。

さて、こんなにもネコが好きなくせに、僕は今までネコと暮らしたことがありません。機会に恵《めぐ》まれないのも勿論《もちろん》、僕にはネコと一緒《いっしょ》に住む素養がないのではないかと思うのです。なにしろ雑な性格。自由気ままに街に出歩き、暇《ひま》さえあれば昼寝をし、気が向いたら仕事をし、適当なところで「お腹空《なか》いたわー」とほざくのが僕の生活ですので、こんな人間と暮らすことになったネコはさぞ迷惑《めいわく》なことでしょう。

僕自身もそういう自分の不甲斐《ふがい》なさを自覚していますから、リアルにゃんこと暮らすには相当な生活改善が必要なのではないかと。

幸いにして、これを書いている時に僕が暮らしている町は近隣《きんりん》に漁港や魚市場があるためか野良《のら》ネコたちが沢山《たくさん》住んでおり、夜中にフラリとコンビニへ出かけた時など八割強の確率で彼らに遭遇《そうぐう》することができます。勿論、彼らは人間に頼《たよ》ることなく逞《たくま》しく生きるワイルドアニマルですので、無闇《むやみ》に近寄ったりせず挨拶《あいさつ》だけに留《とど》めますが。

やあこんばんは、今日は月がよく見えますね。それでは、失礼。……僕と彼らの距離《きょり》感はそのくらいがちょうどいいのでしょう。

ああ、可愛《かわい》いなあ、ネコ。

さあ、そろそろ程《ほど》よくページも埋《う》まってきましたか？　それではここで謝辞など述べさせていただきたく。

これまでの作品とは違《ちが》ったジャンルの本作においてもきっちりと押さえるところを押さえたアドバイスをくださった担当様。ＳＦでミリタリーテイストで、しかも少年少女だけでなくメカやオッサンも大事という、なかなかに難儀《なんぎ》な要求を見事にクリアしてくださった凱《カイ》様。さらにこの本が世に出るために力を貸してくださった全《すべ》ての皆様《みな》と、この本を手に取ってくださった全ての皆様に無上の感謝を。

〝ネコの愛らしさは最強〞エドワード・スミス

◉エドワード・スミス著作リスト

「マーシアン・ウォースクール」（電撃文庫）
「侵略教師星人ユーマ」（メディアワークス文庫）
「侵略教師星人ユーマⅡ」（同）
「紳堂助教授の帝都怪異考」（同）
「紳堂助教授の帝都怪異考二 才媛篇」（同）
「紳堂助教授の帝都怪異考三 狐猫篇」（同）

本書に対するご意見、ご感想をお寄せください。

電撃文庫公式ホームページ 読者アンケートフォーム
http://dengekibunko.dengeki.com/
※メニューの「読者アンケート」よりお進みください。

ファンレターあて先
〒102-8584 東京都千代田区富士見1-8-19
アスキー・メディアワークス電撃文庫編集部
「エドワード・スミス先生」係
「凱先生」係

本書は書き下ろしです。

電撃文庫

マーシアン・ウォースクール

エドワード・スミス

発　行　2014年4月10日　初版発行

発行者　塚田正晃
発行所　株式会社KADOKAWA
〒102-8177　東京都千代田区富士見2-13-3
03-3238-8521（営業）
プロデュース　アスキー・メディアワークス
〒102-8584　東京都千代田区富士見1-8-19
03-5216-8399（編集）
装丁者　荻窪裕司 (META+MANIERA)
印刷　株式会社暁印刷
製本　株式会社ビルディング・ブックセンター

ISBN978-4-04-866468-4　C0193　Printed in Japan

電撃文庫　http://dengekibunko.dengeki.com/
株式会社 KADOKAWA　http://www.kadokawa.co.jp/

電撃文庫創刊に際して

文庫は、我が国にとどまらず、世界の書籍の流れのなかで〝小さな巨人〟としての地位を築いてきた。古今東西の名著を、廉価で手に入りやすい形で提供してきたからこそ、人は文庫を自分の師として、また青春の想い出として、語りついできたのである。

その源を、文化的にはドイツのレクラム文庫に求めるにせよ、規模の上でイギリスのペンギンブックスに求めるにせよ、いま文庫は知識人の層の多様化に従って、ますますその意義を大きくしていると言ってよい。

文庫出版の意味するものは、激動の現代のみならず将来にわたって、大きくなることはあっても、小さくなることはないだろう。

「電撃文庫」は、そのように多様化した対象に応え、歴史に耐えうる作品を収録するのはもちろん、新しい世紀を迎えるにあたって、既成の枠をこえる新鮮で強烈なアイ・オープナーたりたい。

その特異さ故に、この存在は、かつて文庫がはじめて出版世界に登場したときと、同じ戸惑いを読書人に与えるかもしれない。

しかし、〈Changing Times,Changing Publishing〉時代は変わって、出版も変わる。時を重ねるなかで、精神の糧として、心の一隅を占めるものとして、次なる文化の担い手の若者たちに確かな評価を得られると信じて、ここに「電撃文庫」を出版する。

1993年6月10日
角川歴彦

電撃文庫

マーシアン・ウォースクール

エドワード・スミス
イラスト／凱

地球の士官学校からのエリート転校生。親善大使の名目とは裏腹に問題ばかりを起こす彼には、重大な秘密があった。少年が英雄への道を目指す、火星戦記！

す-13-1　2724

青春ブタ野郎はバニーガール先輩の夢を見ない

鴨志田 一
イラスト／溝口ケージ

図書館で捕獲した野生のバニーガールは、高校の上級生にして活動休止中の人気タレント桜島麻衣先輩でした。海と空に囲まれた町で、僕と彼女の恋にまつわる物語が始まる。

か-14-22　2721

ふわふわさんがふる

入間人間
イラスト／loundraw

夕暮れは嫌いだ。濃い赤色の裂け目から、やつらが降ってくるから。そして今回降ってきたのは僕の姉との、失われたはずの生活だった。

い-9-33　2718

大正空想魔術夜話　墜落乙女ジェノサヰド

岬 鷺宮
イラスト／NOCO

今般帝都・東京を脅かすは、謎の化物「活キ人形」と、魔術でそれを悉く屠る異端の少女・墜落乙女——血染めの美少女と堕ちる、鏖の暗黒夜話へようこそ。

み-21-4　2728

アイドル‖ヴァンパイア

上月 司
イラスト／アマガイタロー

〝闇の存在〟がスポットライトを目指す!?　突然俺を噛んだ、金髪のお嬢様は吸血姫。日本は初めてというその少女は『アイドルになる』夢があるようで……!?　アイドルラブコメ登場！

こ-8-24　2564

電撃文庫

アイドル≒ヴァンパイア②

上月 司
イラスト／アマガイタロー

アイドルを目指し北欧からやってきた吸血鬼・フェリシア。彼女の夢実現のため、出場することになったのは、アイドルのタマゴたちによる水着でのスポーツ大会！

こ-8-25　2719

今日からかけもち四天王！　～ネトゲの彼女はボスでした～

高遠豹介
イラスト／こーた

勇者軍と魔王軍で戦争するネトゲ「勇魔戦争オンライン」を始めた初島理央。彼の目的は、一人二役プレイによって可愛い魔王と可愛い勇者の決着を邪魔することで……!?

た-21-9　2652

今日からかけもち四天王！2　～勇者陥落と革命の日～

高遠豹介
イラスト／こーた

四天王と親衛隊の二重ネトゲ生活で、順調にレベルアップする理央。そんな中、勇者軍内部では勇者を快く思わない反乱軍によるプレイヤーキラーが多発していて……!?

た-21-10　2727

メイドが教える魔王学！　～ご奉仕は授業のあとで～

泉谷一樹
イラスト／しゅがすく

幻想職の資格が重視される現代、「魔王」の資格を目指して私立魔王学園に入学した落ちこぼれの暗上院ミカゲ。そんな彼を「スライムレベルですか、このクズが！」と導くのは美しき毒舌メイドさん!?

い-12-2　2666

メイドが教える魔王学！2　～冷やしスライムはじめました～

泉谷一樹
イラスト／しゅがすく

ミカゲの寒いツッコミとは裏腹に魔王学園ではプール開きが似合う暑い季節が到来&新たに迫る期末テストの危機!?　メイドさんのドSな助言も磨きがかかるご様子です。

い-12-3　2726

電撃文庫

非公認魔法少女戦線 ほのかクリティカル

奇水
イラスト／bun150

使命を果たしてもなお戦い続ける〝非公認魔法少女〟。その一人、美守ほのかは陥落寸前の魔法界から依頼を受け——終わり損ねた魔法少女たちの、血で血を洗う戦いが始まる。

き-7-1 2683

非公認魔法少女戦線Ⅱ まいんカタストロフ

奇水
イラスト／bun150

任期後も戦う〝非公認魔法少女〟、美守ほのかの新たな任務は、魔法少女になった親友のサポート!? 番狂わせばかりの苦闘の裏には、かつての仲間の暗躍が——。

き-7-2 2729

祓魔学園の背教者《ミトラルカ》 -祭壇の聖女-

三河ごーすと
イラスト／ukyo_rst

無宗教主義の祓魔師《拓真》と力を禁じられた邪教の聖女《ミトラ》——異端の二人が祓魔学園を訪れたとき運命の輪は回りだす。最強学園ファンタジー開幕!

み-19-4 2625

祓魔学園の背教者《ミトラルカ》Ⅱ -ミスティック・ミスト-

三河ごーすと
イラスト／ukyo_rst

信仰無き祓魔師・拓真と邪教の聖女・ミトラ。無事祓魔学園へ入学を果たした二人の周囲に、不穏な霧が立ち込める——。背教者たちが紡ぐ幻想活劇、第2幕!

み-19-5 2679

祓魔学園の背教者《ミトラルカ》Ⅲ -邪教再臨-

三河ごーすと
イラスト／ukyo_rst

謎の児童失踪事件が発生! 事件には〝邪教の徒〟が関与しているとして、拓真とミトラは祓魔学園生徒会から疑いの目を向けられる。疾走する幻想活劇、第三幕!

み-19-6 2730

電撃文庫

ブラック・ブレット　神を目指した者たち
神崎紫電
イラスト／鵜飼沙樹

ウィルス性の寄生生物との戦いに敗北した近未来。人類は狭い国土に追いやられていた。人々が絶望にくれる中、異能をもつ一人の高校生が立ち上がった……。

か-19-1　2161

ブラック・ブレット2　VS神算鬼謀の狙撃兵
神崎紫電
イラスト／鵜飼沙樹

東京エリアの統治者・聖天子から直々に、護衛の依頼を受けることになる蓮太郎と延珠。任務中に彼らを襲ってきたのは、想像を絶するスナイパーだった――！

か-19-2　2215

ブラック・ブレット3　炎による世界の破滅
神崎紫電
イラスト／鵜飼沙樹

東京エリアを、怪物ガストレアの侵入から守っている巨大モノリス。その一部に崩壊の危機が訪れる。無数のガストレアに蹂躙される日が刻一刻と近づく――。

か-19-3　2336

ブラック・ブレット4　復讐するは我にあり
神崎紫電
イラスト／鵜飼沙樹

巨大モノリスが倒壊し、無数のガストレアが東京エリアに侵入。自衛隊との交戦が始まるが、やがて静寂が訪れる。そして蓮太郎たちの目の前に現れたのは――。

か-19-4　2390

ブラック・ブレット5　逃亡犯、里見蓮太郎
神崎紫電
イラスト／鵜飼沙樹

いわれなき殺人の容疑をかけられた蓮太郎は、孤立無援の状態で決死の逃亡を図る。かつてない強敵に命を狙われながら、彼が見る未来は果たして――。

か-19-5　2570

電撃文庫

ブラック・ブレット6 煉獄の彷徨者
神崎紫電
イラスト／鵜飼沙樹

火垂とともに逃亡を続ける蓮太郎。自らを陥れた相手に逆襲できるのか？　そして木更と欅間の関係は――。スリリングな展開に、一時も目が離せない!!

か-19-6　2629

ブラック・ブレット7 世界変革の銃弾
神崎紫電
イラスト／鵜飼沙樹

日本の主要5エリアによる首脳会合が開催される。東京エリアの聖天子は、他エリアから厳しい追及を受け、やがて世界を揺るがす事態に発展する……。

か-19-7　2722

ご主人様は山猫姫 辺境見習い英雄編
鷹見一幸
イラスト／春日 歩

エリート一家で唯一の落ちこぼれ晴凛。彼に与えられた仕事は異民族のお姫様の教育係だった。すっかり下僕扱いの彼だったが、実はこれが英雄への第一歩で!?

た-12-21　1756

ご主人様は山猫姫2 辺境駆け出し英雄編
鷹見一幸
イラスト／春日 歩

シムールの大軍に包囲された絶対絶命の晴凛たち。ミーネだけは余裕だが、みんな生きた心地がしない。だが、伏龍が一発逆転の馬鹿馬鹿しい奇策を編み出し!?

た-12-22　1798

ご主人様は山猫姫3 辺境新米英雄編
鷹見一幸
イラスト／春日 歩

帝国の反逆者となってしまった晴凛。だが本人はそれどころではないようで。ミーネとシャールにどっちを嫁にするか迫られて!?　今度の戦は女のバトルか!?

た-12-23　1858

電撃文庫

ご主人様は山猫姫9 帝国崩壊編
鷹見一幸
イラスト／春日 歩

伏龍が中央の情勢を探るため旅立った。帝都では名高いお尋ね者となっている伏龍だが、華麗に暗躍。だが、それが帝国に激震をもたらすことになり!?

た-12-29 2298

ご主人様は山猫姫10 北域王雄飛編
鷹見一幸
イラスト／春日 歩

北域行幸に仕掛けられた周到な罠。皇帝暗殺を阻止するため晴凛たちが動く。悪賢さに関しては人一倍の伏龍はすべてを見透かし、皇帝救出計画を立てるが!?

た-12-30 2388

ご主人様は山猫姫11 南北雌雄決戦編
鷹見一幸
イラスト／春日 歩

南域の反乱軍と晴凛率いる北域国軍がついに激突する。それは天才軍師同士の因縁の決着でもあり、帝国の行く末をも決めるものであった。勝敗の行方は!?

た-12-31 2460

ご主人様は山猫姫12 帝国再興編
鷹見一幸
イラスト／春日 歩

天下分け目の決戦を制した晴凛。ついに皇帝を奉じて、帝都へと凱旋するのだった。だが、これからが大掃除! 帝国を再生させるべく新たな戦いが始まった!

た-12-32 2544

ご主人様は山猫姫13 大団円終劇編
鷹見一幸
イラスト／春日 歩

しびれを切らしたミーネたちが晴凛を帝都から奪還し、婚礼を挙げようとする!? 『山猫姫』はまだまだ終わらない。あの人たちの気になるその後を描いた最終譚!

た-12-33 2723